KB116915

디 아워스

디 아워스

THE HOURS

마이클 커닝햄_정명진 옮김

비채

우리는 이제 세 번째 호랑이를 잡으러 갈 것이다. 하지만 다른 호랑이들처럼 이 호랑이도 내 꿈의 형상일 것이다. 언어의 구조일 것이다. 신화에서 벗어나 대지에 발 디딘 살과 뼈로 이루어진 호랑이는 아닐 것이다. 나는 이를 잘 알고 있다. 그럼에도 어떤 힘이 계속 나를 이 모호하고 비이성적이고 오래된 모험으로 인도한다. 그리하여 나는 몇 시간이고 계속해서 또 다른 호랑이를 뒤쫓는다. 운율 속에서는 찾을 수 없는 그 맹수를.

호르헤 루이스 보르헤스, 〈또 다른 호랑이〉 부분, 《부에노스 아이레스의 열기》

지금 내 계획을 쓰고 앉아 있을 시간이 없다. 《디 아워스The Hours》*와 내가 발견한 것에 대해 많이 써야겠다. 그런데 어떻게 이 소설의 등장인물 뒤로 아름다운 동굴들을 드러내야 할까. 내 생각에 이는 정확히 내가 원한 것을 얻게 한다. 인간성, 유머, 깊이를. 동굴들은 연결될 것이고, 각각은 지금 이 순간처럼 햇볕에서 드러날 것이다.

버지니아 울프, 1923년 8월 30일 일기에서

*《디 아워스》로 이름 지은 이 원고는 이후 《댈러웨이 부인Mrs. Dalloway》으로 출간되었다.

어떤 하루는 일생보다 농밀하다

김봉석(문화평론가)

마이클 커닝햄의《디 아워스》를 읽기 전에 스티븐 달드리
가 연출한 영화 〈디 아워스〉를 먼저 보았다. 세 여자가 있
다. 1923년의 버지니아 울프와 1949년의 로라 브라운 그
리고 1999년의 클러리서 본. 버지니아는《댈러웨이 부인》
을 쓰고, 로라는《댈러웨이 부인》을 읽고, 클러리서는 오
랜 친구인 시인에게 '댈러웨이 부인'이라고 불린다. 서로
다른 시간을 살아가는 여자들, 그러나 시공간을 뛰어넘어
어떤 실로 엮여 있는 듯한 그들의 인생.

영화는 시간을 다루는 매체다. 한 순간이 영화 한 편이
될 수도 있고, 영겁의 시간이 단 하나의 장면으로 그려질

수도 있다. 시간을 늘리고 줄이고 뛰어넘고 이어붙이면서 '영화'는 만들어진다. 그런 점에서 《디 아워스》는 반드시 영화로도 보아야 할 소설이다. 세 여자는 다른 시공에서 각자의 삶을 산다. 그러나 '댈러웨이 부인'이라는 키워드가 그들의 삶 전체를 관통한다. 시공간을 넘나들며 그들의 삶을 하나로 직조하는 〈디 아워스〉를 보고 있으면, 시간이 직선으로 흐른다는 상식을 의심하게 된다. 그녀들이 살아가는 세 개의 인생은 서로 맞물리고 보완하다가 다시 흩어져간다. 또 다른 누군가의 삶 속으로.

버지니아는 주머니에 돌을 가득 채우고 강으로 들어가 스스로 목숨을 끊었다. 로라는 텅 빈 호텔방에서 《댈러웨이 부인》을 읽으며 자살을 욕망한다. 클러리서는 에이즈에 걸려 죽음을 눈앞에 둔 친구 리처드의 쇠락함을 목도한다. 시작은 버지니아의 삶과 창작이다. 버지니아는 이렇게 쓴다. "정신이 멀쩡한 클러리서는 런던을 사랑하고, 자기 삶의 평범한 즐거움을 계속 사랑할 것이다. 그리고 다른 누군가는, 어느 미치광이 시인은, 어느 몽상가는 죽음을 택할 것이다." 로라는 클러리서, 즉 댈러웨이 부인을 현실로 끌어내는 중개자 같은 캐릭터다.

버지니아는 자살했다. 그녀는 견딜 수 없었다. 동성에 대한 사랑만이 아니다. 보통의 삶, 그녀의 머릿속에서 번

뜩이는 갈망과 결핍. 대립되는 모든 것이 그녀를 막다른 길로 이끌었다. 의학적 용어로 '신경증'이라 부르는 상태. 로라는 "버지니아 울프를, 순결하고 불안하고 일상과 예술의 불가능한 요구 사이에서 좌절감을 느낀 울프를 상상해본다." 얼핏 로라의 삶은 완벽해 보인다. 그녀는 고등학교 시절 가장 인기가 많았던 전쟁영웅인 남자와 결혼했다. 아들이 하나 있고 둘째를 임신하고 있다. 그런데도 그녀는 《댈러웨이 부인》을 읽는다. 평범한 삶의 모든 것을 멀리 흘려보내고 싶어 한다. 제2차 세계대전 직후의 미국사회처럼, 모든 것이 완벽했지만 모든 것이 공허해서.

그러니까 그들은 돌아가고 싶은 것이다. 1990년대를 사는 댈러웨이 부인은 동성 애인과의 결혼은 물론 아이까지 가질 수 있게 되었다. 클러리서는 위대한 작품을 쓰는 작가는 아니지만, 편집자로서 창조의 순간에 개입할 수 있었다. 얼마든지 현실을 통제할 수 있는, 일상의 삶 역시 제대로 운영해가는 여자. 하지만 클러리서는 생각한다. "그녀의 모든 슬픔과 고독은 친절하지만 신경이 예민한 샐리와 함께 이런 물건들에 둘러싸인 이 아파트에서 살아가는 척하는 데서 비롯된다. 따라서 그녀는 이곳을 떠나기만 하면 행복해질 것처럼, 아니, 행복 그 이상을 누릴 수 있을 것처럼 느낀다. 진정한 내 모습으로 돌아가리라."

　시간이 흐르면 누구나 나이를 먹고, 이제 빛나는 순간이 찾아오지 않음을 알게 된다. 평범한 삶이란 것을 증오하며 도망치려 하던 과거를 그리워하는 것조차 부질없음을 알게 된다. 버지니아가 도망쳤고, 로라가 도망치지 못했던 그 평범한 삶과 사람들. 세상이 요구하는 틀과 가치에 맞춰 살아야만 하는 일상들. 하지만 세상의 기준이 바뀌어도 여전히 누군가는 고뇌할 것이며 달아날 것이다. 아무리 시간이 흘러도, 아무리 나이가 들어도, 우리의 삶은 변하지 않고 영속할 것이니까.

THE HOURS

차 례

작품 소개

어떤 하루는 일생보다 농밀하다   6

프롤로그   15
댈러웨이 부인   23
울프 부인   52
브라운 부인   62
댈러웨이 부인   81
울프 부인   110
브라운 부인   119
울프 부인   126
댈러웨이 부인   136
브라운 부인   151
울프 부인   171
댈러웨이 부인   184
브라운 부인   211
울프 부인   229
댈러웨이 부인   232
울프 부인   243

댈러웨이 부인 258

브라운 부인 278

댈러웨이 부인 289

브라운 부인 302

울프 부인 307

브라운 부인 311

댈러웨이 부인 315

옮긴이 해설

존재와 생을 둘러싼 시간과 세월의 뜨거움 330

THE
HOURS

훌륭한 책을 읽는다는 건 첫사랑과 같다. 나는 이 말에 공감하지 못했었다. 그러나 열다섯 살 때 읽은 《댈러웨이 부인》은 내게 첫사랑보다 더 강렬하게 다가왔다. 그동안 읽었던 어떤 책보다 더 농밀하고 내밀해서 쉽게 잊히지 않았다. 당신이 소설을 쓰고 싶다면 첫사랑의 느낌에 대해 써보기를 권한다. 나 역시 그랬으니까. 그리고 그 다음에 나는 처음으로 사랑한 책에 대해, 어떤 일이 일어날지 몰라 마음 졸였던 첫사랑 같은 책에 대해 썼다. **마이클 커닝햄**

서둘러 집을 나선 그녀가 걸음을 재촉한다. 입고 있는 코
트는 날씨에 맞지 않게 두껍다. 때는 1941년, 또 다른 전
쟁이 시작되고 있었다. 그녀는 레너드에게, 그리고 바네
사에게 짧은 편지 하나씩을 남기고 집을 나선 참이었다.
앞으로 무엇을 할지 확신하고 있다는 듯 성큼성큼 강을
향해 걸어가던 그녀는 어느 순간 언덕진 풀밭과 교회 그
리고 여기저기 흩어져 풀을 뜯고 있는 양 떼에 눈길을 빼
앗긴다. 하얗게 빛나던 양 떼는 해가 저물어가는 하늘 아
래서 조금씩 노란빛을 띠기 시작한다. 양 떼와 하늘을 바
라보며 잠시 멈춰 선 그녀가 다시 걸음을 옮기는데, 뒤에
서 웅얼거리는 소리가 들린다. 폭격기들이 하늘을 나는
소리 같아 비행기를 찾지만 보이지 않는다. 걸어가는 그
녀 옆으로 한 농장 일꾼이 지나친다(이름이 존이던가?). 감

자색 조끼를 입은 그는 체격이 커 머리가 작아 보인다. 고리버들 밭 가운데를 흐르는 도랑을 치우고 있던 그는 그녀를 보고 고개를 들어 한 번 끄덕이더니 다시 흙탕물로 눈길을 떨군다. 그를 지나 강을 향해 갈 길을 계속 가면서, 그녀는 도랑을 치우고 있는 그야말로 얼마나 성공한 사람인지, 얼마나 운이 좋은 사람인지 생각해본다. 그녀 자신은 실패했다. 그녀는 작가가 아니다. 전혀. 정말 그렇다. 재능 있는 괴짜일 뿐이다. 간밤에 내린 비 때문에 생긴 웅덩이에는 하늘 한 조각이 빛나고 있다. 부드러워진 땅에 그녀의 발이 살포시 빠진다. 그녀는 실패했다. 웅얼거리는 소리가 다시 들려온다. 그녀 뒤쪽, 보이지 않는 저편에서. 바로 뒤인가 싶어 돌아보면 어느새 소리는 사라지다가도 다시 들려온다. 머리가 지끈거린다. 두통은 간밤에 내린 비처럼 확실하다. 그것은 어떻게든 그녀를 부숴버릴 것이고 그녀 자체가 될 것이다. 머리가 지끈거리고 폭격기들이 다시 하늘에 나타난 것 같다(폭격기들은 그녀의 망상일까?). 강둑에 다다른 그녀는 제방을 넘어 강으로 간다. 저 멀리 강 상류에는 낚시하는 사람이 있다. 하지만 그는 그녀를 알아채지 못할 것이다. 그렇겠지? 그녀는 돌을 찾기 시작한다. 기왕 할 거면 제대로 하겠다는 듯이, 세부사항이 적힌 설명서에 나온 대로 찾는 것 같다.

빠르면서 꼼꼼하게. 그녀는 대충 돼지 머리통만 한 크기에 모양도 그것과 비슷한 돌을 하나 골라 코트 주머니 한쪽에 쑤셔 넣는다. (코트 깃이 그녀의 목을 간질인다.) 그러면서도 돌의 까칠한 감촉과 색깔에 눈이 간다. 녹색 반점이 있는 연갈색 돌. 그리고는 강가에 선다. 강물이 강둑에 찰싹이며 부딪힌다. 강둑의 울퉁불퉁한 진흙 바닥에 깨끗한 물이 차오른다. 물은 강과는 다른 물질일 것이다. 햇빛을 받아 영롱하게 빛나는 황갈색 강은 차분한 길처럼 강둑 이편에서 저편으로 뻗어 있다. 그녀는 앞으로 걸어간다. 신발은 벗지 않는다. 물은 차갑지만 못 참을 정도는 아니다. 물이 무릎까지 올라올 때쯤 그녀는 멈춰 서서 레너드를 떠올린다. 그의 손과 수염 그리고 입가에 깊이 팬 주름들. 그리고 바네사를 떠올린다. 아이들도, 비타와 에텔도. 그 많은 사람들을 떠올린다. 다들 실패했어, 그렇잖아? 갑자기 그들에게 너무 미안해진다. 이대로 주머니의 돌을 꺼내고 돌아서서 집으로 갈까 생각해본다. 편지를 찢어버릴 시간은 충분할 것이다. 계속 살아갈 수 있을 것이다. 그렇게 마지막 호의를 베풀 수 있을 것이다. 강물은 무릎 높이에서 흘러가고 있다. 가만히 선 그녀는, 그러나 이런 생각을 떨쳐버린다. 소리는 여기에서도 들리고, 머리는 지끈거린다. 그리고 레너드와 바네사가 자신을 돌보게끔

하면 다시는 자신을 놔주지 않을 것이다. 그렇겠지? 그녀는 그들이 자신을 놔줘야 한다는 생각을 굳히고, 물이 허리께에 올라올 때까지 허우적대며 힘겹게 걸어 들어간다(강바닥은 오물투성이이다). 강 상류에는 빨간 재킷을 입은 낚시꾼이 있다. 힐끔하고 그를 보지만 그는 그녀를 보지 않는다. 노란빛 수면에(가까이에서 보니 강물은 갈색보다는 노란빛에 가깝다) 하늘이 탁하게 비친다. 이제 마지막 순간이다. 빨간 재킷을 입은 낚시꾼과 탁한 물에 비친 흐린 하늘, 그것이 그녀가 마지막으로 인식한 것이다. 거의 무의식적으로(그녀는 무의식적이라 느낀다), 발을 내디뎠는지 헛디뎠는지는 몰라도, 앞으로 넘어지자 돌이 그녀를 물속으로 끌어들인다. 하지만 잠시 동안은 아무 일도 벌어지지 않는다. 그저 또 한 번의 실패인 것 같다. 헤엄쳐서 쉽게 빠져나올 수 있는 차가운 물일 뿐이다. 그런데 순식간에 그녀 주위를 휘도는 물살에 휩쓸린다. 강바닥에서 솟아나온 건장한 남자가 그녀의 두 다리를 잡아 자기 가슴 쪽에서 붙들고 있는 것 같다. 다시 말해, 사람이 하는 짓 같다.

한 시간도 더 지난 후에 정원에서 그녀의 남편이 돌아온다. "부인께선 외출했어요." 하녀가 베개를 두드려 부풀리면서 말한다. 해진 베개는 솜털 사이의 바람을 작은 폭풍처럼 토해낸다. "금방 돌아오겠다고 하시더군요."

뉴스를 들으러 이층 거실로 올라간 레너드는 탁자에 놓인, 그의 앞으로 된 파란색 봉투를 본다. 안에는 편지 한 통이 있다.

사랑하는 그대에게.

저는 분명 또다시 미쳐버릴 거예요. 그런데

우리가 다시 한번 찾아온 이 시련을

이제는 잘 넘길 수 없을 것 같네요.

그리고 저는 이번에는 회복하지 못하겠죠. 또 그 소리가

들리기 시작하고 정신을 집중할 수 없어요.

그래서 저는 최선의 길을 찾고 있어요. 당신은

줄 수 있는 최고의 행복을

제게 줬어요. 당신은

모든 면에서 할 수 있는 만큼

다 했어요. 이 끔찍한 병이 오기 전엔

이보다 더 행복했던 사람도 없을 거예요. 더 이상은

안 되겠어요. 제가 당신의 삶을 망치고

있다는 거 알아요. 저 없이도

당신은 잘해왔다는 것도요. 앞으로도 그럴 거고요.

보시다시피 이 편지조차 제대로 쓸 수 없네요. 읽지도

못하겠어요. 제가 하고 싶은 말은

제 인생의 모든 행복은 당신 덕분이라는 거예요.

당신은 저를 더없이 잘 참아줬어요. 그리고

믿을 수 없을 만큼 제게 잘해줬고요. 이 말을 하고 싶네요.

모두가 이 사실을 알고 있다는 거요. 누군가가 저를

구해줄 수 있었다면 그건 당신이었을 거예요.

저에게서 모든 것이 사라졌지만 당신이

좋은 사람이라는 확신만큼은 남아 있어요. 더는

당신의 삶을 망칠 수 없어요. 우리 두 사람만큼

행복했던 사람도 없을 거예요.

— 버지니아

레너드는 방을 박차고 나와 계단을 뛰어 내려가 하녀에게 말한다. "아내에게 나쁜 일이 벌어진 것 같아. 자살을 하려고 했을지도 몰라. 어느 길로 갔지? 아내가 집을 떠나는 걸 봤나?"

하녀는 겁에 질려 울기 시작한다. 레너드는 집을 뛰쳐나와 교회와 양 떼, 고리버들 밭을 지나 강으로 향한다. 강둑에 도착했지만 사람이라곤 빨간 재킷을 입은 낚시꾼밖에 없다.

급류와 함께 그녀가 빠르게 흘러간다. 쭉 뻗은 두 팔,

물살에 흘러내리는 머리카락, 부풀어 오른 코트자락. 마치 하늘을 나는 것처럼 기괴한 모습이다. 그녀는 점점이 부서지는 갈색 빛줄기를 헤치고 무겁게 떠내려간다. 하지만 그다지 멀리 가지는 못한다. 그녀의 두 발이(신발은 사라지고 없다) 이따금 강바닥을 칠 때면 시커먼 나뭇잎 잔해가 구름처럼 뭉게뭉게 피어오르는데, 그녀가 보이지 않을 만큼 멀리 흘러간 뒤에도 사라지지 않는다. 그녀의 머리카락과 코트의 털에 짙푸른 잡초들이 걸린다. 뒤엉킨 잡초들은 한동안 그녀의 눈을 덮다가 자연스레 떨어져 나와 꼬이고 풀리고 다시 꼬이기를 반복하며 흘러간다.

마침내 그녀는 사우스이즈의 다리를 떠받치는 말뚝 중 하나에 걸려 멈춘다. 물살이 그녀를 떠밀고 흔들어대지만, 그녀는 땅딸막한 사각기둥 아래에서 몸을 뒤집은 채 얼굴을 돌에 대고 요지부동이다. 그곳에서 한쪽 팔은 굽혀진 채 가슴 쪽에 붙어 있고 다른 한쪽 팔은 엉덩이보다 살짝 위에 떠 있는 채로 몸이 웅크러진다. 그녀의 몸 조금 위로 햇빛 받은 수면이 찰랑이고 물에 비친 하늘이 일렁인다. 떼까마귀들이 하얀 구름이 가득한 하늘을 검게 잘라내듯 가로지른다. 자동차와 트럭들이 덜컹거리며 다리를 지나간다. 세 살도 채 안 되어 보이는 한 아이가 엄마와 함께 다리를 건너다 난간에 멈춰 선다. 그러고는 쪼그리고 앉아 가지고 있던 막대기를 난간의 얇은 널빤지 사이에 쑤셔 넣으며 강물에 떨어뜨리려 한다. 엄마가 길을 재촉하지만 아이는 한동안 고집스레 있으면서 물살이 막대기를 집어삼키는 모습을 지켜본다.

제2차 세계대전 초의 어느 날, 그들은 그렇게 있다. 다리 위에 있는 아이와 엄마, 수면 위를 떠내려가는 막대기. 그리고 강바닥에는 버지니아의 시신이 있다. 마치 그녀가 수면을, 막대기를, 아이와 엄마를, 하늘과 떼까마귀를 꿈꾼다는 듯이. 군인들을 가득 실은 국방색 트럭 한 대가 다리를 건넌다. 제복을 입은 군인들은 방금 막대기를 던진 아이에게 손을 흔든다. 아이도 손을 흔들어준다. 아이는 엄마에게 자신을 들어 올려달라고 조른다. 그러면 군인들에게 아이가 더 잘 보일 것이다. 이 모든 일이 다리를 공명하면서 다리의 나무와 돌을 울려 버지니아의 시신에 닿는다. 그녀는 말뚝에 옆얼굴을 대고 이 모든 것을 받아들인다. 트럭과 군인들, 엄마와 아이를.

댈러웨이 부인

꽃을 사는 일이 아직 남았다. 클러리서는 화가 난 척하면서(정작 그녀는 이런 잔일을 즐긴다) 욕실 청소를 하고 있는 샐리를 남겨두고 반시간 안에 돌아오겠다고 약속한 뒤 뛰어나간다.

뉴욕, 20세기 말.

현관문으로 6월의 아침이 활짝 열린다. 날씨가 무척 맑고 아름다워 클러리서는 문턱에서 잠시 발을 멈추고, 수영장 가장자리에서 타일에 찰싹이는 옥색 물을, 그 푸른 심연 속에서 너울거리는 투명한 태양의 망을 바라보듯 서 있다. 그렇게 잠시 서서, 수영장에 뛰어들어 한순간 차가운 막을 통과하면 맞이하게 될 순수한 충격의 순간을 늦춘다.

소음이 끊이지 않는, 거무튀튀한 낡은 건물과 끝 모를

퇴락의 늪으로 빠져든 뉴욕에서 오늘 같은 여름날은 일 년에 겨우 며칠밖에 되지 않는다. 어디를 둘러봐도 새로운 삶에 대한 확신으로 충만한 아침. 그 확신은 너무 강해서, 무시무시한 벌을 끝없이 받으면서도 아무런 상처도 입지 않고 멀쩡하게, 아니, 오히려 더 많은 벌을 받을 기세로 돌아오는 만화영화 주인공처럼 코미디에 가깝다. 올 6월에도 웨스트 10번가에 늘어선 나무들은 개의 배설물과 버려진 포장지로 뒤덮인 거리에서 어김없이 작은 잎사귀들을 틔웠다. 그리고 이웃집 할머니의 창틀에 놓인 화분에는 항상 그렇듯 먼지를 뒤집어쓴 빛바랜 붉은 플라스틱 제라늄이 가득한데, 그 한가운데에서 질긴 민들레 한 포기가 싹을 틔웠다.

이 얼마나 신나고 놀라운 일인가. 이런 6월 아침에 이렇게 살아 있다니, 이렇게 성공적이라니, 이렇게 말도 안 되는 특혜를 받다니. 단순한 잔일만 하나 주어진 채. 그녀, 클러리서 본, 이 평범한(이 나이에는 왜 이런 말을 애써 거부하려는 걸까?) 사람에게는 사야 할 꽃이 있고 열어야 할 파티가 있다.

현관으로 내려서자 운모가 박힌 첫 번째 계단에서 신발에 닿은 적갈색 돌의 껄껄함이 느껴진다. 쉰둘. 정확히 쉰둘의 나이인데도 그녀는 이상할 정도로 건강하다. 그리고 웰플리트에서 지내던 열여덟 살의 그날, 유리문을 지나 상쾌하고 눈이 시릴 만큼 투명하고 생기로 충만한 새로운 날로 성큼 발을 들여놓던, 오늘과 참으로 비슷했던 그날만큼이나 기분이 좋다. 그날 부들* 사이로 잠자리들이 날고 있었고, 수액 때문에 한껏 강렬해진 풀 냄새가 코를 찔렀다. 그때 리처드가 그녀 뒤로 다가와 어깨에 손을 얹으며 이렇게 말했다.

"안녕, 댈러웨이 부인."

댈러웨이라는 이름은 리처드가 지어준 것이었다. 어느 날 밤 기숙사에서 있던 행사에서 술에 취한 그가 본이란 이름은 그녀에게 어울리지 않는다며 임기응변으로 내놓은 기발한 이름이었다. 그녀 같은 사람은 작품 속 위대한 인물을 본뜬 이름을 가져야 한다는 것이었다. 그때 그녀는 이사벨 아처나 안나 카레니나를 좋아했지만, 리처드는 댈러웨이 부인이야말로 유일하고도 확실한 선택이라며 고집을 꺾지 않았다. 문제는 댈러웨이의 이름이 클러리서라는 것이었다. 무시해버리기에는 너무 뚜렷한 암호라고나 할까. 아니, 운명이야말로 훨씬 더 중요한 문제였다. 클러리서는 분명 비참한 결혼생활을 하거나 기차 바퀴 밑

* 습지에서 자라는 풀.

으로 굴러 떨어질 운명은 타고나지 않았다.* 그녀에게는 매력과 성공이 운명적으로 따를 것이었다. 그래서 그녀의 이름은 댈러웨이 부인이고, 또 그렇게 될 것이었다.

"날이 참 아름답지?" 그날 아침 댈러웨이 부인은 리처드에게 물었다.

"아름다움은 매춘부 같은 거야. 나는 돈이 더 좋아."

그는 위트를 즐겼다. 그곳에서 가장 어릴 뿐만 아니라 유일한 여자였던 클러리서는 어느 정도의 감상적인 면은 좋다고 생각했다. 만약 6월 하순이었다면 그녀와 리처드는 연인이 되었을지도 모른다. 그때라면 리처드가 루이스의(공상에 빠진 전형적인 시골 소년이었던 그는 사팔뜨기에다 음탕함 그 자체였다) 침대에서 빠져나와 그녀의 침대로 옮긴 지 거의 한 달이 지났을 테니까.

"글쎄, 난 어쩌다 보니 아름다움을 좋아하게 됐어." 그렇게 말하며 그녀는 어깨에 얹힌 리처드의 손을 내려 집게손가락 끝부분을 생각했던 것보다 약간 더 세게 깨물었다. 그녀는 열여덟 살이었고 새로운 이름도 가졌다. 그녀가 바라는 것이라면 무엇이든 할 수 있었다.

꽃을 사러 계단을 내려가는 그녀의 신발에서 부드러운

* 각각 《여인의 초상》의 이사벨 아처와 《안나 카레니나》의 안나 카레니나의 운명을 일컫는다.

사포질 소리가 난다. 리처드에게 행운과("미국 문학에서 보이는 고뇌에 찬 예언의 목소리") 쇠락이("당신에게는 티세포*가 전혀 없어요. 하나도 발견되지 않는군요") 동시에 찾아왔다는 것에 대해 그녀가 우울해하지 않는 이유는 무엇일까? 그녀에게 뭔가 문제가 있는 걸까? 그녀는 리처드를 사랑하고 늘 그를 생각한다. 그러나 어쩌면 새로운 날의 아침을 좀 더 사랑하는 걸지도 모른다. 그녀는 평범한 여름날 아침의 웨스트 10번가를 사랑한다. 그 순간 그녀는 자신이 새로 염색한 금발을 검은 베일 아래에 숨긴 채 남편의 초상날 밤을 새며 적절한 임자를 찾아 이 남자 저 남자에게 눈길을 돌리는, 품행이 단정치 못한 과부가 된 느낌이 든다.

클러리서는 셋(루이스, 리처드, 클러리서) 중에서 제일 냉정했으면서도 로맨스에는 가장 쉽게 무너졌다. 이 때문에 삼십 년 이상이나 놀림을 받아야 했다. 이미 오래전에 그녀는 자신의 방탕함과 절제되지 않는 감수성에 굴복했고, 차라리 이를 즐기기로 작정했다. 그녀는 항상 너무 야박하게 굴거나 사랑에 쉽게 빠지곤 했다. 리처드의 표현에 따르면, 안달복달하는 조숙한 어린애 같았다. 리처드 같은 시인이라면 오늘 아침 풍경에 대해 이렇게 저렇게 평

---

* 림프구의 각종 세포 집단 중 하나로, 면역과 관계된다.

하고, 대수롭지 않은 아름다움뿐만 아니라 대수롭지 않은 추함까지 무시하며, 낡아빠진 벽돌 주택들과 영국 성공회 교회의 엄격한 석축 양식 그리고 잭 러셀 테리어를(5번가에서 어느 때부터 갑자기 흔해진, 다리가 휜 작은 개) 운동시키는 깡마른 중년 남자의 배경 따위에 도사리고 있을 경제적, 역사적 진실을 찾으려 애쓰면서 엄숙하게 움직일 것이다. 하지만 그녀는 집과 교회, 남자와 개를 그저 즐기기만 한다.

유치한 행동이라는 걸 그녀도 잘 안다. 거기엔 치열함이 없다. 만약 그녀가 자신의 생각을 (지금 그녀 나이에) 공공연하게 표현한다면 그녀의 사랑하는 방식은 그저 잘 속아 넘어가는 어리석은 부류나 어쿠스틱 기타를 둘러멘 기독교 신자, 아니면 부양의 대가로 절대 해코지하지 않겠다고 서약하는 아내들과 조금도 다를 바 없으리라. 그럼에도 이런 무분별한 사랑이 그녀에게는 너무도 심각하게 느껴진다. 마치 이 세상 모든 것이 어떤 거대하고 뜻 모를 의지의 한 부분을 이루고 있으며, 그 나름의 은밀한 이름을, 언어로는 절대 전해질 수 없지만 그 자체의 생김과 느낌 그대로인 어떤 이름을 가지고 있는 것 같다. 이렇듯 결연하고 영구적인 감수성을 그녀는 영혼이라고 생각한다(당혹스러울 만큼 감상적인 단어지만 다른 마땅한 단어가 있

을까?). 육신이 죽어도 살아남을 부분. 그것에 대해 클러리
서는 누구에게도 말하지 않는다. 재잘거리거나 떠들지 않
는다. 단지 명백한 아름다움 앞에서 감탄할 뿐이다. 그러
면서도 그럴 때조차 어른다운 자제심을 보이려 한다. 그
러고는 가끔 이렇게 말한다. 아름다움은 매춘부라고, 나
는 돈이 더 좋다고.

오늘 밤 그녀는 파티를 열 것이다. 음식과 꽃 그리고 재
치 있고 명망 높은 사람들이 아파트를 가득 채울 것이다.
그러고는 그 한가운데로 리처드를 안내할 것이며, 그가
혹시 무리하지는 않나 확인하고는 상을 받으러 그와 함
께 주택지구로 갈 것이다.

그녀는 8번가와 5번가가 만나는 길모퉁이에 서서 신호
등이 바뀌기를 기다리며 두 어깨를 쭉 편다. 저기 또 그
여자가 있군, 하고 윌리 베스는 생각한다. 윌리 베스는 며
칠째 아침 이맘때쯤 정확히 이 부근에서 그녀를 지나친
다. 노년의 아름다움, 나이 든 히피, 여전히 길고 반항적인
느낌의 회색빛 머리, 아침 산책을 할 때면 입는 청바지와
남성용 면 셔츠 그리고 어느 민족의 것 같은 덧신(인도 아
니면 중앙아메리카?). 그녀에게는 아직도 어떤 섹시함이, 보
헤미안 같기도 하고 착한 마녀 같기도 한 매력이 숨어 있
다. 게다가 오늘 아침 헐렁한 셔츠와 이국적인 신발을 신

고 중력에 저항하는 듯한 자세로 선 그녀의 모습은 비극적이기까지 하다. 타르 웅덩이에 빠진 매머드라고나 할까. 타르가 무릎까지 차오른 상황에서 안간힘을 쓰다가 잠시 숨을 돌리는 와중에, 태연해 보일 정도로 위풍당당하게 서서 저 멀리 언덕의 부드러운 풀을 가만히 생각하는 매머드. 그렇지만 어둠이 내려 자칼이 나타나도 계속 여기서 옴짝달싹 못 한 채 홀로 있어야 한다는 사실을 깨닫기 시작한 암컷 매머드.

그녀는 참을성 있게 신호를 기다린다. 저 얼굴이라면 이십오 년 전에는 분명 미모가 상당했을 것이다. 남자들은 그녀의 팔에 안겨 행복하게 죽어갔겠지. 윌리 베스는 사람의 얼굴에서 인생사를 읽어내는 자신의 능력을 자랑스러워한다. 늙은 사람들도 한때는 젊었다는 사실을 이해하는 능력. 신호등이 바뀌자 그는 계속 길을 걷는다.

클러리서는 8번가를 건넌다. 에나멜가죽 구두 한 짝과 함께 보도의 갓돌 위에 버려진 고장 난 텔레비전을 보고 동정심을 느낀다. 그녀는 브로콜리, 복숭아, 망고가 가득 쌓인 행상의 짐수레를, 과일 무더기마다 요란한 느낌표로 가격을 알리는 카드를 내건 짐수레를 좋아한다. "1달러 49센트!" "1달러에 세 개!" "한 개에 50센트!!!"

저 앞, 아치 밑에는 짙은 색 정장을 말쑥하게 차려입은 한 노부인이, 전사와 정치인의 풍모를 묘사한, 세월의 풍파에 얼굴이 많이 훼손된 조지 워싱턴의 쌍둥이 조상影像한가운데에 서서 노래를 부르는 것 같다. 우리를 감동시키는 것은 이 도시가 겪은 파괴와 재기, 복잡성 그리고 끝없는 생명력이다. 구슬 몇 줄로 사들인 황무지가 맨해튼이었다는 사실을 알고 있더라도, 그곳에는 언제나 도시가 있었다고 믿게 된다. 맨해튼의 땅을 파보면 지금보다 더 오래된 또 다른 도시, 그 아래에는 그보다 더 오래된 도시의 폐허가 나온다고 믿을 수밖에 없는 것이다. 공원의 풀밭과(그녀는 노부인이 고개를 젖히고 노래 부르는 길을 가로질러 이제 막 공원으로 들어선다) 시멘트 아래에는 공동묘지에 묻혔던 유골이 그대로 있을 것이다. 백 년 전에 워싱턴스퀘어 공원을 조성하면서 묘지를 엎어버렸으니.

남자들이 마약을 사지 않겠냐고(그녀에게 호객행위를 하는 건 아니다) 나직이 속삭이거나 흑인 소녀 셋이 롤러스케이트를 타고 휙 지나가고, 그 노부인이 '이이' 하며 듣기 싫은 소리로 노래하는 동안, 클러리서는 사자死者들의 육체를 밟으며 걸어간다. 자신의 행운과 멋진 구두를(바니스 매장에서 지금도 팔리고 있다) 생각할 때마다 즐겁고 쾌활해진다.

아무튼 이 공원은 풀과 꽃으로 덮여 있는데도 눈에 거

슬릴 정도로 지저분하다. 여기는 마약밀매업자(말이 나왔으니 말인데, 그들이 사람을 죽이지는 않을까?), 정신이상자, 넋나간 사람 그리고 좋았던 적이 있는지는 모르겠지만 어쨌든 운이 다한 사람들로 우글거린다. 그래도 그녀는 세상을 사랑한다. 그것이 미완에 불변의 것이기에. 그리고 다른 사람들 또한 가난하든 부유하든 세상을 사랑한다고 확신한다. 왜 사랑하는지는 누구도 확실하게 말할 수 없겠지만. 그렇지 않다면 우리가 끝없이 타협하고 상처 받으면서도 계속 살아가려고 발버둥치는 이유가 무엇이겠는가. 심지어 리처드보다 더 비참해지더라도, 정신이상으로 횡설수설하고 이불 위에 똥을 싸며 인간성을 상실하더라도, 우리 인간은 여전히 필사적으로 살아남기를 원한다. 생존에의 욕구는 이 모든 것과 관계있다고 그녀는 생각한다.

콘크리트 위를 분주히 달리는 자동차들과 그로 인해 일어나는 혼란과 동요. 웃통을 벗어던진 청년들이 프리스비*를 던지고 행상들이(페루와 과테말라 출신) 은색 짐수레에서 고기를 구우며 매캐한 연기를 피워 올릴 때 제법 멀리 있는 분수대에서 흩날리는 물보라. 벤치에 앉아 가끔

* 원반던지기용 원반.

머리를 흔들며 나직하게 이야기를 나누다가 햇살을 조금이라도 더 쬐려고 애쓰는 할아버지와 할머니. 자동차 경적과 기타 연주 소리(저쪽에 자리 잡은 소년 셋과 소녀 하나로 구성된 초라한 저 밴드가 연주하는 건 〈에잇 마일스 하이Eight Miles High〉*가 아닐까?). 빛을 받아 반짝이는 나뭇잎들. 비둘기를 쫓는 점박이 개 한 마리. 그리고 짙은 색 정장을 입은 노부인이 아치 밑에 서서 '이이' 하고 노래를 부르는 가운데 지나가는 라디오에서 들려오는 〈아이 윌 올웨이즈 러브 유I Will Always Love You〉.

그녀는 광장을 지나다 분수대에서 날아오는 물보라를 맞는다. 바로 그때 반바지에 하얀 탱크톱을 입은 근육질의 월터 하디가 워싱턴스퀘어 공원으로 성큼성큼 특유의 뽐내는 듯한 걸음걸이로 걸어온다. "어이, 클레어**." 월터가 장난기 섞인 목소리로 클러리서를 부른다. 그 순간 두 사람은 어떻게 입맞춤을 해야 하나 당혹스러워한다. 월터가 자신의 입술을 클러리서의 입술 쪽으로 내밀자 그녀는 본능적으로 입술을 거두고 뺨을 내민다. 그러다 곧 정신을 가다듬어 입술을 내밀려고 얼굴을 돌리지만 0.5초

---

* 1960년대 미국 밴드 버즈의 노래로, 1965년 험난했던 첫 영국 투어 공연에서의 심경을 고백한 내용이다.
** 클러리서의 애칭.

정도 늦는 바람에 월터의 입술이 그녀의 입 언저리에 닿는다. 이건 너무 고지식해, 할망구 같잖아, 하고 클러리서는 생각한다. 세상의 아름다움에는 약하게 굴면서도 친구의 입에 입맞춤을 하는 데는 반사적으로 움츠러들고 있잖아. 삼십 년 전이었던가. 리처드는 그녀에게 해적 소녀 같은 겉모습을 걷어내고 속을 들여다보면 도시 근교의 훌륭한 부인이 될 요소가 모두 다 있다고 말했다. 그런데 지금 그녀는 너무 진부하고, 수많은 근심의 원인인 무미건조한 정신의 소유자임이 드러나고 있다. 딸이 그녀를 원망하는 것도 이상하지 않다.

"만나서 반가워요." 월터가 인사를 건넨다. 클러리서는 월터가 그녀 개인의 중요도를 마음속으로 꼼꼼히 따지고 있다는 사실을 잘 안다(그녀는 실제로 그것을 볼 수 있다). 그래, 그녀는 거의 전설이 되다시피 한 작가가 독자들의 오랜 기다림 끝에 발표한 소설에 나오는 부인이야. 그런데 그 책은 실패하지 않았는가? 대수롭잖다는 평을 받았고, 그러다가 그만 슬그머니 망각의 늪으로 미끄러지고 말았지. 이 여자는 흥미만 유발하는 몰락한 귀족 같다고 월터는 마음속으로 정해버린다. 그리고 자신이 그렇게 정해버린 여자 앞에 선다.

"오늘 같은 토요일에 뉴욕에서 뭘 하세요?" 그녀가 미소 지으며 묻는다.

"이번 주말에는 에번과 함께 이 도시에 머물고 있어요. 새로운 치료법 덕분에 에번의 기분이 훨씬 좋아졌거든요. 오늘 밤에는 춤도 추러 가고 싶다고 하네요."

"그건 좀 무리 아닐까요?"

"지켜보면서 절대 무리하게 두지 않을 거예요. 그 친구는 그저 세상으로 나가기를 원할 뿐이에요."

"오늘 밤 우리 집에 오면 어때요? 리처드가 커루더스상을 받은 것을 기념해 조촐한 파티를 열거든요."

"아, 그래요? 멋지군요."

"상에 대해서는 알죠?"

"알고말고요."

"매년 주는 상이 아니에요. 노벨상이나 다른 상처럼 일년에 몇 명씩 줘야 한다는 원칙도 없어요. 그저 경력을 봐서 누구도 부인하지 못할 만큼 중요한 사람이 나타나면 언제든지 상을 주죠."

"대단하네요."

"네, 맞아요." 그러다 잠시 후 이렇게 덧붙인다. "지난번 수상자는 애시버리였어요. 그전 수상자는 메릴, 리치, 머윈이었죠.*"

순간 월터의 넓고 순진한 얼굴에 그늘이 스치자 클러

리서는 의아해진다. 이름들을 기억해내려고 애쓰는 걸까? 설마 질투심을 느끼는 걸까? 자신도 그 같은 명예의 경쟁자가 될 수 있다고?

"좀더 일찍 말하지 않아서 미안해요. 당신이 가까이에 있는 줄 몰랐거든요. 주말에 에번과 도시에 남은 적은 한 번도 없었잖아요."

월터는 당연히 가겠노라고, 에번도 파티에 가고 싶어 하면 데려가겠노라고 대답한다. 에번이야 당연히 춤추는 에너지를 모아두는 쪽을 택하겠지만. 월터를 초대했다는 소리를 들으면 리처드는 무섭게 화를 낼 테고, 샐리도 분명 리처드 편을 들 것이다.

클러리서는 이해한다. 마흔여섯의 나이인데도 야구 모자와 나이키 운동화 차림을 하도록 선택받은 월터 하디에게 종종 사람들이 느끼는 경멸감만큼 이해하기 어려운 것은 이 세상에 없다. 그로 말할 것 같으면 근육질의 젊은 남자들끼리 하는 사랑과 실연을 다룬 로맨스 소설을 써서 역겨울 만큼 많은 돈을 버는 인물 아닌가. 그리고 끊임없이 나무막대기를 물어오는 도이칠란트 셰퍼드처럼 결코 지치지도 않고 더없이 즐거운 마음으로 음악에 맞춰

* 존 애시버리, 크리스토퍼 메릴, 에이드리엔 리치, W. S. 머윈으로, 미국 현대시를 대표하는 시인들이다.

춤을 추면서 밤을 하얗게 지새울 수 있는 사람 아닌가. 첼시나 빌리지 같은 동네에선 어디에서나 월터 같은 남자들을 만날 수 있다. 서른이나 마흔, 아니면 그보다 더 늙어서도 늘 생기 넘치고 몸에 자신 있으며 어린 시절에 경멸이나 조롱 따위의 이상한 일을 당한 적은 절대로 없었다고 우기는 남자들. 리처드는 어린 소년들을 유혹하는 남자들보다 영원히 젊은이로 남으려고 애쓰는 게이들이 세상에 더 해롭다고 말한다.

하지만 명성과 패션 그리고 최신 레스토랑에 대한 월터의 관심에는 일반적인 성인에게서 흔히 느껴지는 아이러니나 냉소의 그늘 또는 도무지 파악하기 어려운 감정을 찾아볼 수 없다. 클러리서가 그 진가를 인정하는 것도 바로 이런 탐욕스러운 천진난만함이다. 우리가 아이들을 사랑하는 이유는 어느 정도 그들이 냉소나 아이러니와는 무관한 영역에 살고 있기 때문이 아닐까? 한 남자가 더 많은 젊음과 더 많은 쾌락을 추구하는 것이 그토록 소름 끼치는 일일까?

게다가 월터는 타락한 게 아니지 않은가. 타락과는 분명 거리가 있다. 그는 자기 능력이 되는 한에서 가장 좋은 책들을, 다시 말해 역경 속에서 펼쳐지는 로맨스와 희생 그리고 용기가 가득한 책들을 쓰고 있다. 그리고 그 책들은 누군가에게 진정으로 위안이 된다. 그의 이름은 기금모금행사 초대장이나 항의서한에 실린다. 또한 그는 자기보다 젊은 작가들에게 당혹스러울 만큼 후한 추천사를 써준다. 그리고 에번을 아주 충실히 보살핀다. 요즘 클러리서는 사람을 평가할 때 다른 무엇보다도 친절한지 그리고 헌신할 역량이 있는지를 봐야 한다고 믿는다. 우리는 재치와 지성, 그러니까 사람들이 슬쩍 드러내는 천재성에 질리곤 한다. 하지만 클러리서는 월터 하디의 이런 뻔뻔한 천박함을 그만 즐기라고 해도 그러지 않는다. 이런 클러리서의 태도에 샐리가 당혹스러워하고, 리처드는 실제로 클러리서에게 바로 그녀 자신이 약간 허세 있는 멍청이가 아니냐며 지적했는데도.

"좋아요. 우리가 사는 곳은 아실 테고, 그렇죠? 5시예요."

"5시라……."

"좀 서두를 필요가 있어서요. 시상식은 8시인데 끝난 다음이 아니라 하기 전에 파티를 열 계획이에요. 리처드가 늦은 시간을 잘 못 견디거든요."

"알았어요, 5시. 그때 봐요." 월터는 클러리서의 손을 꼭 쥐었다 놓고는 강인한 생명력을 과시하듯 거들먹거리는 걸음걸이로 걸어간다. 월터를 리처드의 파티에 초대하는 것은 어찌 보면 가혹한 장난이겠지만, 아무튼 월터도 오늘 같은 6월 아침에 클러리서처럼 살아 있지 않은가. 그리고 만약 그가 클러리서가 예전에 자신에게 파티 계획을 넌지시 일러주면서도 교묘하게 정확한 날짜를 밝히지 않았다는 사실을 알아챈다면(그런데 그는 이 모든 걸 알아챈 것 같다) 무시당한 느낌을 받을 것이다.

바람이 나뭇잎을 흔들면서 더 밝고도 흐릿한 초록색 뒷면을 내보이는 순간, 클러리서는 바로 지금 자기 옆에 리처드가, 이렇게 되어버린 리처드가 아니라 십 년 전의 그가 있어줬으면 하는 생각이 갑작스레 너무 절실해진다. 쉬지 않고 거침없이 이야기해대는, 정말 끈질기게 얘기하던 그 리처드. 예전처럼 월터를 놓고 리처드와 격론을 벌이고 싶다. 리처드가 내리막길을 걷기 전에는 늘 싸웠다. 그는 정말로 선과 악에 대한 문제들로 전전긍긍했고, 클러리서가 샐리와 함께 살기로 한 결정에 대해, 그것이 심각한 타락의 일반적인 징후가 아닐지라도, 그녀 자신의 나약함을 드러내고 여자 전체를 욕보이는(그는 이런 표현을 절대 인정하지 않겠지만) 짓이라는 생각을 적어도 지난 이십 년 동안은 절대 포기하지 않았다. 왜냐하면 일찍이 그는 클러리서가 그녀 자신뿐만 아니라 여자 전체의 재능과 유혹에 쉽게 빠지는 성향을 대표하는 사람이라고 굳게 믿었기 때문인 것 같다.

클러리서에게 리처드는 언제나 엄격하고 자신을 발끈하게 만드는 동료이자 가장 훌륭한 친구였다. 만약 지금 리처드가 병마의 공격을 받지 않은 예전 모습 그대로라면 두 사람은 이 순간에도 월터 하디에 대해, 영원한 젊음을 추구하는 것에 대해, 그리고 고등학교 때 자기를 괴롭힌 아이들을 그대로 따라하는 남자 동성애자들에 대해 열띤 논쟁을 벌일 수 있을 것이다.

늙은 리처드는 흑인 젊은이가 콘크리트에 분필로 서툴게 따라 그린 보티첼리의 〈비너스〉를 보고 이에 대한 다양한 해석을 놓고 반시간 정도는 이야기할 수 있을 것이다. 그러다가도 하얀 하늘을 배경으로 해파리처럼 바람에 떨고 있는 비닐봉지라도 본다면, 금세 화학물질과 엄청난 이득과 그 이득을 챙기는 손에 대한 대화로 넘어갈 것이다. 그는 그 봉지가(감자칩이나 너무 익어 문드러진 바나나를 담았거나 가난에 찌든 어느 어머니가 말다툼하는 아이들을 윽박지르며 가게 문을 나서다가 무심결에 내버린 것일지도 모르는데) 어떻게 허드슨 강까지 날아가 다시 바다로 떠내려갈지에 대한 이야기, 백 년을 살 수 있는 바다거북이 그 봉지를 해파리로 잘못 알고 먹었다가 죽음에 이르고 만다는 이야기를 하고 싶어 할 것이다.

아무튼 리처드가 그 주제에서 곧바로 샐리로 넘어가는 것은 불가능하지 않을 것이다. 그는 긴 격론 끝에 샐리에 대해 묻는 버릇이 있어, 깍듯이 예의를 갖춰가며 샐리의 건강과 행복에 대해 물어볼 것이다. 샐리라는 존재가 더할 나위 없이 안전한 천국이라도 된다는 듯이, 그녀가 (샐리는 금욕적이고 뒤틀리고 음흉할 만큼 총명한데) 한적한 길거리에 자리 잡은 집이나 튼튼하다고 믿을 만한 자동차처럼 전혀 해롭지 않거나 무던한 존재라는 듯이. 리처드는 샐리에 대한 반감을 절대 인정하지도, 그렇다고 풀지도 않을 것이다. 또한 클러리서가 상류사회의 부인이 되었다고 믿는 자기만의 확신을 절대 버리지 않을 것이다. 그녀와 샐리가 자기들의 사랑을 다른 사람에게 감추려고 하지 않는다는 것과 공영 텔레비전 방송의 프로듀서인 샐리가 매우 헌신적이고 지적이라는 사실에도 전혀 괘념치 않을 것이다. 얼마나 더 많은 격무와 사회적 책임을 떠맡아야 하며, 얼마나 더 심한 대우를 받아야 한단 말인가. 클러리서가 자신의 생계비를 충당해줄 값싼 저질 책들과 함께 출판하자고 고집하는, 훌륭하지만 돈과는 거리가 먼 책들은 신경 쓰지 말자. 또 그녀가 '에이즈와 함께하는 사람들'과 벌인 모든 정치적 운동에도 신경 쓰지 말자.

클러리서는 휴스턴 가를 지나면서, 건강이 잠시나마 회

복된 걸 축하한다는 의미로 에번에게 뭔가 자그마한 것이라도 사줘야겠다고 생각한다. 꽃은 아니다. 꽃이 죽은 사람에게 어울리지 않다면 병든 사람에게도 불길한 것이 된다. 그렇다면 무엇을 사주지? 소호 가 가게들은 파티복, 보석, 비더마이어 양식의 가구 등으로 흘러넘칠 뿐 한 움큼 약에 기대지 않고서는 정상적인 수명을 누릴 수 없거나 약을 써도 그럴 수 없는, 거만하고 똑똑한 젊은 남자에게 줄 거라고는 아무것도 없다. 누구든 선물이라면 좋아하겠지? 클러리서는 어느 가게 앞을 지나다가 줄리아를 위해 드레스를 한 벌 살까 생각해본다. 저 앙증맞은 검은색 드레스에 안나 마냐니 스트랩*이면 눈이 부실 텐데, 줄리아는 자신의 젊은 시절을, 무엇을 걸쳐도 어울리는 그 짧은 기간을 드레스는커녕 남성용 셔츠에 콘크리트 블록만 한 가죽 부츠를 신고 어디든 다니겠다고 왜 그렇게 고집을 부리고 있는지 모르겠다(그녀의 딸은 어머니에게 왜 그렇게 말을 아끼는 걸까? 딸에게 열여덟 번째 생일 선물로 사준 반지는 도대체 어떻게 되었을까?).

여기 스프링 가에 작지만 꽤 괜찮은 서점이 있다. 책이라면 에번도 좋아하겠지. 쇼윈도 안에는 이런저런 이유

* 이탈리아 여배우이자 시대의 아이콘이었던 안나 마냐니(1908~1973)가 애용한 슬립 타입의 드레스 스트랩.

로, 호평은 받아도 사랑은 받지 못해 돈이 되지는 못할 클러리서의 영어 작품(만 부를 찍으려고 그렇게 애썼는데 기껏 다섯 권 팔리면 다행이라니, 참 말도 안 되는 일이다) 한 권이(단 한 권이!) 그녀가 더 큰 출판사에 넘겼던 어느 남아메리카의 가문 이야기를 다룬 작품 옆에 진열되어 있다. 진열대에는 그 외에 새로 나온 로버트 메이플소프* 전기와 루이제 글뤼크**의 시집이 있지만 그럴듯한 책은 하나도 없는 것 같다. 죄다 너무 평범하고 진부하다.

에번에게는 그를 자리 잡게 해주고 부모처럼 돌봐주고 변화하는 세상에 대비할 수 있게 해주는 좋은 책을 선물하면 좋을 것이다. 유명 인사의 뒷얘기를 담은 책을 들고 나타날 수는 없지 않은가. 또한 비참한 영국 소설가의 이야기나 칠레의 일곱 자매의 운명에 관한 이야기도, 그것이 제아무리 아름답게 쓰였더라도 선물로 내놓을 수는 없다. 시詩라면 에번이 도자기 접시에 그려진 그림을 감상할 때처럼 읽을 것 같다.

사물의 세계에는 위로받을 만한 게 전혀 없는 것 같다. 클러리서는 예술, 예술 중에서 가장 위대한 것까지도(심

---

* 미국의 사진작가(1946~1989). 흑인 남성 누드와 동성애, 에이즈 등 당시 금기였던 주제를 대담하게 사진에 담았으며, 남성 누드를 통해 남성의 에로티시즘을 탐구했다.
** 미국의 현대 시인. 1993년 퓰리처상을, 2014년 전미도서상을 수상했다.

지어 리처드의 시집 세 권과 지루하기 짝이 없는 유일한 소설조차)
영락없이 사물의 세계에 속한 게 아닌가 하는 두려움이
생긴다. 서점의 창 앞에 서 있는 그녀에게 불현듯 오래된
기억 하나가 떠오른다. 어디에선가(아래층인가?) 갑자기 재
즈 밴드의 구슬픈 음악이 축음기에서 흘러나올 때, 창문
을 건드리던 나뭇가지 하나. 그것은 그녀의 첫 번째 기억
도(갓돌의 가장자리 위를 기어가던 달팽이도 있었던 것 같다) 아
니고, 두 번째 기억은(어머니의 밀짚 샌들, 아니면 두 기억이 서
로 뒤바뀌었을 수도 있다) 더더욱 아니다. 그런데도 이 기억
은 다른 어떤 것보다 끈끈하고 그윽해서 거의 불가사의
할 만큼 편안하게 느껴진다. 그때는 클러리서가 위스콘
신 주의 어느 집에 머물렀던 것 같은데, 여름마다 부모님
이 전전했던 수많은 집 중 하나였다(같은 집에 두 번 머문 적
은 거의 없었고, 각각의 집은 어머니가 말하던, 본 가문이 위스콘
신 델즈에서 보낸 피눈물 나는 이야기와 들어맞지 않는 점이 있었
다). 다시는 되돌아가지 않을 그 집에 대한 기억이라고는
흐른 소리가 시작되면 바람에 끊임없이 흔들리던 그 나
뭇가지가 음악을 불러일으키듯 창을 두들기던 것밖에 없
지만, 어제 일어난 그 어떤 일보다도 더 선명하게 각인된
그 집에 머물던 시절의 그녀는 아마 서너 살 정도였을 것
이다. 그때부터 그녀는 이 세상에 존재하기 시작했고, 또

인간의 행복보다 더 큰 어떤 질서가, 비록 그 질서는 여러 감정뿐만 아니라 행복까지도 포함하지만, 넌지시 암시하는 약속들을 이해하기 시작했던 것 같다.

그녀에게 나뭇가지와 음악은 책방에 진열된 모든 책보다 더 중요하다. 그녀는 에번을 위해서, 그리고 자신을 위해서 그 기억 속의 모든 것이 담긴 책을 원한다. 그녀는 책과 유리창에 비친 자기 모습을 보며 서 있다(이제는 아름답다기보다는 멋스럽다는 표현이 더 어울리지만, 노부인의 얼굴에서 볼 법한 주름진 비단 같은 수척함과 오그라든 입술은 언제쯤 나타날까?). 그러다가 다시 걸음을 옮기면서, 동성애 이론가에게 빠진 딸 줄리아가 티셔츠와 군화만 고집한 탓에 사 줄 수 없는 그 멋진 검은색 드레스를 못내 아쉬워한다.

당신은 메리 크룰을 존중하지만, 그녀는 당신에게 선택의 여지를 주지 않는다. 그녀는 가난하게 지내고, 여러 명분으로 교도소를 들락거리며, 젠더라는 구차한 가면에 대해 뉴욕 대학교에서 열정적으로 강의한다. 당신은 그녀를 좋아하고 싶고 필사적으로 그러려고 하지만, 그녀는 결국에는 자신의 지성과 도덕성에 몰두하고, 칼날처럼 신랄하고 가죽재킷처럼 강고한 정의감을 끝도 없이 드러낼 뿐이다. 그것도 지나치게 독단적으로. 당신은 그녀가 레즈비언이라는 정체성에 대한 당신의 위로와 유별난 생각들을(그녀는 분명히 당신의 생각이 유별나다고 생각할 것이다) 은 근히 조롱하고 있음을 안다. 당신은 더 이상 젊지 않아서, 아니면 무난한 스타일의 옷을 입어서 적으로만 여겨지는 일에 지쳐간다. 메리 크롤에게 그런다고 뭐가 달라지냐고 소리 지르거나 며칠 동안 그녀를 자기 머릿속에 불러들여 그 근심과 슬픔들, 그리고 그 정체모를 두려움을 느끼게 해주고 싶다. 당신은 자신이 메리 크롤과 똑같은 치명적인 고통, 똑같은 정신적인 메스꺼움에 괴로워하고 있고, 그래서 주파수를 조금만 바꿔도 친구가 될 수 있다고 믿는다. 아니, 그럴 것을 **알고 있다.** 하지만 언제나처럼 그녀는 당신을 찾아와 딸을 내놓으라고 하고, 그러면 당신의 안락한 아파트에 앉아 있는 당신은 보수적인 아버지들처럼 그녀를 증오한다.

클러리서의 아버지는 상당히 점잖고 온화한 사람이었다. 그런 아버지도 점점 지쳐갔다. 아버지는 종종 논쟁하기를 그만두면서 설득하는 걸 포기했다. 그냥 동의하는 게 더 편했기 때문이다.

저 앞 맥두걸 가에는 트레일러, 장비 트럭, 백색 조명이 어수선하게 뒤얽힌 가운데 한 무리의 사람들이 영화를 찍고 있다. 여기야말로 평범한 세상이다. 사람들은 영화한 편을 찍고 있고, 푸에르토리코에서 온 소년은 은색 크랭크를 돌리며 레스토랑의 차양을 치고 있다. 여기가 세상이다. 바로 당신이 사는 곳. 그리고 당신은 감사한다. 애써 그러려고 한다.

그녀는 언제나처럼 살짝 닫혀 있는 꽃집 문을 열고 안으로 들어선다. 장미와 히아신스 다발, 이끼가 깔린 평평한 바닥, 줄기에 매달려 가늘게 떠는 난초들 사이에 키가 훤칠하고 어깨가 넓은 부인이 있다. 그 꽃집에서 몇 년째 일하는 바버라가 인사를 건네면서 키스를 주고받기 위해 뺨을 내민다.

"안녕하세요?" 클러리서의 입술이 바버라의 살갗에 닿는다. 그 순간만은 뜻밖에도 완벽하다. 클러리서는 자그마한 가게 안에 서 있다. 가게는 천장에 매달려 있는 마른 꽃다발들과 뒷벽에 쭉 나열된 리본걸이들이 주는 풍성함 때문에 사원처럼 경건해 보인다. 그러자 그녀는 경건하게 과거를 기억해낸다. 창유리를 때리던 나뭇가지. 아래층에서 들려오는 음악을 고조시키는 느낌을 주던 그 나뭇가지. 그리고 또 다른 나뭇가지가 있었다. 좀더 나이를 먹어 대여섯 살이었을 때 그녀의 침실에 있던 붉은 잎으로 덮인 나뭇가지, 그 가을의 나뭇가지를 사랑했던 게 기억난다. 그것이 그 이전의 나뭇가지를 떠올리게 해줬기 때문이다. 다시는 돌아가지 않을 집의 창문을 두드리던, 그래서 세세하게 기억나는 그 나뭇가지를.

지금 그녀는 잔털이 수북한 긴 줄기 위로 흰색과 살구색 양귀비꽃들이 핀 꽃집 안에 들어와 있다. 새하얀 프랑스제 박하사탕 통을 가방에 넣고 다녔던 어머니는 클러리서를 보면 입술을 오므리고는 약간 빈정거리는 것 같으면서도 감탄 섞인 목소리로 미치광이 같은 계집애라고 불렀다.

"어떻게 지내세요?" 바버라가 묻는다.

"그럭저럭 잘 지내요. 오늘 밤에는 대단한 문학상을 수상한 친구를 위해 조촐한 파티를 열어야 하고요."

"퓰리처상인가요?"

"아니요, 커루더스상이에요."

클러리서에게는 멍한 표정을 짓고 있는 바버라가 웃음을 애써 참는 것처럼 보인다. 너부죽한 얼굴에 창백한 안색을 띠고 있는 마흔 살 안팎의 그녀는 오페라를 부르겠다는 포부를 품고 뉴욕으로 왔다. 그녀의 각진 턱이나 차갑고 무표정한 눈은 백 년 전에도 사람은 기본적으로 지금과 똑같아 보였을지도 모른다는 것을 떠오르게 한다.

"지금 당장은 꽃이 많지 않아요. 이번 주에만 결혼식이 쉰 건 정도 있었거든요."

"그렇게 많이 필요하지는 않아요. 아무 꽃이나 몇 다발이면 충분해요."

비록 손님과 점원으로만 알고 지냈지만, 클러리서는 왠지 모르게 바버라와 좀더 좋은 친구가 되지 못한 데 대해 죄책감을 느낀다. 필요한 꽃은 모두 바버라에게서 사는 클러리서는 일 년 전 바버라가 유방암에 걸렸다는 소식을 듣고 카드까지 보내지 않았던가. 바버라의 삶은 순탄하지 않았다. 그녀는 부엌에 욕조가 딸린 빈민가 아파트에서 시급으로 그럭저럭 생계를 꾸리면서도, 이번에는 용케 암이라는 덫에서 탈출할 수 있었을 것이다. 클러리서가 지급하게 될 금액의 크고 적음과는 관계없이 무조건 깜짝 놀랄 준비를 할 메리 크룰의 얼굴이 한동안 백합과 장미꽃 위를 떠도는 듯하다.

"꽃이 잘 핀 수국이 조금 있어요."

"한번 볼까요?" 클러리서가 냉장실 쪽으로 가서 꽃을 고르자 바버라는 그 꽃을 뽑아 물이 뚝뚝 떨어지는 그대로 두 팔에 안는다. 19세기였다면 그녀는 정원에서 지금 모습 그대로, 다른 사람 눈에는 잘 띄지 않은 채 살고 있는 불만투성이 시골 아낙이 되었을지도 모른다. 클러리서가 작약, 백합, 크림색 장미를 고른 뒤, 수국은 마음에 들지 않아 치우고(아니야, 아니야, 이 꽃은 사람을 초라하게 만들 것 같아) 붓꽃은 어떨까 고민하고 있는데(붓꽃은 왠지 조

금…… 촌스럽지 않을까?) 거리에서 뭔가 크게 깨지는 소리
가 들린다.

"무슨 소리죠?" 그렇게 물어보며 클러리서는 창 쪽으
로 가는 바버라를 따라 창 쪽으로 간다.

"영화 찍는 사람들인가 봐요."

"그럴 거예요. 저기서 오전 내내 영화를 찍고 있어요."

"무슨 영화인지 아세요?"

"아니요." 바버라는 꽃을 한 아름 안은 채 나이 많은 사
람처럼 관심 없다는 듯 휙 돌아선다. 백 년 전의 전생에서
옷을 말쑥하게 차려입고 먼 도시에서 소풍온 사람들을
가득 싣고 지나가는 마차의 삐거덕 소리를 외면하는 유
령처럼. 그 순간 한 트레일러의 문이 열리고 유명인의 머
리 하나가 나타난다. 꽤 멀어서 동전에 새겨진 얼굴처럼
윤곽만 보이지만 분명 여자의 머리다. 클러리서는 그녀가
누구인지 바로 알아볼 수는 없지만 영화배우라는 것만
은 확실하다(메릴 스트립인가? 바네사 레드그레이브인가?). 자
신감을 풍기는 묘한 분위기, 소도구 담당자 한 사람이 그
녀에게 소란의 원인에 대해 열성적으로 설명하는 것으로
보아(클러리서에게는 들리지 않지만) 영화배우임이 분명하
다. 곧바로 그녀의 머리가 사라지면서 트레일러 문이 다
시 닫히지만, 그 영화배우는 결코 거역할 수 없는 항의의

뜻을 남긴다. 어떤 천사가 샌들을 신은 한쪽 발을 이 세상의 지면에 살짝 대고 무슨 문제가 있는지 물었다가 모든 게 잘 돌아가고 있다는 대답을 듣고, 이 땅의 아이들에게 아이들이 자기 일을 용케 해내리라고 생각하지는 않지만 이보다 더 경솔한 일이 벌어지면 그땐 가만두지 않겠다는 걸 다시 한번 알려주고는 다시 천국의 자기 자리로 돌아간 것 같다.

울프 부인

댈러웨이 부인은 무슨 말을 하고는(무슨 말이었을까?) 꽃을 직접 받았다.

런던의 어느 교외, 1923년.

버지니아는 눈을 뜬다. 이것도 글을 시작하는 또 다른 방식이 될 수 있을 것이다. 화이트홀*에 화환을 놓으려고 오는 군인들은 보이지 않고 대신에 6월 어느 날 클러리서가 심부름을 나갔으니. 하지만 이것이 올바른 시작일까? 너무 평범한 건 아닐까? 평온하게 침대에 누워 있는 버지니아에게 또다시 잠이 엄습한다. 너무 순간적이어서 다시 잠에 빠져든다는 것을 의식조차 하지 못한다. 별안간 그녀는 침대가 아니라 공원에 있는 듯하다. 초록 그 이상

* 영국 런던의 관청가.

의 초록. 이보다 더한 초록은 불가능할 것 같은 절대 초록이 펼쳐진다. 플라토닉한 공원이라고나 할까. 그러면서도 가정의 품 같기도 하고 신비의 보고 같기도 한 공원. 얇은 나무판으로 엉성하게 만든 벤치에는 숄을 걸친 노부인이 앉아 꾸벅꾸벅 졸고 있고, 지금까지 전해오는 고대의 무엇인가가, 동정심은 없지만 냉혹하지도 않으며 오랫동안 존속된 것에서만 느껴지는 그 무엇인가가 농장과 목초지, 숲과 공원의 초록을 함께 엮고 있음을 암시하는 공원.

　버지니아는 걷지 않으면서도 그 공원을 이리저리 돌아다닌다. 그녀는 육체는 없고 지각만 있는 깃털이 되어 공원을 부유한다. 그녀 앞으로 백합과 작약이 흐드러진 언덕에 양옆으로 크림색 장미꽃이 피어 있는 자갈 깔린 오솔길이 펼쳐진다. 맑은 연못 가장자리에는 세월의 풍화에 씻긴, 돌로 만든 소녀상이 물속을 유심히 바라보며 서 있다. 버지니아는 공기쿠션에 떠밀리듯 이리저리 공원을 떠돈다. 그녀는 이 공원 밑에 또 다른 공원이, 이곳보다 더 기묘하고 끔찍한 저승의 공원이, 이 잔디와 수목들의 뿌리가 자라고 있는 공원이 자리 잡고 있음을 알아챈다. 이곳이야말로 진정한 공원으로 단지 아름다울 뿐이다. 이제 사람이 보인다. 한 중국인 남자가 풀밭에서 무엇인가를 주우려고 허리를 굽히고 있고, 옆에는 어린 소녀가 기다리고 있으며, 저기 새롭게 갈아엎은 원형 흙무더기 위에는 한 여자가 노래를 부르고 있다.

버지니아는 다시 잠에서 깨어난다. 그녀는 여기, 호가스하우스의 침실에 있다. 회색빛이 침실을 가득 채우며 숨 막힐 듯한 금속성 분위기를 풍긴다. 그 빛은 버지니아의 침대보에 재색이 묻어나는 흰색의 미약한 생기를 입히고 초록빛 벽을 은빛으로 빛낸다. 그녀는 어떤 공원 꿈을 꿨고, 새로운 작품의 첫 문장 한 줄에 대한 꿈을 꿨다. 그게 어떤 것이었더라? 꽃들, 꽃들과 관계있었어. 아니면 공원과 관계있던가? 누가 노래를 부르지 않았던가? 아니야. 문장 한 줄은 사라져버렸다. 하지만 그녀에겐 아직 꿈자리의 기분이 그대로 살아 있기 때문에 문장을 잊어버린다 해도 상관없다. 자리에서 일어나 그 한 문장을 쓰는 건 어렵지 않다.

그녀는 침대를 빠져나와 욕실로 향한다. 레너드는 벌써 일어나 작업에 들어갔을 것이다. 그녀는 세수를 하지만 세면기 위에 걸려 있는 달걀 모양의 거울을 똑바로 보지 않는다. 유리에 비치는 자신의 움직임을 의식하면서도 결코 보지 않으려 한다. 거울은 위험하다. 가끔 거울은 그녀와 몸집과 모습은 같지만 그 뒤에 서서 나직이 축축한 숨소리를 내면서 불결한 눈으로 그녀를 바라보는, 유령

같은 시커먼 무엇인가를 그녀에게 보여준다. 그녀는 얼굴을 씻으면서도 거울을 보지 않는다. 오늘 아침만큼은 절대 보지 않을 것이다. 이미 아래층에서 시작된 위트와 아름다움, 아니, 그 이상의 멋진 무엇인가로 충만한 파티에, 반들거리는 마룻바닥을 비단옷들이 살랑살랑 가로지르고 음악 소리 밑으로 밀어를 속삭일 때 오가는 더없이 깊은 축하처럼 삶의 불꽃 같은 신비하고 금빛 찬란한 그 무엇으로 가득한 파티에 참석하려고 애를 태울 때의 기분으로 작업을 시작하고 싶을 때면, 거울을 절대 보지 않는다. 버지니아는 한껏 희망에 부풀어 이제 막 계단에 모습을 드러내고 파티에 내려가려는, 새 드레스를 입은 소녀가 될 수도 있다. 그렇다, 그녀는 결코 거울을 보지 않을 것이다. 그녀는 세수를 끝낸다.

그녀는 욕실을 나와 넓은 방의 고요하고 어둑한 아침 속으로 내려선다. 그리고 엷은 파란색 실내복을 입는다. 이곳엔 아직 밤이 머문다. 호가스하우스에는 종이와 책들이 어지러이 널려 있고, 밝은 색 방석과 페르시아산 융단이 갖춰진 와중에도 늘 야상곡을 떠올리게 하는 분위기가 감돈다. 집 자체가 어두운 것이 아닌데도, 심지어 희미한 이른 아침 햇살이 커튼 사이로 비집고 들어오고 자동차와 마차들이 파라다이스로드를 덜커덩거리며 달릴 때조차도 어둠을 몰아내려고 불을 밝힌 것처럼 보인다.

버지니아는 식당에서 커피 한 잔을 따라 발소리를 죽이고 아래층으로 내려가면서 부엌에 있는 넬리에게는 들르지 않는다. 오늘 아침만은 넬리에게 이것저것 약속하라는 요구나 불평을 듣지 않고 곧장 작업에 들어가고 싶다. 그러면 멋진 하루가 될 것이다. 그런 하루는 조심스레 다룰 필요가 있다. 커피를 잔에 받치고 흔들리지 않게 균형을 잡으며 인쇄실로 들어간다. 레너드는 이미 자기 책상 앞에 앉아 교정쇄를 읽고 있다. 랠프나 마조리에게는 아직 이른 시간이다.

레너드는 교정쇄를 보느라 찡그린 얼굴 그대로 한동안 인상을 펴지 않은 채 그녀를 올려다본다. 그녀가 신뢰하면서도 두려워하는 그 표정이다. 감히 꿰뚫어볼 수 없을 정도로 굵은 눈썹 밑에서 이글거리는 짙은 두 눈, 처진 입꼬리. 엄격하지만 결코 성급하지도 사소하지도 않은 판단을 내리는 표정이다. 그렇다, 신의 표정이다. 인간에게 정확히 어느 정도를 기대할 수 있는지 잘 알면서도 최선을 기대하는, 널리 만물을 내려다보다가 따분해져서 찌푸린 신의 표정. 그녀의 작품을 비롯해 글로 쓴 모든 것을 만질 때 그가 짓는 표정이다. 하지만 그녀를 보는 순간 그 표정은 순식간에 사라진다. 그리고 그녀가 가장 힘들어하던 시간 내내 간호해왔고, 그녀가 베풀 수 없는 것은 절대로 요구하지 않으며, 가끔 그녀에게 매일 오전 11시에 우유 한 잔 마시라고 권하는, 인자하고 온화한 남편의 얼굴로 바뀐다.

"좋은 아침." 그녀가 먼저 인사를 건넨다.

"좋은 아침. 잠은 어땠소?"

잠은 **어땠소?** 그는 잠이란 것이 행위가 아니라 길들여지기도 하고 흉포해지기도 하는 어떤 생물체라도 된다는 듯이 묻는다.

"별 일 없었어요. 그건 톰의 건가요?"

"맞아요."

"어때요?"

그는 다시 한번 얼굴을 찌푸린다.

"벌써 틀린 곳을 하나 발견했소. 두 페이지도 채 끝나지 않았는데."

"서두 부분에서 실수가 하나라면 그저 그러네요. 짜증 나는 일에 매달리기에는 시간이 너무 이르지 않나요?"

"당신, 아침은 먹었소?"

"먹었어요."

"거짓말."

"아침으로 크림커피를 마시고 있어요. 이거면 충분

해요."

"충분하기는…… 넬리에게 건포도 빵 한 조각과 과일을 좀 갖다 주라고 해야겠군."

"넬리를 들여보내 나를 방해하면 그 후의 내 행동에 대해서는 책임 못 져요."

"당신은 뭘 좀 먹어야 해요. 많이 먹을 필요는 없지만."

"조금 있다가 먹을 거예요. 지금은 작업하러 갈 거고요."

그는 잠시 생각하다가 마지못해 고개를 끄덕인다. 지금은 그녀의 작업을 방해하지 않을 것이고, 앞으로도 그럴 것이다. 그래도 버지니아가 음식을 거부하는 게 좋은 일은 아니다.

"점심은 먹어야죠. 수프와 푸딩이 있는 제대로 된 점심 말이오. 억지로라도 먹어야죠."

"점심은 먹을 거예요." 그녀는 살짝 신경질적이면서도 화는 내지 않는 목소리로 대답한다. 실내복 차림으로 김이 모락모락 나는 커피를 손에 든 채 우두커니 서 있는 그녀는 수척하고 기묘해 보인다. 그는 지금도 그녀 때문에 깜짝 놀랄 때가 있다. 그는 그녀가 영국에서 가장 지적인 여자일지도 모른다고 생각한다. 그녀의 책들은 몇 세기에 걸쳐 읽힐 것이다. 그는 어느 누구보다도 열렬하게 그렇게 믿는다. 무엇보다 그녀는 그의 아내가 아닌가. 그녀는 이십 년 전 케임브리지에서 하얀 드레스를 입고 남동생 방에 나타나 렘브란트나 벨라스케스의 작품만큼 그를 놀라게 했던, 키가 훤칠하고 얼굴이 창백한 버지니아 스티븐이었다. 그리고 지금 그의 앞에 서 있는 사람은 버지니아 울프다. 그녀는 올해 놀랄 만큼 많이 늙어버렸다. 피부 아래 공기층이 다 빠져나가버린 것처럼 우악스럽게 변하고 수척해진 게 작은 구멍이 촘촘하게 나 있는 엷디엷은 잿빛 대리석 조각처럼 보인다. 그래도 여전히 당당하고 우아하며 만만찮은 달빛 광채를 지녔지만, 더 이상 아름답지는 않다.

"좋아. 나는 여기서 계속 일을 하겠소."

그녀는 넬리에게 들키지 않도록 발소리를 죽여 위층으로 돌아간다(왜 그녀는 항상 자신이 하녀들에게 솔직하지 않다고 생각하고 죄책감을 느끼는 걸까?). 그러고는 서재로 들어가 조용히 문을 닫는다. 이제 됐다. 커튼을 여니 유리 너머에는 리치먼드가 평화로운 꿈을 꾸고 있다. 꽃과 울타리들은 손질이 잘되었고 덧문에는 일찌감치 페인트칠을 다시 했다. 잘 알지 못하는 이웃들은 붉은 벽돌로 지은 저택의 덧문과 차일 뒤에서 뭐든 할 것이다. 그녀는 다만 어두운 방들과 지나치게 많이 구운 음식의 거북한 냄새만 떠올릴 뿐이다.

그녀는 창문에서 몸을 돌린다. 강인하고 맑은 정신과 적당한 몸무게를 유지한다면, 레너드는 런던으로 돌아가도 좋다고 할 것이다. 그는 최근 몇 년 동안 짙은 청색 침대와 붉은색 교외 저택에서 지낸 요양이 성공적이어서 그녀가 다시 도시 생활을 할 수 있다고 생각할 것이다. 점심, 먹고말고. 그녀는 점심을 먹을 것이다. 아침도 먹어야 하지만 아침식사 때문에 방해받을 것 같고, 넬리의 기분을 받아주지 못할 것 같다. 그녀는 한 시간 정도 글을 쓰고 뭔가를 먹을 것이다. 아무것도 먹지 않는 것은 악덕이면서 일종의 마약이다. 위가 비어 있으면 활발하고 산뜻하고 머리 회전이 잘되어 전투태세를 갖춘 기분이 된다.

그녀는 커피를 홀짝인 뒤 잔을 내려놓고 두 팔을 쭉 편다. 아침에 잠에서 깨어나 멋진 하루라고 느끼고 작업 준비를 하면서도 아직까지 시작하지 않은 지금 이 순간이야말로 가장 신기한 시간 중 하나다. 지금 이 순간에는 앞으로 펼쳐질 시간들이 선사할 무한한 가능성이 있다는 생각에, 그녀는 흥얼거리기 시작한다. 오늘 아침 혼미함을 극복했다. 막힌 파이프를 뚫고 황금에 닿을 수 있을 것 같은 기분이다. 내면에서 형언하기 어려운 제2의 자아가, 또는 좀더 순수한 자아가 느껴진다. 신앙심이 깊다면 이를 영혼이라고 부를 것이다. 그것은 그녀의 모든 지성과 모든 감정 그 이상이고, 모든 경험을 초월하는 것이다. 물론 그것은 눈부신 광맥처럼 세 가지 모두를 관통한다. 생기를 북돋우는 이 세상의 신비들을 인지하는 것이 내적 능력인데, 아주 운이 좋을 때는 그 능력을 빌려 곧장 글을 쓸 수 있게 된다. 그녀는 그런 상태에서 글 쓰는 것을 가장 만족스럽게 여기지만, 그와 같은 행운은 아무 예고도 없이 왔다가 이내 사라져버린다. 그녀는 펜을 집어 들고 종이 위에서 움직이는 펜에 손을 내맡기다가 자신은 그저 자신일 뿐이라는 걸 깨달을 것이다. 실내복을 입은 채 펜을 잡고 있는 자신은 그저 약간의 재능만 있을 뿐 두려움이 많고 확신이 없는, 그래서 어디서 시작하고 무엇을 쓸지조차 전혀 알지 못하는 여자일 뿐이라고.

그녀는 펜을 든다.

댈러웨이 부인은 꽃을 직접 사겠다고 말했다.

브라운 부인

댈러웨이 부인은 꽃을 직접 사겠다고 말했다.

루시에게는 해야 할 일이 따로 있었기 때문이다. 돌쩌귀에서 문 짝을 떼어내야 한다. 럼플메이어의 남자들이 오게 되어 있었으니 까. 어쩌면 이렇게 아름다운 아침일까, 하고 클러리서 댈러웨이 는 생각했다. 어느 해변에 있는 아이들에게 불어오는 산뜻한 바람 처럼.

로스앤젤레스, 1949년.

로라 브라운은 스스로를 놓아버리려 하고 있다. 아니, 그건 딱 맞는 표현은 아니다. 그녀는 또 다른 세상으로 들 어가는 입구를 찾으면서도 자신을 지키려고 안간힘을 쏟 고 있다. 그녀는 책을 표지가 아래를 향하도록 해서 가슴 위에 둔다. 이미 그녀의 침실은(아니, **그들의** 침실은) 사람들로 가득하고, 현장감이 강하게 느껴진다. 댈러웨이 부인이라는 등장인물이 꽃을 사러 집을 나섰기 때문이다. 로라는 침대 머리맡 탁자에 있는 시계를 힐끗 본다. 7시가 훨씬 넘었다. 석관 같은 검은색 직사각형 플라스틱 틀 속에 초록색 정사각형 얼굴을 담고 있는 이 시계를, 이 소름 끼치는 물건을 왜 샀을까? 어떻게 그걸 세련되었다고 생각했을까?

계속 책을 읽고 있으면 안 된다. 다른 날 아침과 다르게, 오늘은 댄의 생일이다. 그래서는 안 된다. 샤워를 하고 옷을 갈아입고 댄과 아들 리치의 아침식사를 차리기 위해 침대에서 일어나야 한다. 아래층에서 남편과 아들 소리가 들려온다. 남편은 리치를 돌보며 자기 아침을 손수 준비하고 있다. 그곳에 그녀도 있어야 하는데, 새 옷으로 갈아입고 힘을 북돋우는 담소를 나누며 스토브 앞에 서 있어야 하는데. 그래야 하는데도 몇 분 전(벌써 7시가 넘었다니!) 그녀가 눈을 떴을 때(비몽사몽하고 있을 때 저 멀리 어딘가에서 힘차게 움직이는 어떤 기계가, 거대한 기계의 심장처럼 규칙적으로 운동하는 그 무엇인가가 점점 더 가까이 다가오는 것 같았을 때) 기분 나쁘게 눅눅한 기분을, 자신이 이름 없는 존재라는 기분을 느끼면서 오늘은 매우 힘든 하루가 되리라 생각했다.

그녀는 자기 집 방에서는 자신을 좀처럼 믿지 못하게 되다는 걸 알고 있었다. 탁자에 올려둔 이 새 책에, 간밤에 다 읽은 책 위에 올려둔 바로 이 책에 눈길이 닿자 자기도 모르게 책으로 손을 뻗었다. 독서야말로 하루를 여는 독립적이고 가시적인 첫 일과라는 듯이, 잠과 해야 할 일 사이에서 타협할 수 있는 확실한 방법이라는 듯이. 지금은 임신 중이므로 이렇게 게으름을 부려도 된다. 당분간 그녀는 아무 때나 책을 읽고, 침대에서 뒤척거리고, 사사로운 일에 울부짖고 분노를 터뜨려도 괜찮다. 그리고 댄을 위해 완벽한 생일 케이크를 굽고, 멋진 옷을 다려주고, 식탁 가운데 커다란 꽃다발을 놓아두고(장미는 어떨까?), 그 꽃다발 한가운데에 선물을 놔둬서 아침식사를 준비하지 못한 빚을 갚을 것이다. 그만하면 어느 정도 보상이라고 할 수 있지 않을까?

그녀는 한 페이지만 더 읽을 것이다. 꼭 한 페이지만 더. 자신을 되찾고 진정시키기 위해. 그러고 나서 침대에서 일어날 것이다.

이 얼마나 좋은가! 이 얼마나 상쾌한가!* 돌쩌귀의 삐걱거리는

---

* 버지니아 울프가 쓴 원문은 "What a lark! What a plunge!"로, 종달새 같은 즐거움과 물에 뛰어들 때의 상쾌함을 시적으로 표현했다.

소리를 들으며 프랑스식 창문들을 활짝 열어젖히고 보턴의 대기 속으로 뛰어들 때마다 그녀는 늘 그렇게 생각했다. 이른 아침의 공기는 신선하고 평온했으며, 당연히 지금보다 더 고요했다. 물살의 키스처럼 서늘하고 날카로웠지만 엄숙하게도 느껴졌다(당시 열여덟 살 소녀였던 그녀에게는). 활짝 열린 창문 앞에 서서 꽃과 가느다랗게 피어오르는 연기에 묻힌 나무와 하늘 그리고 이리저리 날아다니는 떼까마귀를 보는데, 뭔가 무서운 일이 벌어질 것 같은 기분에 휩싸였다. 그녀는 피터 월시가 다가와 말을 걸 때까지 그렇게 가만히 서서 창밖을 보고 있었다. "채소밭에서 명상 중인가요?" 그렇게 말했던가? 아니면 이렇게? "나는 꽃양배추보다 사람을 더 좋아하는데." 어느 날 아침, 그녀가 테라스로 나갔던 날 아침식사 시간에 그는 분명 그렇게 말했다. 피터 월시. 바로 그가 머지않아 인도에서 돌아올 텐데 그게 6월인지 7월인지 생각나지 않는다. 그의 편지가 너무 재미없었기 때문이다. 기억나는 것은 그의 말뿐이었다. 어쩌면 이렇게 신기할 수가! 그의 눈, 주머니칼, 미소, 까다로운 성격 그리고 수많은 것들이 완전히 기억 속에서 사라지고 말았는데도 꽃양배추에 관한 말 몇 마디가 떠오르다니.

　그녀는 깊이 숨을 들이마신다. 너무 아름다워, 다른 어떤 것보다……. 다른 세상에서라면 그녀는 평생 책을 읽으며 보냈을지도 모른다. 하지만 이곳은 새로운 세상, 즉

구원받은 세상이 아닌가. 게으름 피울 여유가 없다. 너무 많은 것이 위태로웠고 너무 많은 것을 상실하지 않았던 가. 너무 많은 사람이 죽었다. 오 년 전 댄이 이탈리아 안 치오에서 죽었다고 믿고 있다가 이틀 뒤에 살아 있다는 걸 알게 됐을 때만 해도(그와 아르카디아 출신의 불쌍한 소년 은 공교롭게도 이름이 같았다) 그는 부활한 것처럼 보였다. 그 는 사자死者의 영역에서(당신은 당시의 이탈리아, 사이판, 오키 나와가 어땠는지, 그리고 포로로 잡히느니 차라리 자식을 죽이고 스스로 목숨을 끊으려는 일본인 어머니에 대한 이야기를 많이 들 어봤을 것이다) 여전히 고운 마음씨 그대로, 여전히 예전의 냄새를 그대로 풍기며 돌아온 것처럼 보였다. 그렇게 캘 리포니아로 개선했을 때, 그는 흔히들 말하는 영웅 대접 그 이상을 받았다.

그는 (불안에 떨었던 그의 어머니의 말을 직접 빌리면) 아무 여자든, 미인대회 우승자든 쾌활하고 유순한 소녀든, 그 누구라도 가질 수 있었다. 그런데 알 수 없는 어떤 심술궂 은 악귀에게 씐 것 마냥 가장 친한 친구의 누나에게 키스 하고 구애하고 청혼까지 했다. 시커멓고 가는 눈과 매부 리코 때문에 이질적으로 보이는 외모의 책벌레라서 남자 의 구애나 사랑은 한번도 받아보지 못하고 혼자 책만 읽 는 여자에게. "네"라는 대답 말고 그녀가 달리 어떤 말을 할 수 있었을까? 멋지고 가슴이 따뜻한 소년을, 실제로는 가족이나 다름없던 청년을, 죽음에서 돌아온 그를 어떻게 거부할 수 있었겠는가.

그래서 그녀는 로라 브라운이 되었다. 로라 지엘스키, 지칠 줄 모르는 책벌레였던 고독한 소녀는 사라졌고 이제 그 자리에 로라 브라운이 있다.

한 페이지만, 딱 한 페이지만 더. 그녀는 결정했다. 아직 마음의 준비가 되지 않은 것이다. 옷을 갖춰 입고, 머리를 손질하고, 부엌으로 내려가는 일 따위는 여전히 너무 비천해 보이고 마음이 내키지 않는다. 새로운 하루로 뛰어들기 전 침대에 있는 자신에게 몇 분을 더 허락할 것이다. 그녀 자신에게 약간의 여유를 허락할 것이다. 그녀는 젖가슴 밑에서 시작되어 전신을 부풀렸다가 부드럽게 붕 띄우는 감정의 물결에 휩싸인다. 뜻하지 않게 모래밭으로 내팽개쳐졌다가 다시 바다로 던져진 바다 생물처럼. 전신을 짓이기는 중력이 지배하는 영역에서 벗어나 몸을 담가도 좋은 보존액 속으로, 바닷물의 소용돌이와 굽이침 속으로, 그 무중력의 광휘 속으로 돌아온 것처럼.

클러리서는 도로 가장자리에 꼿꼿이 서서 더트널 회사의 화물트럭이 지나가기를 기다리고 있었다. 스크루프 퍼비스는 그녀가 아주 매력적이라고 생각했다(웨스트민스터 구에 사는 그는 그녀와 이웃으로, 안면만 있는 사이였다). 새를 닮았어. 파르스름하고 경쾌한 어치 같군. 나이가 쉰을 넘고 병을 앓은 뒤로는 얼굴이 많이 창백해졌는데도. 그녀는 그를 거들떠보지도 않고 작은 새처럼 꼿꼿이 서서 길을 건너려고 기다린다. 웨스트민스터 구에서 살다 보면(벌써 이십 년이 흘렀다) 거리 한복판에 서 있을 때나 한밤에 잠에서 깰 때 웨스트민스터 사원의 빅벤이 울리기 직전의 긴장을, 아주 특이한 고요 또는 엄숙함이, 형언할 수 없는 단절이 느껴진다고 그녀는 생각했다(사람들은 감기에 걸린 그녀의 심장 탓이라고 한다). 저것 봐! 다시 울리기 시작했잖아! 처음에는 종이 울릴 때를 미리 알리는 종소리가 들리고 뒤이어 음악이 들린다. 그다음에는 시간을 알리는 종소리. 되돌릴 수 없는 소리다. 나른한 파문이 공중으로 퍼져갔다.

우린 정말 어리석어. 빅토리아 가를 가로지르며 그녀는 생각했다. 왜 우리가 인생을 그렇게 열심히 사랑하는지는 신만이 아시겠지. 우리 인간이 인생을 추구하고 꾸미고 쌓아 올렸다가 허물어뜨리고, 한순간도 쉴 새 없이 다시 새롭게 창조하는 이유도. 그러나 아무리 지저분한 사람일지라도, 문간 계단에 쪼그려 앉아 빗물을 마시는 비참하기 짝이 없는 인생일지라도 하는 일은 같은 거야. 그들도 인생을 사랑한다는 바로 그 이유 때문에 법으로도 어떻게 할 수 없는 거야. 길을 오가는 사람들의 눈 속에, 활개 치며 요란하게 걸어가는 사람들의 걸음걸이 속에, 호통과 아우성 속에, 마차와 자동차와 버스와 트럭 속에, 몸 앞뒤에 광고판을 달고 흐느적거리며 걸어가는 샌드위치맨 속에, 브라스 밴드와 아코디언 속에, 환호성과 방울 소리 그리고 머리 위로 날아가는 비행기의 노래하는 듯한 기묘한 폭음 속에 그녀가 사랑하는 것들이 있다. 삶, 런던, 6월의 이 순간이.

이토록 미려한 문장을 쓸 수 있었던 사람이, 이런 문장에 담긴 그 모든 것을 느낄 수 있었던 사람이 어떻게 자살을 할 수 있단 말인가? 도대체 무슨 문제가 있었단 말인가? 로라는 마음을 다잡으면서 차가운 물속으로 뛰어들려는 듯 책을 덮어 탁자에 놓는다. 그녀는 아들을 싫어하지 않고, 남편을 싫어하지 않는다. 그녀는 침대에서 일어날 것이고 명랑해질 것이다.

그녀는 적어도 자신은 미스터리나 로맨스 소설 따위는 읽지 않는다고 생각한다. 또한 마음을 고양시키려고 끊임없이 노력한다. 지금 당장은 버지니아 울프를, 버지니아 울프의 작품 전부를 한 권 한 권 읽어나간다. 그런 여자가 존재한다는 사실에, 그토록 명민하고, 그토록 미묘하고, 그토록 깊이를 헤아리기 힘든 슬픔을 끌어안은 여자에게 완전히 매료되었다. 천재성을 지녔음에도 자신의 코트 주머니에 돌을 쑤셔 넣고 강물 속으로 걸어 들어가야만 했던 여자.

로라는 자신도 조금은 그런 명민한 기운이 있다는 상상을, 대부분의 사람들도 내심 이와 같은 희망적인 느낌을 작은 주먹처럼 꼭 쥐고 돌아다니고 있을지도 모른다고 생각하면서도, 그런 상상을 하는 걸 좋아한다(이는 그녀가 고이 간직하고 있는 비밀 중 하나다). 그녀는 다른 여자들도 슈퍼마켓 통로 사이로 쇼핑카트를 밀 때나 머리를 손질할 때 어느 정도 자신과 똑같은 생각을 하지 않을까 궁금해진다. 여기 찬란한 영혼이 있어. 슬픔의 여자, 특출한 여자. 여기보다는 다른 어딘가에 있어야 하지만 슈퍼마켓에서 토마토나 고르고 헤어드라이어를 들고 앉아 있는 것이 그녀가 해야 할 일이기 때문에, 단순하고 기본적이고 어리석은 일상을 처리하기로 마음먹은 여자. 전쟁은 끝났고 세상은 살아남았고, 여기서 우리 모두는 이렇게 가정을 꾸리고 아이를 키우면서 책이나 그림뿐 아니라 하나의 완전한 세상을 창조한다. 아이들이 안전할 수 있고(행복하지는 않더라도), 상상을 초월하는 공포를 두 눈으로 목격하면서도 용맹스럽고 당당하게 행동했던 남자들이 불켜진 창과 향수 그리고 접시와 냅킨을 절실하게 느낄, 정돈되고 조화로운 세상을.

이 얼마나 좋은가! 이 얼마나 상쾌한가!

　로라는 침대에서 빠져나온다. 무덥고 투명한 6월의 아침이다. 아래층에서 남편이 이리저리 돌아다니는 소리가 들린다. 냄비 가장자리에 금속 뚜껑이 부딪친다. 그녀는 새로 덮개를 씌운 의자에 얹혀 있던, 옅은 물빛 셔닐실로 짠 겉옷을 들고 있다. 끈과 다이아몬드 모양의 연어색 단추들이 달린 누비천 때문에 의자는 땅딸막하고 편안해 보인다. 6월 아침의 더운 기운 속에서 이제 그녀의 겉옷을 떨쳐버리고 눈길을 끌 새 덮개를 드러낸 의자는, 스스로 의자라는 사실을 깨닫고 새삼 놀라는 것 같다.

　그녀는 양치질을 하고 머리를 빗은 후 아래층으로 간다. 그리고 몇 걸음 떨어진 자리에 잠시 멈춰 서서 귀를 기울인다. 무대에 오르기 전 배역에 어울리지 않는 의상을 걸치고, 연습을 제대로 하지 않은 채 무대 옆에 대기하는 배우처럼 또다시 꿈같은 기분에 사로잡힌다(점점 더 심해지는 것 같다). 뭐가 잘못된 것일까, 그녀는 의아해진다. 부엌에 있는 사람은 그녀의 남편과 사랑스러운 아들이 아닌가. 남편과 아이가 그녀에게 바라는 것이라곤 그녀 그 자체와, 너무도 당연한 일이지만, 그녀의 사랑뿐이다. 그녀는 말없이 이층의 자기 침대와 책으로 돌아가고 싶은 욕망을 억누른다. 또 아들 리치에게 냅킨에 대해 뭔가 말하는 남편의 목소리에서 느껴지는 짜증도 지워버린다(가끔 그의 목소리를 들으면 으깨지는 감자가 떠오르는 이유는 뭘까?). 그리고 마지막 세 계단을 내려가 거실을 가로질러 부엌으로 들어간다.

그녀는 자신이 만들 케이크와 사야 할 꽃을 생각해본다. 선물로 둘러싸인 장미를.

남편은 커피를 끓이고 그 자신과 아들 몫으로 시리얼을 부었다. 식탁 위에서 열두어 송이의 장미가 착잡하고 약간은 불길한 아름다움을 뿜내고 있다. 투명한 유리 꽃병 속 장미 줄기에 매달린, 모래알만큼 고운 기포가 보인다. 장미꽃 옆에는 그림과 글자가 인쇄된 시리얼 상자와 우유 통이 있다.

"좋은 아침." 로라 때문에 놀랐지만 즐겁다는 듯이 남편은 눈썹을 추켜올리며 인사한다.

"생일 축하해요."

"고마워."

"아니, 댄, 장미는 왜……. 게다가 **당신** 생일이잖아요. 당신은 정말 대단해요."

그녀는 자신이 화가 나 있음을 남편이 간파했다는 것을 눈치 채고는 미소 짓는다.

"그래도 당신이 없다면 아무 의미가 없잖아?"

"그러니 나를 깨웠어야죠."

그가 리치를 바라보며 눈썹을 1센티미터는 더 추켜올리자 앞이마에 주름이 잡히고 윤기 넘치는 검은 머리카락이 살짝 움직인다.

"우린 당신이 조금이라도 더 자는 게 좋겠다고 생각했을 뿐이야, 그렇지?"

"응."

세 살이 된 리치는 열심히 고개를 끄덕이며 대답한다. 파란색 파자마를 입은 아이는 엄마를 보게 되어 너무 행복하다. 아니, 행복 그 이상이다. 아이는 사랑으로써 해방되고 소생하고 황홀해한다. 로라는 담배를 꺼내려고 겉옷 주머니에 손을 찔러 넣다가 마음을 바꿔서 대신 그 손을 머리에 올린다. 노란빛이 감도는 부엌에서 또 다른 아이를 임신한 몸으로 숱이 풍성한 검은 머리를 매만지는 젊은 엄마의 모습은 거의 완벽에 가깝다. 커튼에는 나뭇잎 그림자가 드리워졌고 신선한 커피도 있지 않은가.

"안녕, 꼬맹이."

"시리얼 먹고 있어요." 아이는 소리 없이 씩 웃으며 대답하는데 약간 음흉해 보이기도 한다. 엄마가 나타나서 감동한 것은 분명하다. 그러나 아이는 엄마를 향한 절망적인 사랑 때문에 우스꽝스럽기도 하고 비참하기도 하다. 아이를 볼 때면 가끔 창 아래에서 여자 거인에게 애절한 사랑의 발라드를 불러주는 생쥐가 떠오른다.

"잘했어. 시리얼은 아주 맛있지."

아이는 그녀와 자기 사이에 무슨 비밀이라도 있다는 듯이 다시 고개를 끄덕인다.

"그렇지만 솔직히……." 남편에게 뭔가 말하려고 하자 남편이 먼저 대답한다.

"왜 내가 당신을 깨워야 하지? 당신이 잠을 자서는 안 되는 이유라도 있어?"

"오늘은 당신이 **태어난** 날이잖아요."

"당신은 휴식이 필요해."

그는 그녀의 배를 조심스러우면서도 확실하게 힘을 주어서, 그녀의 배가 반숙 달걀이라도 된다는 듯 살며시 두드려본다. 아직 겉으로 드러나는 것은 아무것도 없다. 유일한 조짐이라면, 걸핏하면 구토가 일어나는 것과 미세하지만 명백한 배 속 움직임이다.

그녀와 남편과 아들은 아무도 살지 않은 새 집에 산다. 집 밖 세상에는 가득 채워진 선반과 음악이 흘러넘치는 라디오가 있다. 그리고 젊은 남자들이 거리를 활보하고 있다. 죽음보다 더 가공할 공포와 궁핍을 알고, 삼십대 이

후의 삶을 생각하면서 이십대 초반과 지금의 삶을 기꺼이 포기했던 남자들은 이제 아껴둘 시간이 없다는 듯이 움직인다. 남자들에게는 전시의 훈련이 상당한 도움이 되었다. 젊은 청년들은 호리호리하고 강인하다. 그들은 아침 해가 떠오를 때 기상하면서도 아무 불평이 없다.

"당신에게 아침을 차려주고 싶어요. 지금은 괜찮아요."

"나도 아침식사를 준비할 수 있어. 내가 새벽 동틀 무렵에 일어난다고 당신까지 그렇게 해야 한다는 뜻은 아니잖아."

"나는 그러고 싶어요."

냉장고에서 윙 하는 소리가 난다. 벌 한 마리가 힘에 겨운 듯 끈질기게 날다가 창에 부딪친다. 로라는 겉옷 주머니에서 폴 몰스 담뱃갑을 꺼낸다. 그녀는 남편보다 세 살이나 많고(여기에는 막연하게나마 당황스러운 무엇인가가 있다), 어깨는 넓고 말랐으며, 거무스름하고 이국적으로 보인다. 비록 그녀의 가문은 백 년이 넘도록 이 나라에서 번창하지 못하고 실패를 거듭했지만. 그녀는 담뱃갑에서 담배 한 개비를 꺼냈다가 마음을 바꿔 다시 집어넣는다.

"좋아. 당신이 정말 그렇다면 내일은 6시에 깨울게."

"좋아요."

그녀는 남편이 끓여놓은 커피를 한 잔 따르고 나서 김

이 피어오르는 잔을 손에 들고 남편에게 돌아와 뺨에 입을 맞춘다. 그는 멍한 표정을 지으면서도 애정 어린 손길로 그녀의 엉덩이를 토닥인다. 이제 그는 그녀를 생각하지 않는다. 자기 앞에 놓인 하루에 대해서, 도심까지 운전할 것에 대해서, 아직 문을 연 상점도 없고 자기처럼 일찍 일어나는 젊은이들만이 스모그에 오염되지 않은 햇살 사이로 움직이는 윌셔 대로의 무딘 고요에 대해서 생각한다. 그의 사무실은 비서실 타자기까지 덮개가 닫혀 있어 한없이 고요할 것이고, 동년배 남자 몇몇은 전화가 울리기 전까지 한 시간 이상 서류에 파묻혀 있을 것이다. 사무실과 침실 두 개짜리 새 집, 책임과 결정권, 다른 남자들과 어울려 재빨리 해치우는 즐거운 점심. 이 모든 것을 그가 누리고 있다는 사실이 더없이 멋져 보인다.

"장미가 아름다워요. 이른 시간에 장미를 어떻게 구했어요?"

"가르 부인은 6시면 가게에 나와. 그 여자가 문을 열어줄 때까지 막무가내로 두드렸지."

그는 몇 시인지 알고 있으면서도 손목시계를 들여다본다.

"이런, 가봐야겠어."

"좋은 하루 보내세요."

"당신도."

"생일 축하해요."

"고마워."

그가 일어서고, 잠시 동안 그들은 출근 의식에 몰두한다. 그는 재킷과 서류가방을 챙겨 들고 한바탕 입을 맞춘다. 그리고 풀밭을 가로질러 차도로 향하면서 어깨 너머로 손을 흔든다. 스크린도어 뒤에 서 있는 로라와 리치에게. 잔디는 물을 흠뻑 먹어 이 세상에는 존재하지 않을 것 같은 찬란한 초록색을 띤다. 로라와 리치는 댄이 옅은 녹청색 쉐보레를 몰고 집 앞 짧은 길을 빠져나가 거리로 들어설 때까지 퍼레이드를 보는 구경꾼처럼 서 있다. 그는 운전대를 잡고 마지막으로 의기양양하게 손을 흔든다.

"그러면." 자동차가 사라지자 로라는 뭔가를 말하려 한다. 그런 엄마를 아들은 아주 좋아 죽겠다는 듯이 잔뜩 기대하는 표정으로 본다. 그녀는 이 집의 생기요, 활력을 불어넣는 원동력이다. 방들은 가끔 아이에게 평소보다 더 넓어 보이기도 하고, 한번도 보지 못한 것들이 방 안에 불현듯 있을 때도 있다. 아이는 엄마를 바라보면서 기다린다.

"그러면, 이제."

이제부터 하루의 변화가 시작된다. 남편과 함께할 때면

그녀는 좀더 신경질적이 되지만 걱정은 덜하다. 그녀는 어떻게 행동해야 하는지 잘 안다. 리치와 단둘이 있으면 그녀는 가끔 닻을 내리지 못한 것 같은 기분이 든다. 아이는 고집이 무척 세다. 자기가 원하는 것에 탐욕스러울 정도로 집착한다. 도저히 이해할 수 없을 정도로 울고, 알아들을 수 없는 것을 요구하고, 그녀의 비위를 맞추고, 그녀에게 간청하고, 때론 그녀를 무시한다. 아이는 언제나 엄마가 다음에 뭘 할지 궁금해하며 지켜보는 것 같다. 그녀는 아이를 둔 다른 엄마들은 몇 가지 규칙과, 더 정확히 말하면 아이하고만 보내는 많은 날들을 헤쳐 나가는 데 도움을 줄 엄마의 자아를 따로 갖고 있는 건 아닐까.

남편이 있으면 그녀는 이 일을 그럭저럭 잘 처리해낸다. 아들이 자신을 바라보는 모습을 똑바로 볼 수 있고, 아이를 단호하면서도 자상하게 다루는 요령을 거의 본능적으로 알아서, 애정 어린 모성애가 별로 어렵지 않게 발휘된다. 하지만 아이와 단둘이 남으면 방향을 잃고 만다. 엄마로서 어떻게 행동해야 하는지를 항상 명심하고 있을 수는 없지 않은가.

"아침부터 먹자."

"네."

그들은 부엌으로 돌아간다. 남편은 이미 자기 커피 잔

을 씻어서 치워놓았다. 아이는 식욕보다는 엄마에 대한 복종 같은 끈기로 먹기 시작한다. 로라는 신선한 커피를 따라서 식탁 앞에 앉는다. 이제 그녀는 담배에 불을 붙인다.

……환호성과 요령 소리 그리고 머리 위로 날아가는 비행기의 노래하는 듯한 기묘한 폭음 속에 그녀가 사랑하는 것들이 있다. 삶, 런던, 6월의 이 순간이.

그녀는 풍성한 회색 깃털 같은 담배 연기를 들이마신다. 너무 피곤하다. 책을 읽느라 간밤에 2시까지 불을 밝혔다. 자기 배를 쓰다듬어본다. 이렇게 잠을 적게 자는 게 아기에게 안 좋을까? 의사에게 물어보지는 않았다. 의사가 책 읽는 것을 완전히 그만두라고 말할까봐 두려웠다. 오늘 밤에는 덜 읽겠다고 다짐한다. 아무리 늦어도 자정에는 잠자리에 들 것이다.

"오늘 우리가 할 일이 뭐게? 아빠 생일 케이크를 만드는 거야. 너무 근사하지 않니?"

아이는 신중하고 근엄한 얼굴로 고개를 끄덕인다. 아이는 뭔가에 대해서 아직 확신하지 못하는 눈치다.

"우리는 아빠에게 지금껏 한번도 보지 못한 근사한 케

이크를 만들어줄 거야. 가장 멋진 케이크 말이야. 좋은 생
각이지?"

리치는 다시 한번 고개를 끄덕인다. 아이는 다음에 무
슨 일이 일어나는지 알고 싶다. 로라는 덩굴처럼 퍼지는
담배 연기 사이로 아이를 바라본다. 그녀는 위층으로 올
라가지도 책으로 돌아가지도 않을 것이다. 그녀는 그대로
남을 것이다. 그녀는 자신이 해야 할 일 전부를, 아니, 그
이상을 할 것이다.

댈러웨이 부인

한 아름 꽃을 안고 클러리서가 스프링 가로 나선다. 그녀는 현재 속으로, 이 모든 것 속으로 들어간다. 중국 소년이 자전거를 타고 비틀비틀 그녀 곁을 달리고, 시커먼 유리에는 황금색으로 281이라는 번호가 쓰여 있는 곳으로. 두 다리가 지우개색인 비둘기 떼가(그녀가 4학년 때, 교실 열린 창문으로 새 한 마리가 날아든 적이 있다. 난폭하고 무시무시하게 생긴 새였다) 여기저기 날아다니는 스프링 가로. 이곳에서 그녀는 커다란 꽃다발을 안고 있다. 그에 반해 바버라는 아직도 그 문 반대편 구석 차가운 어둠 속에서, 클러리서의 입장에서는 과거라고밖에는 생각되지 않는 현실 속에서(그건 어쨌든 바버라의 슬픔과 뒷벽에 걸려 있던 리본걸이와 관계있다) 계속 살 거라고 상상해본다.

그녀는 리처드가 어떤지 확인하기 위해 그의 아파트에

들를 것이지만(전화를 해도 소용없겠지, 그는 절대로 받지 않을
테니까), 먼저 조금 전에 그 유명한 얼굴이 나타났던 트레
일러로 다가가 쑥스럽지만 약간 설레는 마음으로 약간의
거리를 두고 선다. 모여 있는 사람들은 대부분 관광객이
다. 클러리서는 머리를 각각 백금색과 카나리아빛이 도는
노란색으로 염색한 두 소녀 쪽으로 가서 그들 옆에 자리
를 잡는다. 그녀는 두 소녀가 태양과 달을 표현하고 싶은
마음이 그렇게나 강했는지 궁금해진다.

태양이 달에게 말한다.

"메릴 스트립이었어. 메릴 스트립이 분명해."

클러리서는 자기 의지와는 상관없이 흥분된다. 그녀가
맞았다. 그녀의 상상력이 다른 사람에게도 있다는 사실을
확인하면 의외로 만족감이 든다.

"아니야. 수전 서랜든이었어."

수전 서랜든은 아니었는데, 하고 클러리서는 생각한다.
바네사 레드그레이브였다면 몰라도 분명 수전 서랜든은
아니었다.

"아니야."

"스트립이었어. 내 말이 맞아."

"메릴 스트립은 아니었어."

"맞다니까. 틀림없어."

클러리서는 꽃을 안은 채 그 스타가 다시 한번 모습을 드러내길 기대하면서, 그리고 자신이 그런 관심을 갖고 있다는 것에 무안해하면서 불편한 마음으로 그 자리에 서 있다. 그녀는 유명인 근처를 맴도는 사람은 아니다. 하지만 대부분의 사람들처럼 맥두걸 가와 스프링 가 모퉁이에 있는 어느 트레일러 안에 앉아 있을 영화배우가 넌지시 비추는 명예의 후광, 아니, 후광 이상으로 영원히 지속될 불멸성에는 어쩔 수 없이 끌리고 만다.

클러리서 옆에 서 있는 스무 살 정도 돼 보이는 두 소녀는 둘 다 할인점에서 구입한 밝은 색 가방을 멘 채 서로를 향해 구부정하게 서 있다. 언젠가는 이 아이들도 중년이 되고, 늙어서 볼품없어지거나 퉁퉁하게 살이 찔 것이다. 그들이 묻힌 묘지는 풀만 무성한 채 폐허가 되고, 밤이면 개들이 파헤칠 것이다. 그러나 땅 밑에 묻힌 이 소녀들의 유골에서 치아에 씌운 은 충전재 몇 점만 남을 때도, 트레일러 안의 저 여자는, 메릴 스트립이든 바네사 레드그레이브든 하다못해 수전 서랜든이든, 그 이름만큼은 여전히 전해지고 있을 것이다. 그녀는 기록보관소와 책 속에 존재할 것이고, 녹음된 그녀의 음성은 소중하고 훌륭한 다른 물건들과 함께 영원히 소장될 것이다.

클러리서는 그 스타가 모습을 드러내는 것을 보겠다는

희망으로, 여느 팬과 별반 다르지 않은 어리석은 마음으로 몇 분 더 서 있다. 그렇다, 몇 분만 더. 수치심이 견딜 수 없을 만큼 커지기 전까지만. 그녀는 꽃을 안고 트레일러 앞에 남아 문을 바라본다. 그렇게 몇 분이 흐르자(그녀는 인정하고 싶지 않겠지만 거의 십 분이다) 갑자기 바람을 맞은 듯 분연히 그 자리를 떠나 몇 블록 떨어진 리처드의 아파트가 있는 주택지구를 향해 걸어간다.

한때 이 지역은 험악한 걸로 평판이 좋지 않은 새로운 지역의 중심지였다. 도시 한쪽 술집과 커피숍에서는 밤새 기타 선율이 흐르고, 책과 옷을 파는 가게에서는 그녀가 상상하기에 아랍 시장에서 반드시 맡을 법한 냄새가 풍겼다. 향과 켜켜이 쌓인 먼지, 어떤 나무의 냄새(삼나무? 녹나무?), 과일이 푹푹 썩는 듯한 냄새가 났다. 그리고 그곳은 만약 당신이 엉뚱한 문이나 골목길로 잘못 들어선다면, 거의 확실하게 비운의 운명과 맞닥뜨릴 것처럼 보였다. 그 운명이란 흔히 보는 강도나 육체적 상해가 아니라, 그보다 더 사악하고 본질적이며 훨씬 영속적인 것이리라.

리처드가 부리부리한 눈에 길고 창백하며 우아한 목덜미와 그렇게 아름답지는 않은 검은 머리카락을 가진 건장한 열아홉 소년이었을 때, 그녀는 리처드와 바로 여기, 이 모퉁이에서 말다툼을 벌였다. 무엇을 두고 그랬을까?

키스? 리처드가 그녀에게 키스를 했던가, 아니면 클러리
서 혼자서 리처드가 키스하려 한다고 생각하고 피했던
가? 그들은 이 모퉁이에서(지금은 식품점이 되었지만 그때는
마약 관련 물건을 팔던 집이었다) 키스를 했든 하지 않았든 분
명 말다툼을 벌였고, 그 후 여기, 아니면 다른 어딘가에서
자신들이 시험 삼아 해보려던 일을 취소해버렸다. 클러리
서는 자유를 원했고, 리처드도 지나치게 많은 것을 원했
던 터라 그렇게 되었다. 하긴, 그가 언제는 안 그랬던가.

그는 너무 많은 것을 원했다. 그녀는 그에게 그해 여름
에 일어난 일들은 예전 어느 해 여름에 일어난 일과 똑같
다고 말했다. 그가 그녀를 원해야 했던 이유는 뭘까? 비
딱하고 소심한 데다 가슴도 작은 소녀인데(어떻게 그녀는
그가 자신을 원할 거라고 기대할 수 있었던가?). 게다가 그녀뿐
만 아니라 리처드 본인도 자신의 깊은 욕망이 어떤 종류
인지 잘 알고 있었고, 그의 옆에는 사랑스러운 루이스가,
미켈란젤로도 기꺼이 그림을 그리겠다고 나섰을 법한 소
년이 있었는데. 그렇다면 그것은 단지 또 하나의 시적 발
상은 아니었을까? 리처드가 자신에 대해 어떻게 생각할
거라고 지레짐작한 것은 아니었을까?

그들은 크게 싸우지는 않았고 길모퉁이에 서서 승강
이 정도만 벌였다. 당시에도 우정이 심각하게 상할 거라

는 데는 의심의 여지가 없었지만, 그래도 되돌아보니 그 말다툼이 결정적이었던 것 같다. 가능했던 하나의 미래가 종지부를 찍고 새로운 미래가 시작되었던 순간. 바로 그 날, 그 말다툼 후에(아마 그 전일지도 모른다) 클러리서는 향한 묶음과 뼈로 만든 장미 모양의 단추가 달린 회색 알파카 재킷을, 그것도 중고로 하나 샀다. 결국 리처드는 루이스와 함께 유럽으로 사랑의 도피를 떠났다. 그날 이후 그 재킷은 어떻게 되었지? 클러리서는 새삼 궁금해진다. 몇 년 동안 그녀가 간직했던 것 같은데 언제부턴가 그 옷이 보이지 않았다.

그녀는 블리커 가를 따라 걷다가 톰슨 가로 올라간다. 오늘날 다 비슷비슷해 보이는 이 지역은 관광객을 위해 펼치는 작은 카니발 행진을 연상시킨다. 쉰둘의 클러리서는 수많은 문 뒤와 이 골목길에는 더도 덜도 아닌 각자의 삶을 사는 사람들 외에는 아무것도 없다는 사실을 잘 안다. 옛 술집과 커피숍 몇 곳은 도이칠란트인이나 일본인 관광객들을 곯려주겠다는 듯 죄다 비슷비슷한 모습으로 개축되어 아직까지 괴기스럽게 남아 있다. 상점들은 기본적으로 똑같은 물건들을, 예컨대 기념 티셔츠와 싸구려 은세공품, 값싼 가죽 재킷 따위를 판다.

리처드가 사는 건물에 도착해 현관에 발을 들여놓으면

서, 그녀는 늘 그랬던 것처럼 '궁상'이란 단어를 떠올린다. 건물 입구가 궁상을 그토록 완벽하게 보여주는 방식은 익살스럽기까지 하다. 그 건물은 너무 확실하면서도 무시무시할 만큼 궁상맞아서, 그녀는 오랜 세월이 흐른 지금까지도 놀라곤 한다. 그 놀라움은 훌륭하고 귀중한 예술 작품이 세월의 무게에도 아랑곳하지 않고 완벽하게 보존된 모습을 보고 놀라는 것과 비슷하다. 여기에는, 다시 한번 말하지만 놀랍게도 비스킷색을 닮은 바랜 듯 연한 베이지색 벽들이 버티고 있고, 천장의 형광등은 축축한 빛을 깜박이고 있다. 십 년 전 이 비좁은 로비를 싸구려로, 별다른 애착 없이 수리한 것은 불행한 일이다. 벽돌무늬의 더러운 흰색 리놀륨바닥과 인조 열대나무로 장식된 로비는 차라리 원래 상태 그대로 낡게 내버려두었다면 훨씬 더 나을 것이다. 오직 오래된 대리석 벽판만이(팔로미노* 빛의 대리석은 제대로 묵은 치즈 같은 짙은 황색 결에 청색과 재색이 박혀 있지만, 누르스름한 벽 때문에 흉측해 보인다) 한때는 이 건물도 어느 정도 중요했음을, 이곳에서도 희망이 자라났음을, 로비에 들어서자마자 사람들로 하여금 어떤 질서정연한 과정을 거쳐 소유할 가치가 있는 무엇인

---

* 털이 크림색이나 황금색인 말(馬)을 일컫는다.

가가 기다리고 있는 미래로 향하고 있었다는 것을 느끼게 했음을 보여준다.

그녀는 표백한 듯 밝은, 천연 나뭇결무늬의 금속 틀로 된 엘리베이터로 들어가 오층 버튼을 누른다. 엘리베이터 문이 탄식하듯 덜컹덜컹 닫힌다. 그리고 아무런 움직임도 없다. 역시 그렇다. 이 엘리베이터는 간간이 작동한다. 엘리베이터 대신 차라리 계단으로 걸어 올라가는 게 훨씬 마음 편하다. 클러리서가 열림Open의 'O' 일부가 긁힌 흰색 버튼을 누르자 잠시 신경질적인 머뭇거림 뒤에 문이 다시 덜컹덜컹 열린다. 이 엘리베이터를 탈 때면 언제나 층과 층 사이에 갇히지 않을까 하는 두려움이 엄습한다. 그녀는 그 기나긴 기다림을 너무 쉽게 상상할 수 있다. 영어를 알아들을 수도 있고 못 알아들을 수도 있는, 그리고 귀찮은 일에 나설지 말지 알 수 없는 입주자들을 향해 도와달라고 외쳐야 하고, 탁한 냄새가 풍기는 훤한 공간에서 엘리베이터 천장 오른쪽 구석에 고정된 침침한 원형 유리에 비친 자신의 뒤틀린 모습을 보든 보지 않든, 긴 시간을 혼자 있어야 하는 죽음과도 같은 공포를. 솔직히 처음부터 엘리베이터는 작동이 안 된다고 생각하고 오층까지 걸어서 올라가는 편이 훨씬 낫다. 자유로운 것이 훨씬 더 좋다.

그녀는 꽃을 한 아름 안고서 순결한 신부 같은 기분과 피곤을 함께 느끼며 계단을 오른다. 여기저기가 파이고 가운데가 닳아 움푹해진 계단 발판은 검은 고무 같은 독특한 재료로 만들어졌다. 네 개의 층계참마다 있는 창문으로는 꽃무늬 침대 시트, 아기 옷, 운동복 바지 등 빨랫줄에 널린 다양한 세탁물이 보인다. 세탁물은 값싼 물건의 산뜻함에서 창백한 인상이 느껴질 뿐, 시커먼 양말과 정교한 여성 속옷, 색 바랜 실내복, 반짝거리는 흰색 셔츠 따위의 유행에 뒤진 것은 절대 아니다. 그래서 환기를 위한 계단실은 평범하면서도 놀라운, 또 다른 시간으로부터 보호되고 있는 것 같은 느낌을 준다. 그녀는 다시 한번 궁상맞다고, 정말 궁상이 뚝뚝 흐른다고 생각한다.

리처드의 집 앞 복도는 건물 입구와 같은 비스킷색에 금세기 초에도 그랬을 법한 모습 그대로 타일이 깔려 있다(신기하게도 리놀륨바닥은 이층에서 끝난다). 기하학적인 무늬의 옅은 노란색 꽃들을 모자이크한 바닥에는 붉은색 립스틱이 묻은 담배꽁초가 하나 떨어져 있다. 클러리서는 리처드의 집 문을 두드리고 잠시 기다렸다가 또다시 두드린다.

"누구세요?"

"나."

"나라니, 누구?"

"클러리서."

"오, 댈러웨이 부인. 들어와."

그녀는 이 낡은 별명을 이제 버릴 때가 되지 않았나, 하고 생각한다. 만약 그가 행복한 나날을 보내고 있다면 아마 이것을 정식으로 문제 삼았을 것이다. 리처드, 이제 나를 클러리서라고 부를 때도 되지 않았어?

그녀는 가지고 있던 열쇠로 문을 연다. 리처드가 다른 방에서 창피한 비밀을 털어놓듯 나직하고 즐거운 목소리로 말하는 것이 들린다. 그녀는 '던지다hurl'라는 단어만 알아들을 뿐, 그가 무슨 말을 하는지 알 수 없다. 이어 예리한 무엇인가가 목에 걸려 고통스러워하는 것 같은 리처드의 웃음소리가 들린다.

오늘도 이런 하루가 되겠구나, 하고 클러리서는 생각한다. 이름 따위를 대화 주제로 삼을 수 있는 날은 확실히 아니다.

어떻게 그녀가 새로운 약을 제때 얻었던 에번과 다른 사람들을 원망할 수 있겠는가. 아직 그놈의 바이러스에 마음까지 먹히지 않은 운 좋은 모든 사람들을(물론 '운 좋다'의 의미는 상대적이다). 새로운 약 덕분에 근육과 장기는 소생하는데도 정신만은 불행한 세월 중에서 행복했던 날들을 반추하는 것 외에 달리 어떤 회복의 기미도 보이지 않는 리처드를 대신해 어떻게 그녀가 분노를 느낄 수 있 겠는가.

그의 집은 언제나처럼 어둡고 답답하고 지나치게 더우 며, 환자 냄새를 없애려고 태우는 세이지와 곱향나무 향 으로 가득하다. 집은 형언할 수 없이 어질러져 있고, 갈 색 전등들에서 나오는 안개 같은 희미한 빛이 원 모양으 로 여기저기 자리 잡고 있다. 리처드는 15와트가 넘는 전 구의 불빛은 참아내지 못한다. 무엇보다도 그 아파트는 물속 같다는 특징을 지니고 있다. 실내를 걸을 때면 클러 리서는 침몰한 선박을 놓치지 않으려고 안간힘을 쓰는 것 같은 느낌이 든다. 어슴푸레한 불빛 속에서 한 무리의 은색 물고기가 돌진해온다 해도 크게 놀라지 않을 것이 다. 아무리 생각해도 이 방들은 도저히 그 건물의 일부처 럼 보이지 않는다. 그리고 아파트로 들어선 뒤 네 개의 자 물쇠가 달린(그중 두 개는 고장이다), 삐걱거리는 커다란 문 을 닫을 때면 언제나 차원을 가르는 밧줄을 통과하는 기 분이 든다. 거울을 통과하는 느낌이라고나 할까. 로비와 계단과 복도는 모두 다른 영역과 시간 속에 존재하는 것 같다.

"좋은 아침." 그녀가 인사한다.

"아직도 아침인가?"

"그럼, 아침이지."

리처드는 두 번째 방에 있다. 이 집은 방이 두 개뿐이다. 누구나 통과해야 하는 부엌과 큰 방 하나. 여기서 리처드의 남은 인생이 이어진다. 클러리서는 부엌을 지나간다. 낡은 오븐과 커다란 흰 욕조(그 방의 끝없는 어둠 속에서 대리석처럼 흐릿하게 빛을 낸다), 어렴풋이 느껴지는 가스와 음식 냄새, 층층이 쌓인 종이 상자…… 그 안에 가득 담긴 게 뭔지 어떻게 알겠는가? 그녀의 창백한 모습을 비추는 (너무나 당연한데도 볼 때마다 조금은 충격적이다), 테두리가 금박인 달걀 모양 거울이 눈에 들어온다. 세월이 흐르면서 그녀는 거울을 무시하는 일에 익숙해졌다.

그에게 사주었던 크롬과 검은 강철로 만든 이탈리아제 커피메이커에는 사용하지 않는 물건들이 흔히 그렇듯 먼지가 쌓이기 시작했다. 저쪽에는 그녀가 사준 구리 냄비들이 있다.

리처드는 다른 방 의자에 앉아 있다. 방에는 블라인드가 길게 드리워져 있고, 전등 예닐곱 개가 켜 있지만 희끄무레한 불빛은 책상용 전등 하나의 밝기보다 못하다. 그는 구석진 곳에서 우스꽝스러운 플란넬 가운을 입어(헬멧을 쓴 우주 비행사와 로켓 그림으로 뒤덮인 파란색 옷으로, 어린이

옷을 어른 크기로 바꾼 것에 지나지 않는다) 물에 빠졌던 여왕이 젖은 채로 옥좌에 앉아 있는 것처럼 수척하고 위엄 있으면서도 바보처럼 보인다.

그는 휘파람을 불다 멈추고 머리를 약간 젖힌 채 눈을 지그시 감고 음악을 듣는 것처럼 앉아 있다.

"좋은 아침이야." 클러리서가 다시 인사하자 그가 다시 눈을 뜬다.

"웬 꽃이야?"

"당신을 위한 거야."

"내가 죽기라도 했나?"

"파티 때문에. 두통은 좀 어때?"

"많이 나아졌어. 고마워."

"잠은 잤어?"

"기억나지 않는데. 맞아, 잤어."

"리처드, 아주 아름다운 여름날이야. 햇빛을 조금이라도 들이면 어떨까?"

"마음대로 해."

그녀는 창문 세 개 중 가장 가까운 창으로 다가가 반질반질한 블라인드를 힘겹게 올린다. 한줄기 강렬한 햇빛이 리처드가 사는 건물과 5미터 정도 떨어져 있는 초콜릿색 이웃 벽돌 건물 사이를 비집고 방 안으로 들어온다. 건

너편에는 역정을 잘 내기로 유명한 늙은 과부의 집 창문이 있는데, 유리와 창턱에 있는 도자기 공예품들과(짐수레를 끄는 당나귀, 어릿광대, 히죽 웃는 다람쥐) 베니션 블라인드가 보인다. 클러리서가 돌아서니, 햇빛을 받은 리처드의 얼굴이 막 수면 위로 건져 올린 물에 빠졌던 조각품처럼 어둠 속에서 나타난다. 움푹 팬 육감적인 주름살, 훤칠하고 번질번질한 앞이마, 얻어터져 엉망이 된 권투선수 같은 코.

"지독하게 밝군."

"빛은 당신에게 좋아."

그녀는 그에게 다가가 둥근 이마에 입을 맞춘다. 이렇게 바싹 다가서면 그의 다양한 체취를 한꺼번에 맡을 수 있다. 그의 피부 속 모공에서는 그녀에게도 익숙한 땀 냄새뿐만 아니라(그의 땀은 부드러우면서도 자극적이어서 언제나 좋은 냄새로 다가왔다. 와인향이라고나 할까) 약 냄새 그리고 푸석푸석하면서 달콤한 냄새가 난다. 또한 꿉꿉한 플란넬 냄새나(일주일에 한 번, 아니면 그보다 더 자주 세탁하는데도) 그가 앉아 시간을 보내는 의자에서 나는 조금 지독한(유일하게 혐오감을 주는) 냄새도 풍긴다.

특히 리처드의 의자는 제정신인 사람의 것으로는 보이지 않는다. 아니, 제정신이라고 하더라도, 물건들을 아무렇게나 내버려두고 간단한 위생 관리나 규칙적인 영양 공급 따위의 일상적인 보살핌을 포기하면서 광기와 절망의 차이를 구분하기 어렵게 되어버린 사람의 것 같다. 가느다란 금색 나무다리로 힘겹게 서 있는, 속을 지나치게 많이 채운 네모난 낡은 안락의자. 보란 듯이 부서져버린 쓸모없는 의자. 의자를 덮은 누빔 천은 염색하지 않은 모직에 은색 실이 많이 섞여 있다(이 실이 특히 불길한 분위기를 자아낸다). 네모진 팔걸이와 등받이는 마찰과 손때로 시커멓게 닳아 부드러운 코끼리 엉덩이 같다. 약하고 녹슨 링들이 나란한 의자 코일은 쿠션 밖으로 삐져나와 있어 리처드가 쿠션 위에 덮어놓은 얇은 노란색 수건 아래로 훤히 보인다. 의자에서 풍기는 축축하고 불결한 구린내는 도저히 지울 수 없는 부패의 냄새다. 거리에 내놓더라도(**언제** 내놓더라도) 아무도 주워가지 않으리라. 하지만 리처드는 절대 의자를 바꾸려 하지 않을 것이다.

"그 사람들 오늘도 여기 있어?" 클러리서가 물어본다.

"아니. 그 사람들은 갔어. 매우 아름답고 대단한 사람들이지." 리처드는 머뭇거리면서도 솔직하게 대답하는 어린아이처럼 답한다.

"그래, 나도 알아."

"그 사람들을 보면 검은 불의 융합이 생각나. 어두우면서 밝다는 뜻이지. 그중에는 전기로 움직이는 검은 해파리* 같은 사람도 있어. 그들은 방금 전에 외국어로 노래를 불렀어. 그리스어가 아닌가 싶어. 고대 그리스어 말이야."

"그 사람들이 무서워?"

"아니. 글쎄, 가끔은."

"빙에게 당신 약물치료 횟수를 늘리는 문제를 이야기해볼 참인데, 괜찮겠지?"

그는 신물이 난다는 듯 한숨을 내쉬며 말한다. "소리가 들리지 않거나 모습이 보이지 않는다고 해서 그들이 가버린 건 아니야."

"그래도 소리가 들리지 않거나 보이지 않을 때는 쉴 수 있잖아. 솔직히 간밤에 한숨도 못 잤지, 그치?"

"아, 약간. 난 잠 따위는 그렇게 걱정하지 않아. 나는 당신이 더 걱정돼. 오늘 꽤 야위어 보이는데, **괜찮아?**"

"**나는** 괜찮아. 조금 있다가 가봐야 해. 가서 꽃을 물에 담가야 해."

"그렇지, 그렇지. 꽃과 파티. 나를 위한 것."

"오다가 영화배우를 봤어. 좋은 징조 같아, 그렇지?"

리처드는 생각에 잠기며 미소를 짓는다. "글쎄, 징조

---

* 의지가 강하지 못한 사람을 비꼬는 표현.

라……. 당신은 예언 따위를 믿어? 당신은 우리에게 많은 관심을 쏟는 어떤 존재가 있다고 생각해? 누군가가 우리를 걱정해준다고? 그렇다면 얼마나 멋지겠어?"

그는 절대 그 영화배우의 이름을 묻지 않을 것이다. 실제로 그는 배우의 이름 따위에는 관심 없다. 클러리서가 아는 사람 중에서 유일하게 유명인에 대해 아무 관심 없는 사람이다. 리처드는 진심으로 이런 사람들의 명성을 몰라본다. 클러리서가 생각하기에 그것은 엄청난 자기애와 일종의 학자적 의식의 야릇한 결합이다.

리처드는 자기 자신과 자신이 아는 사람들이 꾸리는 삶보다 더 흥미롭고 가치 있는 삶은 없다고 생각하는데, 바로 이 때문에 사람들은 그가 앞에 있으면 종종 고무되고 마음이 한껏 넓어진다고 느낀다. 그렇다고 그가 다른 사람들 삶을 업신여기는 자기중심주의는 아니다. 오히려 그 반대인데, 탐욕보다는 웅대한 정신을 추구하고픈 강한 충동이다. 그가 당신을, 지금까지 당신이 자기 모습이라 믿어왔던 것보다 훨씬 더 재미있고 낯설고 별나며 심오한 모습으로, 당신이 상상해왔던 것보다 훨씬 더 많은 선이나 악을 행사할 수 있는 모습으로 묘사한다면, 당신은 적어도 그의 면전에서는 그 말을 믿지 않을 수 없을 것이다. 그를 떠나고 나서도 한동안 그만이 당신의 깊은 곳까지 꿰뚫어보면서 진정한 자질을 심사숙고하고(자질에 대한 그의 평가가 늘 듣기 좋은 것은 아니다. 그의 스타일은 조금 서투른 표현과 어린아이 같은 무례함이라고 할 수 있다) 다른 누구보다도 당신의 진가를 완벽에 가깝게 인정하는 사람이라고 믿게 된다.

하지만 그를 조금만 더 알게 되면, 그에게 당신이란 존재는 그 자신이 비극과 희극을 엮어내는 거의 무한에 가까운 능력으로 창조해낸, 본질적으로 허구인 인물에 지나지 않는다는 사실을 깨닫게 된다. 그 허구의 인물조차도 진정한 당신의 본질이 아니며, 리처드 자신이 극단적이고 당당한 사람들의 세상에서 살아남아야 해서 만들어낸 인물이다. 어떤 사람들은 그가 머릿속으로 구상한 서사시의 한 존재가 되어 그의 삶과 열정의 이야기 속 등장인물로 남느니 차라리 그와의 관계를 끝내는 쪽을 선택했다. 하지만 클러리서를 비롯한 다른 부류의 사람들은 그가 불어넣어주는 과장의 느낌을 즐기다가 마침내는 그 느낌에 의지하며 살게 된다. 아침에 정신을 맑게 하려고 한 잔의 커피를 마시거나 밤에 정신을 흐리게 하려고 한두 잔의 술에 의존하듯이.

"미신도 가끔 위로가 되잖아. 당신은 왜 그렇게 모든 위로를 완강하게 거부하는지 모르겠어."

"내가? 나는 그럴 뜻이 전혀 없어. 나도 위로가 되는 것들을 좋아해. 어떤 위로들은 아주 좋아하기도 하고."

"지금 기분은 **괜찮아?**"

"좋아, 아주 좋아. 오래가지 않아서 그렇지. 나는 방에 앉아 있는 꿈을 계속 꾸고 있어."

"파티는 5시야, 잊지 않았지? 파티는 5시이고 시상식은 8시에 주택지구에서 있어. 다 기억하지?"

"응."

그러다가 그는 "아니"라고 한다.

"어느 쪽이야?"

"미안해. 이미 일어난 일이라고 생각했던 것 같아. 파티와 시상식을 기억하냐고 당신이 물었을 때, 난 내가 그런 자리에 갔었는지 기억하냐고 묻는 줄 알았어. 그래서 그것들을 떠올렸거든. 지금 난 시간 감각을 잃어버린 것 같아."

"파티와 시상식은 오늘 밤이야. 아직 일어나지 않은 일이라고."

"알았어. 조금 이해했어. 그렇지만 사실 내가 미래로 간 것 같기도 한걸. 아직 열리지도 않은 파티를 분명하게 떠올릴 수 있어. 시상식을 완벽하게 기억할 수 있다고."

"오늘 아침에 사람들이 식사를 가져다줬어?"

"무슨 그런 질문이 다 있어? 당연히 그랬지."

"먹었어?"

"먹은 걸로 기억나는데, 먹으려고만 했을지도 몰라. 주변에 음식이 그대로 있어?"

"보이는 곳에는 없는데."

"그렇다면 꾸역꾸역 먹었을 거야. 먹는 건 그렇게 중요하지 않아, 안 그래?"

"리처드, 식사는 매우 중요해."

"내가 견딜 수 있을지 모르겠어, 클러리서."

"견디다니, 뭘?"

"모든 사람이 보는 앞에서 용감하고 당당할 수 있을지. 병들고 수척한 내가 그 하찮은 트로피를 받으려고 두 손을 떨면서 내밀고…… 그런 모습이 생생하게 떠올라."

"당신은 당당할 필요가 없어. 용감할 필요도 없고. 연기가 아니니까."

"당연히 연기야. 나는 내 연기 때문에 상을 받는 거야. 당신도 그걸 알아야 해. 에이즈에 걸린 내가 병에 미친 듯이 용감하게 맞섰다고 해서 상을 받는 거야. 그건 내 작품과는 아무 관계 없어."

"그만해, 제발. 그건 순전히 당신의 작품과 관계있는 거라고."

리처드는 숨을 들이쉬었다가 축축하고 거세게 내쉰다. 그때 클러리서는 정맥이 정교하게 수놓아진 그의 붉은 폐를 상상해본다. 예상과는 달리 폐는 그의 장기 가운데 가장 적게 손상을 입었다. 알 수 없는 이유로 폐는 바이러스의 공격을 받지 않은 채로 남았다. 그렇게 세차게 숨을 쉬는 덕분에 그의 두 눈은 초점을 잃지 않고 더욱 푸른 깊이를 얻는 것 같다.

"내가 건강했더라도 내게 그 상을 주었을 거라고 생각하진 않겠지, 그렇지?"

"그렇지 않아. 나는 그렇게 믿어."

"제발, 솔직해져봐."

"그렇다면 그 상을 거부했어야지."

"그게 무시무시한 거야. 나는 그 상을 원해. 그렇고말고. 사람들이 상을 받는다는 사실에 대해서만 관심을 둔다면 일이 훨씬 수월할 텐데. 그게 여기 있어?"

"뭐가?"

"상 말이야. 보고 싶은데."

"당신은 아직 상을 받지 않았어. 오늘 밤이란 말이야."

"아, 그렇지. 오늘 밤."

"리처드, 제발, 내 말 좀 들어. 아주 간단할 거야. 당신은 소박하게나마 이 일을 솔직하게 즐길 수 있어. 내가 한

순간도 놓치지 않고 당신 곁을 지킬 거야."

"나도 그랬으면 좋겠어."

"파티야. 파티일 뿐이라고. 당신을 존경하고 감탄해 마지않는 사람들만 올 거야."

"정말? 누구?"

"당신도 아는 사람들이야. 하워드, 엘리사, 마틴 캄포."

"마틴 캄포? 오, 맙소사."

"당신이 그 사람을 꽤 좋아한다고 생각했는데. 늘 그렇게 말했잖아."

"글쎄, 그랬지. 사자도 동물원 사육사를 좋아할 수 있잖아."

"마틴 캄포는 삼십 년이 넘도록 변함없이 당신 작품을 출판해줬어."

"또 누가 오는데?"

"우리는 이런 일을 많이 해왔잖아. 당신도 누가 올지 다 알고 있으면서 왜 그러는 거야."

"한 사람만 더 말해줘. 영웅다운 사람의 이름을 대보라고."

"마틴 캄포도 영웅다워. 그렇게 생각하지 않아? 그는 잘 팔리지 않을 거라는 사실을 알면서도 어렵지만 귀중한 책들을 출판하는 데 집안의 전 재산을 기꺼이 쏟아부었어."

리처드는 두 눈을 감고 손때가 묻어 낡아빠진 의자 등받이에 바싹 마른 머리를 기댄다. "좋아, 그렇다면."

"당신은 손님들을 기분 좋게 만들거나 환대할 필요는 없어. 마음에도 없는 연기를 할 필요가 없다고. 파티에 참석할 사람들은 오랫동안 당신을 믿어온 사람들이야. 당신이 할 일이라곤 그곳에 나타나서 손에 술 한 잔 들고 있든지 그냥 빈손으로 있든지, 귀를 기울이든지 남의 소리를 흘려버리든지, 미소를 머금든지 무표정하게 있든지, 아무튼 그냥 소파에 앉아 있기만 하면 돼. 그게 전부야. 그러는 동안 나는 계속 당신을 보살필 거고."

그녀는 뼈만 앙상한 그의 어깨를 잡고 세차게 흔들고 싶다. 리처드는 아마 주요 작가 목록에 들어가고 있을지도 모른다(사람들은 이렇게까지 생각하진 않겠지만). 그러니까 일생의 마지막 순간에서야 먼 미래에도 인정받을 수 있다는 첫 번째 징후가 나타난 걸지도 모른다(당연히 추측이긴 하지만, 아무튼 그럴 수도 있다). 이런 상은 시인이나 학계의 주목 그 이상을 의미하는데, 문학 자체가(그 미래가 지금 이 순간 구체화되고 있는 바로 그것이) 리처드의 특별한 기여의 필요성을 느끼는 것일 수도 있다. 그것은 사라지거나 완전히 잃어버린 세상에 대한 반항적일 정도로 장황

한 그의 한탄이다. 물론 보장할 수는 없지만, 클러리서와 몇몇 사람들이 옳았을 가능성도 있다. 어쩌면 가능성 이상일지도 모르지만, 치열하고 늘 탐색하며 끊임없이 파고드는 리처드는, 그토록 꼼꼼하고 철저하게 관찰해 원자 단위의 세상을 언어로 쪼개고 쪼개려고 달려들었던 그는, 유행을 따랐던 사람들의 이름이 사라진 한참 뒤에도 살아남을 것이다.

그리고 리처드의 가장 오랜 친구이자 첫 번째 독자인 클러리서가, 최근 사귄 친구들조차 그가 이미 죽었다고 생각하는 때에도 유일하게 매일 그를 찾아온 그 클러리서가 그에게 파티까지 열어주려고 하지 않는가. 그녀는 자기 집을 꽃과 초로 가득 채우고 있다. 그런데도 그가 집으로 와주기를 바라면 안 된단 말인가.

"정말이지 나는 거기서 필요한 존재가 아니야. 파티는 나라는 존재에 대한 추억만으로도 충분해. 내가 그곳에 있든 없든 그 파티는 실제로 이미 시작됐잖아."

"이제는 더 이상 참아줄 수 없어. 나도 인내심에 한계가 있다고."

"제발 화는 내지 마, 댈러웨이 부인. 사실은 파티에 가는 게 당혹스러워. 내 인생이 너무 비참하게 실패하고 말았잖아."

"그런 식으로 말하지 말라니까."

"아니, 아니야. 당신은 친절해. 친절하기 그지없어. 하지만 난 실패했다는 사실이 두려워. 그뿐이야. 그 상은 내게 과분해. 나는 한때 나 자신을 실제보다 훨씬 더 대단한 존재라고 생각했어. 창피한 비밀을 알려줄까? 지금까지 단 한번도 다른 사람에게 말하지 않았거든."

"그래."

"나는 내가 천재라고 생각했어. 실제로 나는 남몰래 나 자신에게 천재라는 단어를 사용했어."

"음……."

"아, 교만, 교만 덩어리. 내가 틀렸던 거야. 그 우월감이 날 좌절시켰어. 우월감은 결국 극복할 수 없는 것으로 드러나고 말았고. 아, 정말 이 세상에는 내가 감당하기에는 너무 많은, 정말로 엄청나게 많은 것들이 있어. 기후가 있고 물과 땅이 있고 동물이 있고 그리고 빌딩들, 과거와 미래, 또 공간이 있고 역사가 있어. 이 실오라기도 있고 내 이빨 사이에 낀 어떤 것도 있고 저 길 건너에는 한 노부인이 살고 있어. 당신은 그 여자가 창문턱에 있는 장식품을 당나귀와 다람쥐로 바꾼 걸 알아? 물론 시간도 있고 공간도 있어. 그리고 당신이 있지. 나는 당신에 대한 이야기를 한 단락 쓰고 싶었어. 아, 그 일을 마무리하고 싶었는데……."

"리처드. 당신은 책 한 권 분량을 썼어."

"그렇지만 모든 것은 그 책 바깥에 있어. 거의 모든 것이. 그러다가 나는 그만 충격적인 종말을 코앞에 두게 됐어. 아, 지금 나는 동정을 구하는 게 아니야. 우리는 너무 많은 것을 바라고 있어, 그렇지 않아?"

"맞아, 내 생각에도 그런 것 같아."

"당신은 연못 옆에서 내게 키스했지."

"만 년 전 이야기를……."

"그건 아직도 벌어지고 있어."

"어떻게 보면 그럴 수도 있겠지."

"실제로 그래. 그 키스는 그 현재에 일어나고 있고, 이 일은 지금 벌어지고 있고."

"지쳤어, 당신. 쉬어야겠어. 빙에게 전화를 걸어서 당신 약에 대해 말해야겠어. 괜찮지?"

"아, 안 돼. 쉴 수 없어. 이리 와. 좀더 가까이, 제발."

"지금 여기 있잖아."

"좀더 가까이. 내 손을 잡아."

클러리서는 리처드의 손을 꼭 잡는다. 그녀는 지금 이 순간에도 그의 손이 너무 연약하다는 사실에 화들짝 놀란다. 그 손은 여린 나뭇가지 묶음을 닮았다.

"우리는 여기 이렇게 있어. 당신은 그렇게 생각하지 않아?"

"무슨 뜻이지?"

"우리는 어느새 중년이 된 사람이면서 연못가에 서 있는 젊은 연인이야. 갑자기 우리는 모든 것이 되는 거야. 놀랍지 않아?"

"그래."

"솔직히 말해 딱 한 가지를 빼고는 아무것도 후회하지 않아. 정말로 나는 당신에 대해서, 우리 둘에 대해서 쓰고 싶었어. 내 말 알겠어? 우리가 살아가고 있는 삶과 우리가 가졌을지도 모르는 삶에 대한 모든 것을 쓰고 싶었어. 우리가 죽을 때 선택할지도 모르는 모든 방식에 대해 쓰고 싶었다고."

"리처드, 어떤 것도 후회하지 마. 그럴 필요 전혀 없어. 당신은 참 많은 일을 했어."

"그렇게 말해주니 고맙군."

"지금 당신에게 필요한 건 낮잠이야."

"그렇게 생각해?"

"응."

"그렇다면, 좋아."

"옷 입는 걸 도와주러 올게. 3시 30분 어때?"

"당신을 만나는 건 언제나 굉장한 일이야, 댈러웨이 부인."

"이제 가야겠어. 꽃을 물에 담가야 하니까."

"그래. 음, 그래."

그녀는 그의 수척한 어깨를 손가락으로 만진다. 어째서 그녀가 후회할 일이 벌어질 수 있단 말인가? 심지어 둘이 함께 삶을 나눌 수도 있었다고 이제 와서 어떻게 상상할 수 있단 말인가? 그들은 따로 연인을 두면서 각각 남편과 부인 그리고 소울메이트가 될 수 있었을지도 모른다. 그럭저럭 관계를 꾸려나가는 방법들은 있었을 테니까.

리처드는 한때 영리하고 욕심 많고, 큰 키에 피부는 우유처럼 창백했다. 언젠가 그는 긴 파란색 리본을 찾아내 검은 머리에 묶고 남은 리본은 얼굴에 드리운 채 낡아빠진 군용 코트를 걸치고 열변을 토하며 뉴욕을 활보했다.

"크랩 캐서롤*을 준비했어. 물론 당신이 유혹당할 거라고는 생각하지 않지만."

"아, 당신은 내가 게를 얼마나 좋아하는지 알잖아. 그거라면 다를 수 있지. 암, 그렇고말고. 클러리서?"

"응?"

---

* 게살을 넣어 오븐에 천천히 익혀 만드는 요리.

그가 머리카락이 헝클어진 큼직한 머리를 든다. 클러리서는 얼굴을 옆으로 돌려 리처드의 키스를 뺨에 받는다. 그의 입술에 키스하는 것은 그다지 바람직하지 않다. 아주 하찮은 감기도 그에게는 재앙이 될 수 있으니까. 클러리서는 뺨으로 키스를 받으며 손가락 끝으로 리처드의 야윈 어깨를 눌러본다.

"3시 30분에 봐."

"좋아, 아주 좋아."

울프 부인

그녀는 탁자의 시계를 바라본다. 거의 두 시간이 흘렀다. 지금까지 쓴 글을 내일 다시 보면 지나치게 부풀려졌고 공허하다고 생각할 수도 있다는 걸 잘 알지만, 여전히 힘이 솟구친다. 누구나 마음속에는 종이에 옮길 수 없는 훌륭한 책을 간직하고 있게 마련이다. 그녀는 식은 커피를 한 모금 홀짝이고 지금까지 쓴 글을 다시 읽어본다.

글은 꽤 훌륭한 것 같다. 어떤 대목은 정말 멋져 보인다. 물론 그녀는 사치스러운 희망을 품고 있다. 이 작품이 자신의 가장 훌륭한 책이 되리라는, 마침내 자신의 기대에 빈틈없이 부합하는 책이 되리라는 희망. 하지만 평범한 여자의 하루가 소설로 쓸 만한 이야기가 될까? 버지니아는 엄지로 입술을 가볍게 두드린다. 클러리서 댈러웨이는 죽을 것이다. 아직 초반 도입부를 쓰는 중이라 어떻게 죽는지, 심지어 정확히 왜 죽는지조차 말할 수 없지만, 죽는다는 건 확실하다. 버지니아의 생각대로 클러리서는 자기 삶을 스스로 정리할 것이다. 그렇다, 그녀는 자살할 것이다.

버지니아는 펜을 내려놓는다. 하루 종일 쓰고 싶지만, 세 페이지가 아니라 서른 페이지를 쓰고 싶지만 처음 몇 시간이 지나자 왠지 머뭇거리게 된다. 한계를 넘어서면 전체 계획이 망가지지나 않을까 걱정된다. 그래도 다시는 못 돌아올 지리멸렬한 세계로 걸어 들어가게 되도 그냥 그렇게 할 것이다. 납득할 만한 시간을 글쓰기 외에 다른 데 쓰는 것도 싫다.

그녀는 항상 병이 재발할지도 모른다는 두려움을 이겨내며 작업한다. 먼저 두통이 찾아오는데, 어느 모로 보나 일반적인 고통은 아니다('두통'이라는 단어가 그 고통에 적합하진 않지만, 다른 단어로 부르면 너무 감상적일 것 같다). 두통은 그녀에게 스며든다. 단순히 괴롭히는 게 아니라 숙주에 있는 바이러스처럼 그녀 안에 존재한다. 고통의 요소들은 그녀의 눈에 광휘의 파편을 끈질기게 던지며 자신의 존재를 알린다. 그녀는 다른 사람들은 이를 보지 못한다고 스스로에게 말해야 한다. 고통은 버지니아라는 존재를 점점 더 고통 자체로 바꿔버리면서 그녀를 집어삼킨다. 그 진행과정이 너무 강렬하고 그 변덕스러움은 너무 선명해서, 그녀는 고통 자체가 하나의 생명을 가진 어떤 물체라는 생각을 떨칠 수 없다. 레너드와 함께 광장을 거닐 때면 그녀는 조약돌 위로 반짝이는 그 은빛 덩어리를, 여기저기 아무렇게나 찌르며 해파리처럼 흐느적거리면서도 완전한 하나의 덩어리로 남는 고통을 볼 수 있을 것이다. "그게 도대체 뭐지?" 레너드는 이렇게 물어볼 테고, 그러면 그녀는 "제 두통이에요. 제발 좀 무시해버려요"라고 대답할지도 모른다.

두통은 늘 정해진 곳에 도사리고 있다. 그래서 두통에서 벗어난 시간이 아무리 길다고 해도 잠시 동안이라고 느껴진다. 가끔 그 두통은 하루저녁이나 이틀 정도 부분적으로만 그녀를 덮치고 물러나지만, 그녀가 스스로 주저앉을 때까지 머릿속에 남아 증폭되다가 이 세상으로 옮겨간다. 모든 것이 빛을 발하고 요동친다. 모든 것이 빛에 전염되어 빛으로 요동치면 그녀는 사막에서 길을 잃은 방랑자가 물을 갈구하듯 어둠을 간절히 바란다. 사막에서 물을 발견하기가 어렵듯 세상 어디에도 어둠이라고는 보이지 않는다. 덧문을 내린 방에도 어둠은 없고, 심지어 그녀의 눈꺼풀 안에도 어둠은 없다. 오직 밝기의 차이만 있을 뿐 온통 빛뿐이다.

냉혹한 빛의 영역을 넘어서면, 소리가 시작된다. 그 소리는 나직하고 대기에서 나오는 알아들을 수 없는 웅성거림과 구분되지 않을 때도 있고, 가구 뒤쪽이나 벽 안에서 퍼져 나올 때도 있다. 그 소리들은 뚜렷하진 않지만 확실히 남성적이고 혐오감을 일으킬 만큼 케케묵은 의미로 가득하다. 분노와 비난이 담긴, 혼미한 꿈에서 깨어난 소리들. 속삭이며 서로 대화하는 것 같기도 하고, 암송하는 것 같기도 하다. 가끔은 단어가 하나씩 알아들을 수 있을 만큼만 들린다. 한번은 '던지다hurl'가 들렸고, 그다음에는 '아래under'가 들렸다. 창밖에서 참새 한 무리가 그리스어로 노래하는 걸 들은 적도 있었다.

이런 상태는 그녀를 더없이 비참하게 만들어 레너드나 가까이 다가오는(무슨 악귀처럼 쉭 하는 소리와 함께 빛을 내면서) 누구에게든 비명을 내지르게 한다. 게다가 이런 상태는 시간이 지날수록 번데기를 감싼 껍질처럼 더욱 억세게 그녀를 옥죈다. 그러다 시간이 지나면 그녀는 사시나무 떨듯 떨며 피투성이처럼 되지만, 상상력은 충만해지기 때문에 휴식을 취하고 곧바로 다시 작업에 들어갈 준비를 한다. 그래서 그녀는 통증에 이어 또다시 휘황한 빛 속으로 침몰하는 것을 두려워하면서도 그런 것이 자신에게는 필요하지 않을까 생각해본다. 지금까지 그녀는 상당한 시간 동안, 아니, 몇 년 동안 해방을 즐겼다. 두통이 얼마나 갑작스럽게 들이닥치는지를 잘 알면서도 레너드 앞에서는 별것 아닌 척하고, 때론 자기 생각보다 훨씬 더 건강한 척한다. 그녀는 반드시 런던으로 돌아가고 말 것이다. 여기 리치먼드에서 서서히 증발되는 것보다는 미쳐 날뛰다 죽는 한이 있더라도 런던에 있는 쪽을 선택할 것이다.

불안한 마음으로 오늘 할 일을 끝냈다고 생각한다. 그녀에게는 항상 다음과 같은 질문이 떠나지 않는다. 한 시간 더 일해도 될까? 제정신인가, 아니면 그저 게으른가? 제정신이지, 하고 혼잣말을 하며 그렇게 믿어버린다. 어림짐작으로 250단어 분량의 글을 썼다. 그만하면 충분하다고 생각하자. 그리고 내일 또다시 여기에 당신이 알아볼 수 있는 모습으로 설 수 있다는 믿음을 가지자.

그녀는 식은 커피가 담긴 컵을 들고 방을 걸어 나가 인쇄실을 향해 계단을 내려간다. 인쇄실에서는 랠프가 레너드의 손을 거친 조판 교정쇄를 읽고 있다.

"좋은 아침이에요." 버지니아에게 건네는 랠프의 인사 소리는 밝지만 어딘가 거북하다. 온화해 보이는 넓고 잘생긴 그의 얼굴은 홍조를 띠고 있으며 이마는 거의 불타는 듯하다. 순간 오늘 아침은 랠프에게 좋은 아침이 아님을 눈으로 확인할 수 있다. 레너드가 최근 작업이나 어제 일을 두고 비능률적인 부분에 대해 투덜거린 게 분명하다. 그래서 지금 랠프는 꾸지람 들은 어린아이가 왈칵하듯 "좋은 아침이에요"라고 인사를 건네면서도 자리에 그대로 앉아 교정쇄를 읽고 있는 것이다.

"좋은 아침." 그녀는 진심어린 동정심을 애써 감추는 목소리로 인사를 받는다. 이들 젊은 보조원들은 왔다가 사라질 것이다. 랠프가 맡기에는 너무 허드렛일이라고 여기는 것들을 처리하기 위해 이미 마조리가 고용되지 않았던가(지겨울 정도로 느린 말투의 그녀는 도대체 지금 어디 있나?). 분명히 말하지만, 머지않아 랠프에 이어 마조리까지 사라질 테고, 버지니아는 서재를 나오다가 해맑고 깨끗하게 아침 인사를 건네는 새로운 얼굴을 또다시 맞이할 것이다. 그녀는 레너드가 퉁명스럽고 인색한 데다 들어주기가 거의 불가능할 만큼 요구사항이 많다는 것을 잘 안다. 이 젊은이들은 종종 터무니없는 일 때문에 혼난다는 걸 잘 알지만, 버지니아가 남편에 맞서서 이들을 옹호하는 일은 결코 없을 것이다. 이들은 상처 입은 눈과 간곡한 미소로 그렇게 해주기를 간절히 바라겠지만, 그녀는 절대로 그런 문제에 끼어들지 않을 것이다. 아무튼 레너드는 랠프를 골칫거리로 여기지만, 랠프는 레너드를 환영한다. 랠프는 언젠가 이곳에 올 동료들처럼 앞으로 계속 나아가며 더 위대한 세상에서 무엇이든 하게 될 것이다(어느 누구도 그들이 출판사 일을 도우며 경력을 쌓을 거라고는 기대하지 않는다). 레너드는 전제적일 수도 있고 불공평할 수도 있지만, 어쨌든 그는 그녀의 동료이자 그녀를 돌봐주는 사람이 아닌가. 다시 한번 분명히 말하지만, 그녀가 잘생긴 애송이 랠프나 마조리를 위해 그를 배신하는 일은 절대 없을 것이다.

"여덟 페이지에 실수가 열 군데나 돼." 그렇게 말하는 레너드의 입가 주름이 얼마나 깊은지 1페니짜리 동전도 집어넣을 수 있을 것 같다.

"찾았으니 얼마나 다행이에요."

"중간에 실수가 몰려 있는 것 같아. 글이 좋지 않은 부분에서 이상하게 실수할 확률이 높단 말이야. 당신은 그렇게 생각하지 않아?"

"얼마나 제가 진실한 세상에서 살고 싶어 하는지 알잖아요. 산책하면서 머리를 식혔다가 돌아와서 박차를 가하죠."

"상당히 진척되었어요. 오늘 중으로 다 끝내야 해요." 듣고 있던 랠프가 말한다.

"다음 주 이 시간까지 끝내면 다행이지."

레너드가 얼굴을 찡그리며 말하자 랠프의 얼굴이 더욱

붉어진다. 당연하지, 랠프가 활자로 조판할 때 정성을 기울이지 않았던 거야, 하고 그녀는 생각한다. 또한 그녀는 진실이 고급스러운 쥐색 옷을 갖춰 입고 두 남자 사이에 침묵을 지키며 퉁명스럽게 앉아 있다고 생각한다. 그 진실은 랠프의 편이 아니다. 문학을 높이 평가한다고 하면서도 일과가 끝나기만 하면 그만큼 또는 그 이상의 열정으로 브랜디와 비스킷을 갈구하는, 이 젊은 실무자의 편은 아니다. 나무랄 데 없을 만큼 친절하지만, 일상적인 세계의 일상적인 업무에서 자신에게 주어진 시간 내에 불후의 생명력을 불어넣을 것 같지는 않은 평범한 인물에게 진실은 어울리지 않는다. 마찬가지로, 슬프게도, 진실은 레너드의 편도 아니다. 총명하고 끈기 있는, 퇴보와 대재앙을 구분하기를 거부하는, 그 무엇보다 성취를 숭배하고, 순진하게도 인간의 경솔함과 평범함으로 인한 것이라면 무엇이든 개선할 수 있다고 굳게 믿는 바람에 스스로를 다른 사람이 도저히 받아들일 수 없는 존재로 만들어버리는 레너드의 편은 아니다.

"확신해요. 우리끼리 하는 얘기지만, 그 책을 그럴듯하게 만들 수 있어요. 게다가 크리스마스까지 시간이 좀 남았잖아요."

이렇게 말하는 그녀에게 랠프가 이를 드러내며 활짝

웃어 보인다. 그 표정에서 안도감이 너무 역력하게 드러나서 그를 한 대 때려주고 싶은 생각마저 든다. 랠프는 그녀의 동정심이 대단하다고 착각한다. 그를 위해서가 아니라 레너드를 위해서 한 말이었는데. 이는 그 옛날 그녀의 어머니가 하인의 중대한 실수를 감싸주던 것과 비슷하다. 저녁식사 자리에서 하인이 수프 그릇을 깨기라도 하면, 남편과 그 자리에 있던 사람들 모두를 위해 깨진 수프 그릇 따위는 불길한 예감과는 아무 관련 없다거나, 사랑과 인내의 고리는 절대 끊어지지 않는다거나, 우리 모두는 무사하다고 어머니는 말씀하셨다.

브라운 부인

삶, 런던, 6월의 이 순간이.

그녀는 파란색 볼에 밀가루를 체질하기 시작한다. 창밖으로는 이 집과 이웃집 사이에 있는 자그마한 풀밭이 보이고, 이웃집 차고의 눈부시게 하얀 벽에는 한 마리 새의 그림자가 휙 지나간다. 그 순간 로라는 새의 그림자와 흰색과 초록이 기가 막히게 조화를 이루는 데서 짧게나마 깊은 만족감에 빠져본다. 앞에 있는 조리대에 놓인 볼은 바랜 듯한 파란색에 테두리에는 하얀 나뭇잎 장식이 둘러져 있다. 나뭇잎들은 만화풍의 한결같은 모양에 삐딱하게 기울어졌다. 그래서 나뭇잎 장식 중 어느 하나에 정삼각형 모양의 흠집이 있어도 그럴듯해 보인다. 하얀 밀가루가 비처럼 볼에 떨어진다.

"자, 됐어. 너도 보고 싶지?" 로라가 리치에게 말한다.

"응."

그녀는 무릎을 꿇고 앉아 아들에게 곱게 친 밀가루를 보여준다. "이제 정확히 네 컵을 떠야 해. 너, 네 개가 몇 개인지 알아?"

아이는 손가락 네 개를 펴 보인다.

"좋아, 아주 잘했어."

이런 순간에는 아이를 삼킬 수도 있을 것 같다. 굶주려서가 아니라 홀딱 반한 마음으로. 결혼해서 개종하기 전 (어머니는 결코 그녀를 용서하지 않으리라, 절대로) 성찬식 빵을 입속으로 받아들이던 때의 그 무한한 부드러움으로. 그녀는 지금 너무도 강렬하고 너무도 분명한, 식욕과도 같은 어떤 사랑으로 충만해 있다.

"넌 훌륭하고 똑똑한 아이야."

리치는 이를 드러내고 히죽 웃으며 불타는 듯한 눈빛으로 엄마의 얼굴을 보고, 그녀도 아들을 본다. 그렇게 잠시 그들은 서로를 바라보느라 가만히 있다. 그녀는 한동안 본연의 모습 그대로를 내보인다. 이제 4라는 숫자를 아는 세 살배기 아들과 함께 부엌에서 무릎을 꿇고 앉은 임신부. 그녀는 자기 모습으로, 자신의 완벽한 화신으로 돌아와 있다. 현실 속 모습과 본연의 모습, 그 둘 사이에는 아무런 간극이 없다.

그녀가 만들려는 건 케이크 하나, 단지 생일 케이크 하나인데, 마음속에서는 이 케이크가 이미 수많은 잡지에 실린 어떤 사진 못지않게 반짝거리고 그럴듯해 보인다. 아니, 오히려 더 낫다. 보잘것없는 재료에 모든 역량을 쏟아부어 케이크를 만드는 모습을 상상해본다. 훌륭한 주택이 안락함과 편안함을 상징하듯 케이크는 아낌없이 주는 마음과 기쁨을 안겨줄 것이다. 그녀는 이런 기분이야말로 예술가나 건축가들이 캔버스나 돌, 유화용 오일이나 물 먹은 시멘트를 마주하고 느끼는 기분이 아닐까 생각해본다(조금은 시시할지 몰라도, 참으로 기막힌 비교라는 걸 그녀는 알고 있다).《댈러웨이 부인》같은 책도 한때는 빈 종이와 잉크 한 병에 지나지 않았다. 그건 단지 하나의 케이크일 뿐이라고 그녀는 스스로에게 말한다. 하지만 이 세상에는 다른 케이크들이 무수히 많다. 그녀는 캘리포니아의 하늘 아래 가지런히 정돈된 주택 안에서 체질한 부드러운 밀가루가 가득 담긴 볼을 잡고서 첫 문장을 쓰는 작가처럼, 설계도를 막 그리려는 건축가처럼 만족스러운 기대감을 갖고 생의 충만함을 바란다.

"좋아. 네가 첫 번째 컵을 담으려무나."

그녀는 반짝거리는 알루미늄 계량컵을 아들에게 건넨

다. 아이에게 이런 일거리가 주어지는 건 처음이다. 로라는 아들을 위해 또 다른 빈 볼을 부엌 바닥에 내려놓는다. 아이는 두 손으로 계량컵을 잡는다.

"이쪽으로."

그녀는 리치의 손을 잡고 아이가 컵을 밀가루 속에 집어넣는 걸 도와준다. 컵은 쉽게 들어간다. 리치는 컵의 얇은 벽에서 체질한 밀가루의 비단결 같은 부드러운 질감을 느낀다. 컵의 움직임을 따라 자그마한 밀가루 구름이 피어나고, 엄마와 아들이 밀가루가 가득 든 컵을 들어 올리자 컵의 가장자리에 묻은 밀가루는 무너진다. 로라가 컵을 똑바로 들고 있으라고 하자 아이는 조마조마해진다. 그녀는 재빠른 손놀림으로 나뭇결처럼 울퉁불퉁한 부분을 훑어내 평평한 표면을 만들어낸다. 아이는 여전히 두 손으로 컵을 들고 있다.

"좋아. 이제 다른 볼에 넣어보자. 너 혼자서도 할 수 있겠지?"

"응."

아들은 확신이 없으면서도 그렇게 대답한다. 아이는 그 한 컵의 밀가루를 다른 어떤 것으로도 대체할 수 없는 유일무이한 것이라고 믿는다. 양배추 한 단을 길 건너편으로 옮기라는 주문과 최근에 발굴된, 릴케가 시로 노래했던 아폴론의 두상을 옮기라는 주문은 결코 같을 수 없다.

"자, 이제 이쪽으로."

아이는 컵을 다른 볼로(차곡차곡 쌓아 수납할 수 있는 볼 세트 중에서 두 번째로 큰 것으로, 연한 초록색에 주둥이에는 똑같이 꽃잎 장식이 되어 있다) 조심스럽게 옮기다가 볼의 하얀 테두리 위에서 마비된 듯 꼼짝도 하지 않는다. 아이는 밀가루를 볼에 부어야 한다는 걸 알고 있지만, 방향을 잘못 잡아 모든 게 망가지지나 않을까 겁을 먹고 있다. 밀가루를 엎질러 더 심각한 일이 일어날 수도 있고, 아슬아슬한 균형이 깨질 수도 있다고 걱정하는 것 같다. 아이는 엄마 얼굴을 보고 싶지만 컵에서 한순간도 시선을 떼지 못한다.

"컵을 뒤집어."

아이는 놀란 듯 서둘러 컵을 뒤집는다. 찰나의 순간, 밀가루는 주저하듯 있다가 계량컵 모양의 덩어리가 되어 떨어진다. 밀가루 구름이 이번에는 아이의 얼굴에 닿을 만한 높이까지 피어올랐다가 가라앉는다. 아이는 방금 자신이 한 일을 내려다본다. 볼 안에 하얀 언덕이 우뚝 솟아 있다. 과립의 질감이 살짝 느껴지는, 점점이 그늘이 드리워진, 반들반들하고 크림빛이 감도는 하얀 언덕이다.

아이 엄마는 "어머나" 하고 내뱉는다.

엄마를 보는 아이의 두 눈은 걱정스러운 마음에 눈물

이 그렁그렁하다.

로라는 한숨을 내쉰다. 이 아이는 왜 이렇게 여려서 이해할 수 없는 회한을 불러일으킬까? 왜 이렇게 아이를 조심스럽게 대해야만 할까? 잠시 동안, 정말 아주 잠시 동안 리치의 모습이 미묘하게 변한다. 아이는 더욱 커지고 더욱 밝아진다. 아이의 머리도 커진다. 너무도 하얀 빛줄기 하나가 잠깐 아이를 둘러싸는 듯하다. 그녀는 잠시 어딘가로 떠나고 싶어진다. 그래도 절대 그렇게 하지 못하리라. 아이를 괴롭히려는 게 아니다. 책임감에서 벗어나 자유롭고 싶어서일 뿐이다.

"아니, 아니. 좋아, 아주 잘했어. 그렇게 하는 거야."

그 순간 아들은 언제 그랬냐는 듯이 걱정에서 벗어나 우쭐대는 모습으로 그렁그렁한 두 눈에 눈웃음이 어린다. 이제 됐다. 말 한마디와 약간의 자신감 외에 필요한 건 아무것도 없다. 그녀는 한숨을 내쉬고 아들의 머리를 부드럽게 쓰다듬어준다.

"한 컵 더 떠볼까?"

고개를 끄덕이는 아이의 모습이 순수하고 열의에 차 있어 그녀는 사랑의 충동으로 목구멍이 죄어오는 것을 느낀다. 갑자기 빵을 굽고 아이를 키우는 일이 쉬워 보인다. 다른 엄마들이 모두 그렇듯, 그녀도 자기 아들을 한없이 순수하게 사랑한다. 그녀는 아들을 원망하지 않으며 아들 곁을 떠나고 싶지도 않다. 남편을 사랑하며 그와 결혼한 것을 다행스럽게 생각한다. 그녀는 눈에 보이지 않는 선을, 항상 느끼고 싶어 했고 되고자 했던 것으로부터 자신을 떼어놓았던 그 선을 넘어설 수 있을 것 같다(넘어설 수 없을 것 같지 않다). 이런 부엌에서, 너무도 일상적인 이 순간에서 그녀가 신비스럽고 심원한 어떤 변화를 겪는 것도 불가능해 보이지는 않는다. 진짜 자기 모습을 되찾는 것이다. 그녀는 그런 훌륭한 믿음을 간직한 채 아주 오랫동안 아주 열심히 일했다. 지금 그녀는 진짜 자기 모습으로 행복하게 사는 요령을 터득한다. 아이가 때가 되면 두발자전거 타는 법을 배우듯이. 멋진 일이다. 그녀는 희망을 잃지 않을 것이다. 놓쳐버린 자신의 가능성에 대해서도, 탐험하지 못한 자신의 재능에 대해서도 섭섭해하지 않을 것이다(재능이 없다는 걸 알게 된들 무슨 상관인가). 그녀는 아들에게, 그리고 남편에게 충실할 것이다. 자신의 가정과 의무에, 자신의 모든 재능에 충실할 것이다. 그녀는 이 두 번째 아기를 원할 것이다.

울프 부인

버지니아 울프는 마운틴애러랫로드를 걸어 올라가며 클러리서 댈러웨이의 자살에 대해 궁리한다. 클러리서는 연인을 갖게 될 것이다. 부인이다. 아니, 차라리 소녀로 할까? 그녀가 소녀였을 때 알던 여자애로. 사랑이나 관념 같은 게 자신만의 발견인 것처럼 보이고 그전에는 결코 그런 식으로 파악되지 않았을 것 같던, 젊은 시절에 불타오르던 열정으로. 그런 짧막한 청춘기에는 누구나 무슨 행동이든 무슨 말이든 마음대로 할, 예를 들어 충격적인 행동이나 독립선언 같은 걸 할 자유가 있다고, 그리고 주어진 미래를 거부하고 새로운 미래를, 더 원대하고 낯설지만 내가 생각해내고 내가 온전히 소유할 미래를 요구할 자유가 있다고 느낀다. 젊은 여자가 플라톤과 모리스의 책을 읽어도 되는지에 대해 매일 밤 낯익은 의자에 앉아 큰소리로 따지는 나이든 헬레나 아주머니가 아니라, 내가 갖게 될 미래를 요구할 자유. 버지니아는 클러리서 댈러웨이가 청춘기 초반에 다른 소녀를 사랑할 거라고 생각한다. 클러리서는 앞날에 아주 즐겁고 방종한 미래가 열리리라고 믿겠지. 하지만 결국에는 그녀도 미몽에서 깨어나 다른 젊은 여자들처럼 자신에게 어울리는 남자와 결혼할 것이다(그 반전은 정확히 어떻게 완성될까?).

그래, 그녀는 정신을 차리고 결혼하게 될 것이다.

그러고는 중년에 죽을 것이다. 아마도 사소한 일로 그녀는 자살을 선택할 것이다(어떻게 하면 비극이 되도록 자연스럽게 설득력을 불어넣을 수 있을까?).

물론 자살은 후반부에 일어날 것이며, 그 사건이 일어날 시점에는 자살의 명백한 본질이 자연스레 드러나면 좋을 것 같다. 리치먼드를 배회하고 있는 지금, 그녀는 클러리서의 첫사랑에 집중한다. 소녀로 하는 거야. 그 소녀는 건방지고 매혹적일 것이다. 버지니아의 언니 바네사가 항상 그랬던 것처럼, 그 소녀는 달리아와 접시꽃의 머리를 싹둑 잘라서 커다란 물 항아리에 띄워놓아 아주머니들을 아연실색케 할 것이다.

지금, 마운틴애러랫로드에 있는 버지니아 옆으로 가게에서 나온 한 뚱뚱한 여자가 지나간다. 건장하고 의심이 많아 보이는 중년의 그 여자는 자연스럽게 한 손에는 브랜디색 목줄을 찬 퍼그 두 마리를 끌고, 다른 손에는 커다란 태피스트리 핸드백을 들고 있다. 보란 듯이 버지니아를 무시하는 그녀는 버지니아가 또다시 자기도 모르게 큰 소리로 중얼거리고 있다고 알려주는 듯하다. 그렇다, 버지니아가 중얼거린 "아주머니들을 아연실색케 할 것이다"라는 말은 바람에 뒤쪽으로 휘날리는 스카프처럼 버지니아의 뒤쪽에서 실제로 들려온다. 그래서 어떻다는 건가? 뻔뻔하게도 버지니아는 그 여자가 몰래 자신을 뒤돌아보면 같이 째려볼 요량으로 돌아서는데, 퍼그 한 마리와 눈이 마주친다. 물기 어린 눈에 헥헥거리는 퍼그는 연한 황갈색 어깨 너머로 그녀를 빤히 보고 있다.

버지니아는 퀸스로드까지 갔다가 바네사와 물 항아리에 떠다니던 목 잘린 꽃을 떠올리고는 집으로 돌아선다.

리치먼드가 시골 중에서 살기 좋은 곳이긴 하지만, 시골이라는 단어에서 화분이 달린 창문과 울타리, 퍼그를 산책시키는 부인, 빈방에서 시간마다 종을 치는 시계가 떠오르는 것은 어쩔 수 없다. 여기도 결국에는 시골일 뿐이다. 버지니아는 한 소녀의 사랑을 떠올려본다. 그녀는 리치먼드를 경멸하면서 런던을 갈망하게 된다. 때때로 꿈에 도심지가 나온다. 낯설지도 신기하지도 않다는 이유

하나만으로 지난 팔 년 동안 지낸 이곳에서 두통과 환청 그리고 발작하듯 일어나는 분노는 거의 사라졌다. 그리고 지금, 여기서 바라는 것이라곤 도시 생활에서 오는 위험들로 다시 돌아가는 것뿐이다.

호가스하우스의 계단에서 그녀는 잠시 걸음을 멈추고 자신에 대해 생각해본다. 지난 몇 년 동안 그녀는 제정신을 지키는 일에는 어느 정도의 연기가, 단순히 남편이나 하인들을 위해서가 아니라 무엇보다도 스스로 확신하기 위해서 필요하다는 사실을 깨달았다. 그녀는 작가이고 레너드와 넬리, 랠프 같은 다른 사람들은 독자다. 이 특별한 소설은 한때 병을 앓다가 회복했지만 여전히 상처받기 쉬운 감수성을 지닌 침착하고 지적인 여자의 이야기다. 런던에서 자신이 파티를 열기도 하고 여러 파티에 참석하기도 하면서, 아침에는 글을 쓰고 오후에는 글을 읽으며 완벽한 옷차림으로 친구들과 점심을 먹으면서 좋은 시절을 보낼 준비를 하는 여자의 이야기다. 또한 이 소설에는 제대로 된 능력이 나오는데, 그것은 바로 차나 저녁 식사를 하는 자리를 휘어잡는 기술이다. 삶에 활력을 불어넣는 예절이라고나 할까. 남자들은 자신들이 국가의 흥망성쇠에 대한 진지하고 열정적인 글을 쓴다고 자화자찬한다. 그들은 전쟁과 신에 대한 탐구만이 위대한 문학의 유일한 주제라고 생각할지도 모른다. 하지만 세상에서 남자들이 가진 지위가 모자를 선택하는 것 같은 사소한 일로 뒤엎어질 수 있다면, 영국 문학은 극적으로 바뀔 것이다.

클러리서 댈러웨이는 겉으로 보기에는 대단하지 않은 일로 목숨을 끊을 거라고 버지니아는 생각한다. 자신의 파티가 실패한다든지 자기 자신이나 가정에 기울인 약간의 노력을 남편이 알아주지 않는다든지. 핵심은 그 사소한 일의 중대성을 조금도 손상시키지 않으면서도 매우 절박한 자포자기의 심정을 담아내는 것이다. 다시 말해 아주 사소한 좌절도 그녀 입장에서는 장군이 전투에서 패한 것처럼 매우 통렬하게 와 닿을 수 있다는 점을 독자에게 확실히 납득시키는 것이다.

버지니아는 문을 지나 집 안으로 걸어 들어간다. 그녀는 버지니아 울프라는 자신의 존재를 완전히 통제하고 있다고 느끼고, 이제 그런 인물로 돌아가 외투를 벗어 걸고 넬리에게 점심에 대해 이야기하려고 아래층 부엌으로 내려간다.

부엌에서 넬리는 빵 반죽을 펴고 있다. 넬리는 언제나 본연의 모습을 지키고 있다. 항상 관대하고 열정적이며 당당한 그녀는 당신이 그 방에 들어서기 십여 분 전쯤 영원히 막을 내려버린 영예와 예절의 시대에 살았던 것 같은 분위기를 풍긴다. 버지니아는 이런 그녀에게 놀란다. 매일 매일, 그것도 어느 순간 할 것 없이 어떻게 저런 똑같은 모습을 기억하고 행동할 수 있을까?

"넬리, 안녕."

"안녕하세요, 부인." 밀대로 빵 반죽을 밀고 있는 넬리는 반죽에 자세히 들여다보아야 읽을 수 있는 글이라도 새겨져 있다는 듯이 그 표면에 집중하고 있다.

"그거, 점심에 먹을 파이야?"

"네, 부인. 양고기 파이를 생각했어요. 남은 양고기가 있거든요. 오늘 아침 부인이 너무 열심히 작업을 하셔서 따로 말씀을 드리진 않았습니다."

"양고기 파이, 괜찮겠네." 버지니아는 애써 자신의 품격을 지키며 말한다. 그녀는 음식은 나쁘지 않고, 부패나 배설물 따위는 생각하지 말자고 스스로에게 말한다. 거울 속 얼굴도 떠올리지 말자.

"야채 수프도 준비했어요. 또 푸딩으로는 노란 배만 생각했어요. 부인께서 좀더 멋진 걸 원하지만 않는다면요."

그래, 이거다. 도전장이 던져졌다. **부인께서 좀더 멋진 걸 원하지만 않는다면요.** 정복당한 아마존은 자신이 죽인 동물의 가죽을 손수 벗겨 몸에 두른 채 강둑에 서고,

그녀는 여왕의 황금 슬리퍼 앞에 배 하나를 던지면서 말한다. "이게 제가 가져온 전부예요. 부인께서 좀더 멋진 걸 원하지만 않는다면요."

"배도 괜찮을 거야." 그러나 적어도 지금은 배가 전혀 마음에 들지 않는다. 버지니아가 제대로 연기를 해 잘 처신하면서 그날 아침 부엌에 나타나 점심을 주문했다면, 어떤 푸딩이든 가능했을 것이다. 블라망주나 수플레가 될 수도 있었고, 사실 배도 될 수 있었다. 버지니아는 그저 8시에 부엌으로 걸어 들어가서 이렇게 주문만 하면 됐다. "오늘은 푸딩에 너무 신경 쓰지 않아도 돼요, 배면 충분하니까." 그런데 그러기는커녕 글쓰기가(숟가락에 위태롭게 얹힌 계란처럼 무너지기 쉬운 충동) 넬리의 기분 때문에 망가질지도 모른다고 걱정하면서 곧장 서재로 살금살금 들어가버렸으니. 넬리는 이 사실을 알고 있다. 당연히 알고 있지. 그리고 배를 제안해서 버지니아에게 자신이 막강한 힘을 지니고 있음을, 자신은 비밀을 다 알고 있음을, 국가의 안녕보다는 방구석에 처박혀 수수께끼 푸는 일에 더 신경 쓰는 여왕들은 그저 주는 것만 받아먹어야 한다는 사실을 상기시킨다.

버지니아는 반죽 판에서 동그랗게 말린 반죽 부스러기를 한 점 집어 손가락으로 짓이겨버리고는 말한다. "언니와 아이들이 4시에 오는 거 잊지 않았지?"

"네, 부인. 알고 있습니다." 넬리는 노련한 솜씨로 빵 반죽을 파이 팬에 편다. 부드럽고 숙련된 손놀림이 아기의 기저귀를 갈아주는 모습을 연상시킨다. 그 순간 버지니아는 어머니의 범접할 수 없는 능력을 지켜보고 있다는 생각이 든다. 경외감과 격분을 동시에 느끼면서.

"중국산 차가 있어야 할 텐데. 설탕에 절인 생강도."

"중국산 차라고요, 부인? 그리고 생강까지?"

"이주일이 지나도록 언니를 보지 못했어. 언니에게 먹다 남은 차보다는 훌륭한 것을 내놓고 싶거든."

"중국산 차와 설탕에 절인 생강이라면 런던에나 있을 텐데요. 그런 건 여기서는 팔지 않습니다."

"기차는 30분마다 출발하고 버스는 정각에 출발해. 그밖에 런던에서 살 건 없어?"

"아, 언제나 있죠. 어, 지금이 정확히 11시 30분이니까, 아직 점심을 끝내려면 한참 멀었어요. 벨 부인은 4시에 오시죠? 4시라고 하지 않으셨어요?"

"그래, 4시. 지금이 정확히 11시 8분이니까 지금부터 다섯 시간 정도 지난 정각 4시. 12시 30분발 기차를 타면 런던에 1시 조금 지나서 도착할 테고, 런던에서 2시 30분발을 타면 정확히 여기에 3시 조금 지나서 내릴 수 있어.

아주 빠르고 안전하게, 차와 생강을 손에 들고. 내 계산이 틀렸나?"

"아닙니다." 넬리는 항아리에서 순무 하나를 꺼내어 예리한 칼날로 끄트머리를 싹둑 잘라낸다. 버지니아는 그녀가 그렇게 내 목을 자르고 싶으리라고 생각한다. 그렇게 단 한 번의 무심한 휘두름으로, 나를 죽이는 것도 그녀의 일상에 놓인 잡다한 집안일의 하나라는 듯이. 넬리가 살인을 한다면 저런 식일 것이다. 예리하고 정확하게. 너무 오래전에 배운 나머지 이제는 지식이라고도 할 수 없는 요리법으로 음식을 만드는 것처럼. 바로 지금 넬리는 순무처럼 버지니아의 목을 기꺼이 자르고 싶으리라. 버지니아가 자기 일을 게을리해놓고는 배를 내놓으려던 그녀에게, 다 큰 어른인 넬리 복스올에게 이제 와서 아주 힘든 일을 시키고 있기 때문이다. 하녀를 다루는 일이 왜 이렇게 힘든 걸까? 그녀의 어머니는 그런 일을 우아하게 해냈다. 바네사 역시 매끄럽게 처리하고 있다. 넬리에게 친절하고 무던하게 대하는 일이, 그리고 그녀의 존경과 사랑을 끌어내는 일이 왜 이렇게도 어려울까? 버지니아는 어떤 식으로 부엌에 들어가야 하고, 어떤 모양으로 어깨를 펴야 하며, 어떤 목소리로 사랑스러운 아이에게 가정교사처럼 자애로우면서도 품위 있게 말을 걸어야 하는지 따위를 안다. **아, 배보다 더 훌륭한 것으로 준비해, 넬리. 오늘 그이 기분이 좋지 않아서 배가 그의 성질을 죽일 수 있을지 자신이 없거든.** 너무도 간단하다.

버지니아는 클러리서 댈러웨이에게 하녀들을 다루는 탁월한 솜씨를, 친절하면서도 위엄 있는 태도를 부여할 것이다. 클러리서 댈러웨이의 하녀들은 그녀를 사랑할 것이다. 그들은 그녀가 주문하는 것 이상을 해낼 것이다.

댈러웨이 부인

꽃을 한 아름 안고 현관에 들어서다가 클러리서는 막 집을 나서려던 샐리와 마주친다. 그 찰나에, 아니, 찰나보다 더 짧은 시간에 그녀는 이방인들끼리 나눌 법한 시선으로 샐리를 본다. 샐리는 까칠까칠하고 창백한 얼굴에 참을성이 없으며 머리카락은 회색이다. 몸무게는 평균보다 4킬로그램쯤 덜 나간다. 클러리서는 낯설어 보이는 이 이방인을 현관에서 한동안 바라보면서 다정함과 함께 묘한 불만 같은 것이 자기 내부에 들어차는 것을 느낀다. 이 여자는 곧잘 흥분하지만 사랑스럽다고, 그리고 절대로 이런 짙은 겨자색 같은 노란색은 입어서는 안 되겠다고 클러리서는 생각한다.

"어머나! 정말 아름다워."

그들은 가볍게 서로의 입술에 키스한다. 그들은 항상

키스에 관대하다.

"어디를 가려고?" 클러리서가 묻는다.

"주택지구에. 올리버 세인트 아이브스와 점심 약속이 있거든. 내가 말하지 않았던가? 말했는지 기억이 나질 않네."

"말하지 않았어."

"미안해. 기분 나빠?"

"전혀. 유명한 영화배우와 점심을 먹다니, 얼마나 멋진 일이야."

"귀신같이 청소해놨어."

"화장실 휴지는?"

"많이 있어. 두어 시간 안에 돌아올 거야."

"잘 갔다 와."

"꽃 정말 아름다워. 그런데 왜 이렇게 흥분되지?"

"영화배우와 점심을 함께한다는 것 때문에 그럴 거야."

"올리버인데 뭘. 그런데 마치 내가 당신을 버리는 것처럼 느껴져."

"아니야, 괜찮아."

"정말 괜찮아?"

"빨리 가. 재미있게 보내."

"안녕."

그들은 다시 키스한다. 클러리서는 적당한 기회가 되면 겨자색 재킷에 대해 샐리에게 말해줄 것이다.

복도를 따라 걸으면서 그녀는 한 시간 전쯤 자신이 느꼈던 희열의 정체에 대해 의아해한다. 그게 무엇이었던가? 바로 이 순간, 따스한 6월 어느 날 11시 30분, 건물 현관은 사자死者의 영역으로 들어서는 문간처럼 느껴진다. 현관 한쪽에는 항아리가 놓여 있고, 갈색으로 빛나는 마룻바닥 타일들은 진흙투성이로 더러워져 작은 성채의 해묵은 황톳빛을 띠고 있다. 아니지, 사자의 영역은 아니야. 정확히 말해 죽음보다 더 나쁜, 해방과 잠을 약속하는 무엇인가가 있다. 거기에는 먼지가 피어오르고, 하루하루가 끝없이 이어지고 있고, 앉을 수 있는 복도가 있고, 언제나 갈색빛이 넘치고, 그리고 보다 명확한 무엇인가가 찾아오기 전까지 고령과 상실과 희망의 종말을 상기시키는 화학물질 냄새가 난다. 놓쳐버린 연인이자 가장 진솔한 친구인 리처드는 질병 속으로, 광기 속으로 사라지고 있다. 리처드는 계획한 대로 그녀와 고령이 될 때까지 함께하지 못할 것이다.

아파트 안으로 들어서자 클러리서는 이상하게도 금방 기분이 좋아진다. 아니, 약간 나아졌다는 표현이 맞을 것이다. 이제 파티에 집중해야 한다. 그 일이 남았다. 여기는 그녀의 집이지 않은가. 그녀와 샐리의 집. 이곳에서 거의 십오 년이나 함께 살았는데도 그녀는 자기 집의 아름다움과 둘의 꿈같은 행운에 아직도 감동받는다. 웨스트빌리지에 이층짜리 집과 정원이라니! 물론 그들은 부자다. 세상의 기준으로 보면 무척 부자다. 그렇지만 뉴욕에서 말하는 부자는 아니다. 그들에게는 어느 정도의 돈이 있어서 이런 소나무 재질의 마룻바닥에 여닫이창이 일렬로 늘어선 집을 운 좋게 구할 수 있었다. 그 여닫이창이 닿아 있는 벽돌벽의 안뜰에는 얕은 돌 수반들이 있어 에메랄드빛 이끼가 자라고, 자그마한 원형 분수에는 스위치만 누르면 맑은 물이 졸졸 흐른다.

클러리서는 꽃을 부엌으로 옮기다가 샐리가 남긴 쪽지, "올리버와 함께 점심. (내가 까먹고 말하지 않았던가?) 늦어도 3시까지는 돌아옴. 키스를 보내며"를 발견한다. 별안간 클러리서는 장소가 뒤바뀐 것 같은 혼란에 휩싸인다. 이것은 결코 그녀의 부엌이 아니다. 어떤 아는 사람의 부엌으로, 매우 말끔하지만 그녀의 취향은 아니며 이국적인 냄새로 가득하다. 그녀는 다른 어딘가에 산다. 그녀는 전축 레코드에 바늘을 얹을 때처럼 나무 한 그루가 유리창을 톡톡 부드럽게 건드리는 방에 산다. 여기 이 부엌에는 새하얀 접시들이 신성한 도구나 되는 것처럼 유리

문이 있는 찬장에 소박하게 진열되어 있다. 화강암으로 만든 조리대에는 다양한 노란색 유약을 발라 얼음무늬로 금이 가게 구운 오래된 테라코타 항아리들이 줄지어 놓여 있다.

클러리서는 이 모든 것을 잘 알면서도 그것들로부터 멀찍이 서 있다. 그녀는 자신의 유령의 존재를 느낀다. 도 저히 파괴할 수 없을 정도로 생생하면서도 더없이 흐릿한 그녀의 한 부분을, 아무것도 갖지 않은 그녀의 한 부분을. 한 줄로 늘어선 노란색 항아리들과 빵 한 조각 달랑 놓여 있는 조리대 그리고 물 한 방울이 겨우 달려 있다가 무게 때문에 떨어지는 크롬 수도꼭지를 박물관을 찾은 여행자처럼 경외감과 초연함으로 관찰할 수 있는, 그녀의 한 부분을. 이 모든 물건은 그녀와 샐리가 산 것이다. 그녀는 물건들에 얽힌 사연을 모조리 기억하고 있지만, 이제는 수도꼭지, 조리대, 항아리, 흰 접시 같은 것들이 덧없게 느껴진다. 그런 것들은 오직 선택일 뿐이다. 이것 아니면 저것, 예스 아니면 노. 그리고 그녀는 이 삶으로부터, 이런 공허하고 변덕스러운 안락으로부터 얼마나 쉽게 풀려날 수 있는지를 알고 있다. 단지 그녀는 그런 안락을 버리고, 샐리도 존재하지 않고 리처드도 존재하지 않는 다른 집으로 돌아가면 그만이다. 오직 여자로 성장

한, 여전히 희망으로 충만하고 무엇이든 할 수 있는 소녀 클러리서의 본질만이 존재하는 곳으로. 그녀의 모든 슬픔과 고독은 친절하지만 신경이 예민한 샐리와 함께 이런 물건들에 둘러싸인 이 아파트에서 살아가는 척하는 데서 비롯된다. 따라서 그녀는 이곳을 떠나기만 하면 행복해질 것처럼, 아니, 행복 그 이상을 누릴 것처럼 느낀다. 진정한 내 모습으로 돌아가리라. 자기 앞에 모든 것이 그대로 있는데도 그녀는 너무 쉽게, 그리고 아주 멋지게 혼자임을 느낀다.

그 감정은 허물어지지도 사라지지도 않고 더욱 강해지면서 앞으로만 나아간다. 시골의 자그마한 간이역에 잠시 멈추고 쉬다가 다시 달려 마침내 시야에서 사라지는 기차처럼. 클러리서는 포장된 꽃들을 풀어 개수대에 담근다. 그녀는 실망과 함께 적지 않은 위안도 받는다. 사실 이것들은 그녀의 아파트이고, 항아리 컬렉션이고, 친구이자 삶이다. 그녀는 다른 건 바라지 않는다. 그녀는 자신이 지극히 정상임을 느끼면서도, 기분이 고양되지도 그렇다고 의기소침해지지도 않는다. 오로지 클러리서 본으로서, 여자치고 직업적으로 운 좋게 성공했으며 몹쓸 병에 걸린 유명 예술가를 위해 파티를 열려고 하는 본연의 모습으로서 자동응답기 메시지를 확인하기 위해 거실로 돌아간다. 파티는 잘 치러지든 엉망이 되든 둘 중 하나겠지. 어쨌든 그녀와 샐리는 그 후에 저녁을 먹을 것이다. 그리고 잠자리에 들 것이다.

자동응답기에는 연회 음식업자가 3시 정각에 음식을 배달하겠다는 메시지가 있는데 처음 듣는 목소리였다(악센트로는 어떤 인종인지 알 수 없다. 무능한 사람이면 어떡하지?). 또 초대 손님 중에서 자기가 몇 명 더 데려가도 괜찮은지 묻는 메시지도 있고, 에이즈에 걸린 어릴 적 친구가 갑자기 백혈병이 악화되는 바람에 아침에 일찍 떠나야 한다는 메시지도 있다.

자동응답기가 딸깍 소리를 내며 꺼진다. 클러리서는 되감기 버튼을 누른다. 샐리가 올리버 세인트 아이브스와 점심 약속이 있다고 말하는 걸 잊었다면, 그가 샐리만 초대했기 때문일 것이다. 영화의 주인공이자 추문의 주인공이기도 한 올리버 세인트 아이브스는 클러리서에게 점심을 함께하자고 청하지 않았다. 영화 〈베니티 페어〉를 통해 화려하게 등장했다가 그 후 많은 제작비가 투입된 어느 스릴러 영화의 주요 배역에서 탈락하고 만 올리버 세인트 아이브스는 동성애 인권운동가로 활동하면서 더 높은 명성을 얻었다. 만일 그가 이성애자인 척하며 제작비가 많이 든 B급영화를 마구 찍어냈다면 이런 명성은 얻지 못했을 것이다. 샐리가 그를 만난 건 그녀가 공동 연출을 맡은 매우 진지하고 수준 높은 인터뷰쇼에 그가 출연했을 때였다(물론 그가 액션영화 주인공에 그쳤다면 고려 대상조차 되지 않았을 것이다). 이제 샐리는 그의 점심식사에 초대받는 존재가 되었다. 물론 클러리서도 그와 여러 번 만났고, 돌이켜보면 어느 기금모금 파티에서 놀랄 만큼 친밀한 대화를 오랫동안 나누었지만. 그녀가 책의 소재가 된 여자라는 게 대단치 않단 말인가(그 책은 실패했고, 올리버는 책을 거의 읽지 않지만)? 어쨌든 올리버는 샐리에게 "당신과 함께 사는 그 재미있는 부인도 꼭 모시고 와요"라고 말하지 않았다. 그는 클러리서는 아내일 뿐이라고, 단지 아내에 지나지 않는다고 생각했을 것이다.

클러리서는 부엌으로 돌아간다. 샐리에게 질투심은 느끼지 않는다. 그 따위 값싼 감상에 빠질 일은 아니다. 그래도 그녀는 올리버 세인트 아이브스에게 무시당했다는 것 때문에 그녀에 대한 세상의 관심이 시들고 있다는 기분을 떨치지 못한다. 심지어 한 남자를 위해, 위대한 예술가가 될 수도 있었지만 올해를 넘기지 못할지도 모를 한 남자를 위해 파티를 준비하는 지금도 그런 초대가 중요하게 여겨진다는 게 당혹스럽다. 난 하찮은 존재야, 더없이 하찮은 존재야, 하고 그녀는 생각한다. 별일 아니라고 여기려 해도 자꾸 그런 생각이 든다. 초대받지 못한 걸 신경 쓰지 않고 그냥 넘어가는 건 세상이 그녀 없이도 잘 돌아갈 수 있다는 걸 단적으로 보여주는 것처럼 느껴지기도 한다. 올리버 세인트 아이브스에게 무시당했다는 사실은(그녀를 고의로 무시한 게 아니라 생각조차 못 했을 것이다) 죽음을 닮았다. 역사적 사건을 그대로 재현한 어린이용 장난감 디오라마처럼. 밝은 불빛 아래 있는, 펠트와 풀로 만든 작고 보잘것없는 것. 그렇더라도……. 이건 실패가 아니다. 파티를 위해 꽃줄기를 다듬으면서 집에 남아 있는 것은 실패가 아니다. 실패는 아니지만 더 많은 것을 해야 한다. 최선을 다하는 것, 그저 현재를 살며 감사하는 것, 행복해하는 것(끔찍한 말이다).

요즘엔 길거리에서 사람들이 그녀를 쳐다보지 않는다. 보더라도 성적인 관심은 없다. 올리버 세인트 아이브스에게 점심식사 초대를 받지 못했다. 작은 부엌창 밖에는 도시가 와글거리며 흘러간다. 연인들은 말다툼을 하고, 점원들은 계산을 하고, 젊은이들은 새 옷을 산다. 그리고 워싱턴스퀘어 공원 아치 밑에 있는 여자는 서서 '이이' 하고 노래를 부른다. 당신은 장미 줄기를 가위로 다듬어 따뜻한 물을 채운 꽃병에 꽂는다. 당신은 꽃이 있는 부엌, 바로 여기에서 매 순간을 붙잡아두려고 애쓴다. 당신은 이 순간을 온몸으로 살려고, 이 순간을 사랑하려고 노력한다. 왜냐하면 이 순간은 당신 것이고, 바깥에 있는 것이라고는 황톳빛 타일과 흐릿하게 빛나는 갈색 전등이 달린 현관이 전부이기 때문이다. 그리고 트레일러 문이 열렸다고 해도, 그 안에 있던 여자가 메릴 스트립이든 바네사 레드그레이브든 하다못해 수전 서랜든이든 어디까지나 트레일러 안의 여자일 뿐, 당신이 원하는 것을 얻어낼 수는 없었을 것이기 때문이다. 당신은 그 거리에서 배우를 반갑게 맞이하며 두 팔로 끌어안을 수는 없었을 것이다. 그녀와 함께 눈물을 흘릴 수도 없었을 것이다. 막 트레일러에서 나와 놀라움을 숨기지 않는 불후의 명성을 가진 한 여자의 지친 팔에 안겨 그렇게 울 수 있다면 얼마나 근사할까. 무엇보다도 진정한 모습의 당신은 6번가에서 달려오는 차들이 우르르쾅쾅 소리를 내고, 은색 가위가 짙은 초록색 줄기 하나를 자르는 당신의 부엌, 바로 여기에 살아 있다. 메릴 스트립과 바네사 레드그레이브가 그 어딘가에 살아 있듯이.

그녀가 열여덟이던 그해 여름에는 무엇이든, 정말 무슨 일이든 일어날 수 있을 것 같았다. 가장 멋진 친구와 연못가에서 키스할 수 있을 것 같았고, 욕망과 순진함이 야릇하게 뒤섞인 상태에서 그와 같이 자면서도 그것이 무엇을 의미하는지는 걱정하지 않을 수 있을 것 같았다. 바로 그 집이었다. 그 집이 없었다면 그들은 그저 컬럼비아 대학교 기숙사에서 마리화나나 피우면서 논쟁을 일삼는 세 명의 지극히 평범한 대학생으로 남았을 것이다. 그 집은 나이 든 숙모와 삼촌이 플리머스 변두리에서 어느 농산물 트럭에 치여 치명적인 부상을 입는 바람에 갑작스럽게 비워졌다. 그리고 루이스의 부모가 루이스와 그의 친구들에게 그해 여름 동안 사용하면 어떻겠냐고 제안하면서 일련의 사건이 벌어진 것이었다. 그때 그 집 냉장고에는 싱싱한 상추가 그대로 들어 있었고, 부엌문 밖에서는 들고양이 한 마리가 늘 있던 음식 찌꺼기가 없자 짜증을 내며 먹을 것을 줄기차게 찾고 있었다. 리처드의 우정이 더욱 열정적인 사랑으로 익어가도록 만든 것은 그 집과 날씨였으며(그 모든 것의 황홀한 비현실성), 클러리서를 뉴욕의 이 부엌으로 이끈 것 또한 바로 그런 것들이었다. 지금 그녀는 이탈리아제 석판에 서서(너무 차갑고 얼룩이 잘 묻는 이것을 선택한 건 실수였다) 꽃을 다듬으면서 동성애 인권 운동가이자 한물간 영화배우인 올리버 세인트 아이브스가 그녀를 점심식사에 초대하지 않았다는 것을 신경 쓰지 않으려 애쓰고 있다.

그것은 배신이 아니었어, 하고 그녀는 고집스레 생각

146

했었다. 그것은 단지 가능성의 확장이었을 뿐이다. 그녀는 리처드의 정절을 요구하지 않았고(절대로 그런 일이 없기를!), 루이스 소유의 부동산을 강제로 탈취하지도 않았다. 루이스 역시 그렇게 생각하지 않았다(적어도 그는 그렇게 생각한다는 걸 인정하지 않았을 테지만, 그해 여름 그가 그렇게 자주 다양한 연장과 부엌용 칼로 자해하고 상처를 꿰매려고 혼자서 두 번이나 그곳에 의사가 있는지 찾아야 했다는 사실을 단순히 우연이라고만 할 수 있을까?). 1965년이었다. 사랑은 증식한다. 최소한 그럴 것 같았다. 당신이 그들을 원하고 그들이 당신을 원하는데, 왜 그들과 섹스하지 않겠는가? 리처드는 루이스와 계속 관계를 가지면서 그녀와도 관계를 갖기 시작했는데, 그게 문제라고 느껴지지 않았다. 문제라고는 볼 수 없다. 그렇다고 섹스와 사랑이 까다롭지 않다는 뜻은 아니다. 예를 들어 클러리서는 루이스를 사랑하려 했지만 번번이 실패하고 말았다. 그도 그녀에게 관심이 없었고, 그녀 역시 그의 준수한 외모에도 불구하고 그에게 관심을 가질 수 없었다. 둘 다 리처드를 사랑하고 원했으며, 그게 아마 그들 사이의 끈으로 작용했을 것이다. 하지만 모든 사람이 연인이 될 수는 없지 않은가. 그리고 둘은 남은 여름 동안 리처드가 클러리서와 함께하지 않은 날 밤이면 루이스와 함께 썼을 침대에서 그 짓을 할 만큼 순

147

진하지는 않았다.

그날 이후 그녀는 자신이 루이스와 함께하려고 애썼다면 어떤 일이 벌어졌을까, 하고 생각한 적이 한두 번이 아니었다. 그녀가 블리커 가와 맥두걸 가 모퉁이에서 리처드의 키스에 격하게 반응하며 그와 함께 어디론가 사라져버리고(어디로?) 향 상자나 장미 모양의 단추가 달린 알파카 코트를 사지 않았다면 운명은 어떻게 되었을까? 그랬다면 그들은 지금 자신들이 누리는 것보다 더 크고 더 야릇한 그 무엇인가를 발견했을까? 다른 미래, 그들 자신이 거부했던 바로 그 미래는 이탈리아나 프랑스에 있는 햇살 쏟아지는 넓은 방들과 정원에서 펼쳐지거나, 아니면 간통과 투쟁으로 점철되었을 수 있다. 그것도 아니라면 우정으로 덧칠한 로맨스가 너무 깊고 그윽하여 무덤이나 그 너머까지 함께할 수 있는 인간관계가 펼쳐졌을 수도 있다. 그렇게 생각할 수밖에 없다. 분명히 그녀는 또 다른 세계로 들어갈 수 있었으리라. 문학만큼이나 위험하고 역동적인 삶을 꾸릴 수 있었으리라.

한편으로는 그렇지 않을 수도 있다고 클러리서는 생각한다. 그때는 그때의 나였다. 지금은 지금의 나다. 지금의 나는 훌륭한 집을 소유하고, 안정되고 애정 어린 결혼생활을 하면서 파티를 여는 예의 바른 여자다. 당신이 사랑에 지나치게 과감하게 굴면 당신이 선택한 나라의 시민권을 스스로 거부하는 꼴이 되고, 결국엔 이 항구 저 항구 떠도는 신세로 전락하고 만다.

그래도 여전히 놓쳐버린 가능성에 대한 후회가 남는다. 젊은 시절의 추억에 필적할 만한 것은 이 세상에 없으리라. 리처드는 클러리서가 삶에서 가장 낙천적일 때 사랑한 인물이었다. 그때 리처드는 무릎이 찢어진 청바지와 고무 샌들 차림으로 땅거미 내리는 어느 연못가에서 그녀 옆에 서 있었다. 리처드는 그녀를 댈러웨이 부인이라고 불렀고, 그들은 키스했다. 그의 입이 그녀의 입을 열었다. 그녀는 자신의 혀로 그를 맞이했고, 그의 혀는 부끄러운 듯 천천히 들어왔다(너무 자극적이고 허물없어서 그녀는 그것을 절대로 잊을 수 없다). 그들은 그렇게 키스를 나누고 함께 연못 주위를 걸었다. 그 후 한 시간 동안 그들은 저녁을 먹고 와인을 꽤 많이 마셨다. 그녀가 아직까지 홀로 자던 다락방 침실의 하얀 침실용 탁자에는 클러리서가 필사한《황금 노트북》*이 있었다. 리처드가 밤을 함께 보내려고 이틀에 한 번꼴로 오기 전의 일이다.

그때는 그것이 행복의 시작 같았다. 그리고 클러리서

---

* 영국 작가 도리스 레싱이 1962년 발표한 소설.

는 그것이 행복**이었다**는 것, 그 모든 경험이 키스, 연못가 산책, 그리고 저녁식사와 책에 대한 기대감에 담겨 있다는 것에 깜짝 놀란다. 삼십 년도 더 지난 지금까지도. 이제 그 식사는 잊혔고, 도리스 레싱도 오래전에 다른 작가들에 가려 빛을 잃고 말았다. 심지어 그녀와 리처드가 딱 한 번 했던 섹스마저도 뜨겁긴 했지만 어딘가 어색하고 불만족스러웠으며, 열정적이라기보다는 다정했다. 삼십 년이 더 지난 지금까지도 클러리서의 마음에서 퇴색하지 않고 남아 있는 것은 저녁 어스름에 마른 잔디 위에서 나눈 키스와 어둑해지는 대기에서 모기들이 공격을 퍼붓는 가운데 연못가를 돌던 그 산책이다. 그 기억에는 아직도 독특한 완벽함이 남아 있다. 당시에는 그것이 더 많은 것을 약속하는 것 같았기 때문이다. 이제 그녀는 안다. 그것은 순간이라고. 바로 그 당시의 순간일 뿐이라고. 이후 달라진 건 아무것도 없었다.

브라운 부인

케이크는 기대와 달리 형편없지만 신경 쓰지 않으려 애쓴다. 그건 케이크일 뿐이야. 리치와 함께 케이크에 설탕을 입힌 로라는 케이크 가장자리에 밀가루 반죽을 짤주머니로 짜 노란 장미 꽃봉오리들을 넣고 흰색 프로스팅으로 '해피 버스데이, 댄'이라고 쓰면서 미안한 마음으로 리치가 할 다른 일을 생각해냈다. 그녀는 아들이 케이크를 엉망진창으로 만들어놓길 원하지 않았다. 그럼에도 생각했던 대로 되지 않았다. 아니, 전혀 그렇게 되지 않았다. 케이크에 잘못된 부분은 없었지만 그녀가 상상한 것은 더 훌륭한 케이크였다. 더 크고 더 눈부시며 더 풍성하고 더 아름답고 더 근사한 케이크를 기대했다(그랬다고 인정한다). 하지만 이 케이크는, 그녀가 만든 이것은 작게 느껴진다. 단순히 그 크기가 작다는 게 아니라 그 존재 자체가

151

작게 느껴진다. 아마추어가 만든 것 같다. 이 정도면 훌륭한 케이크라고 그녀는 스스로에게 말한다. 훌륭한 케이크이고 누구라도 좋아할 것이다. 서툰 모양이 오히려 매력적이다(프로스팅 부스러기가 여기저기 흩어져 있고, 장미 쪽에 바짝 붙여 쓴 '댄$_{Dan}$'의 마지막 글자 'n'은 짓눌린 것 같다). 그녀는 접시를 씻으며 남은 하루를 생각해본다.

그녀는 침대를 정돈하고 진공청소기로 러그를 청소할 것이다. 남편을 위해 산 선물도 포장할 것이다. 넥타이와 셔츠 둘 다 남편이 산 것보다 훨씬 비싸고 우아하다. 이외에 돼지털로 만든 솔, 손톱깎이와 손톱 다듬는 줄이 담긴 자그마한 가죽 지갑, 그가 평소 출장을 떠날 때 휴대할 수 있는 족집게도 준비했다. 그는 이 모든 선물을 받고 행복해하거나 행복하다고 연기할 것이다. 값비싼 셔츠와 넥타이를 보고 휘파람을 불면서 "어쩜, 이런 걸!" 하고 감탄할 것이다. 선물 꾸러미를 하나씩 풀 때마다 열렬하게 그녀에게 키스를 퍼부으면서 이렇게까지 할 필요는 없었다고, 자신은 이렇게 훌륭한 선물들을 받을 자격이 없다고 말하겠지. 그녀는 그에게 무엇이든, 정말 무엇이든 다 줄 수 있는데, 왜 그는 언제나 똑같이 반응하고 말하는지 궁금해진다. 그는 가져본 것 이상은 바라지도 않는데, 도대체 왜 그럴까? 그는 자신의 야망과 만족 그리고 일과 가정에 대한 사랑에는 고집스럽기 짝이 없다. 그건 미덕이다. 그 녀는 그렇게 스스로를 납득시키려 한다. 그것은 그의 사랑스러움 중 하나다(그녀는 그의 앞에서 사랑스러움이라는 단어를 절대 사용하지 않을 테지만, 마음속으로는 그가 사랑스럽다고, 사랑스러운 남자라고 생각한다. 왜냐하면 그가 혼자서 가장 은밀한 순간을 즐기는 모습을, 욕조에 앉아 뿌리까지 오그라든 성기를 잡고 잠꼬대를 하는 것 마냥 낑낑대던 그 천진난만한 모습을 본 적이 있기 때문이다). 그녀는 다시금, 사랑스럽다고 스스로에게 말한다. 남편이 하루살이처럼 덧없는 것에는 아무런 감흥도 느낄 수 없다는 것, 그의 행복은 그녀가 여기 이 집에서 그를 생각하며 자신의 삶을 꾸리고 있다는 사실에 달려 있다는 것은 좋은 거다. 케이크는 실패했지만 어쨌든 그녀는 사랑받는다. 그녀는 자신이 사랑받는다는 것은 선물이 감사의 마음을 불러일으키는 것과 비슷하다고 생각한다. 선물은 좋은 뜻으로 주는 것이고, 그런 것이 존재하고 또 그것이 누군가가 바라는 세상의 한 부분을 이루기 때문이다.

그런데 그녀는 뭘 더 바라는가? 자신의 선물이 거절당하고 자신의 케이크가 비웃음받기를 원하는가? 물론 그렇지 않다. 그녀는 사랑받기를 원한다. 아이에게 조용히 글을 읽어주는 좋은 엄마가 되기를 바라고, 완벽한 식탁을 준비하는 아내가 되고 싶다. 이상한 여자는 절대 되고 싶지 않다. 변덕과 분노가 가득하고, 외로움을 타고 뾰로통하며, 참아줄 수는 있지만 사랑스럽지는 않은, 연민의 정을 불러일으키는 여자이고 싶지는 않다.

버지니아 울프는 코트 주머니에 돌덩이를 집어넣고 강으로 걸어 들어가 물에 빠져 죽었다. 로라는 절대로 자신이 우울해지도록 놔두지 않을 것이다. 침대를 정돈하고 진공청소기를 돌릴 것이며 저녁에 생일상도 차릴 것이다. 그 외에는 다른 어떤 일도 신경 쓰지 않을 것이다.

누군가가 뒷문을 두드린다. 마지막 접시를 닦던 로라에게 얇은 흰색 커튼 사이로 흐릿한 키티의 윤곽이, 갈색이 감도는 금발과 분홍빛 얼굴이 보인다. 로라는 약간의 흥분을, 아니, 흥분보다 더 강력한 무엇인가를, 두려움 같기도 한 어떤 감정을 느낀다. 곧 키티를 맞이할 것이다. 그런데 그녀는 아직 머리도 빗지 않았고, 가운도 갈아입지 않았다. 깊은 슬픔을 삭이지 못하는 여자 같다. 로라는 문으로 달려가고 싶다가도, 키티가 포기하고 돌아설 때까지 싱크대에서 꼼짝도 하지 않고 싶다. 실제로 꼼짝 않고 서서 숨까지 죽이며 있을 수 있지만(키티가 들여다보면 집 안이 보일까?) 모든 것을 본 리치가 문제다. 아이는 이미 빨간색 플라스틱 장난감 트럭을 들고 기쁨과 경계심이 섞인 목소리로 밖에 누가 왔다고 외치며 부엌으로 뛰어 들어오고 있지 않은가.

　로라는 붉은 수탉들이 그려진 행주에 손을 문지르고 문을 연다. 키티일 뿐이다. 두 집 아래 사는 친구일 뿐이다. 이런 일은 사람들에게 흔히 있는 일로, 예고 없이 불쑥 들러 만나기도 한다. 당신 머리 모양이나 옷 따위는 중요하지 않다. 케이크도.

　"안녕, 키티."

　"방해가 되지 않았어요?" 키티가 로라에게 물어본다.

　"전혀요. 들어와요."

　집 안으로 들어오는 키티에게서 청결함과 냉철함이 느껴진다. 그때 로라의 머릿속엔 열정적이고 기운찬 몸짓들을 표현하는 온갖 단어가 떠오른다. 매력적이고 건강하며 살집이 있고 머리가 큰 편인 키티는 로라보다 몇 살 어리다(어느 순간부터 모든 사람이 자기보다 약간씩 더 젊어 보이는 것 같다). 작은 눈과 섬세한 코 때문에 키티의 둥근 얼굴은 전체적으로 한가운데에 몰려 있는 것처럼 보인다. 학창 시절 그녀는 적극적이고 공격적이었다. 그리 예쁘지는 않아도 돈에 대해서나 운동경기에 대해서는 자신감이 매우 강했던 몇 안 되는 소녀였다. 그 시절 소녀들은 떳떳하고 당당한 모습으로, 바람직한 인간상에 대한 정의를 다시

내려야 한다고 주장했다. 자신들이 바람직한 인간상에 포함될 수 있도록. 키티와 친구들은(한결같고, 둔감하지만 착실하며, 마음이 넓고 신의도 깊었지만, 잔인한 면도 있었다) 온갖 축제에서 퀸카이거나 치어리더 또는 연극 스타였다.

"도움이 필요해서요."

"물론 도와주죠. 잠깐 앉을래요?"

"음." 키티가 식탁 앞에 앉는다. 그녀는 스토브에서 조금 거리를 두고 서서 의심스러운 눈초리로, 아니, 화난 표정으로 자신을 보고 있는 꼬마에게(이 여자는 왜 왔을까?) 다정하면서도 약간은 경멸하는 듯한 인사를 건넨다. 아직 아기를 갖지 못한 키티는(사람들은 이 점을 궁금해한다) 다른 아이의 관심을 끌려고 애쓰지 않는다. 아이들이 원해서 그녀에게 다가갈 수는 있어도 그녀가 아이들에게 먼저 다가가는 일은 절대로 없다.

"마침 커피를 끓였어요. 한 잔 마실래요?" 로라가 물어본다.

"좋죠."

로라는 키티에게 커피를 따라주고 자기 몫으로 한 잔 더 따른다. 그리고 숨겼으면 좋았을 텐데, 하는 불편한 마음으로 케이크를 흘끗 본다. 빵 부스러기가 남아 있는 프로스팅과 장미꽃 장식에 짓눌린 'n'.

키티는 로라를 따라 케이크 쪽을 본다. "어머, 케이크를 만들었네요."

"댄의 생일이라서요."

키티는 자리에서 일어나 로라 옆으로 걸어온다. 짧은 소매의 흰색 블라우스, 초록색 격자무늬 반바지, 걸음을 옮길 때마다 바스락거리는 소리가 나직하게 나는 짚으로 만든 샌들 차림이다.

"처음 만들어본 거예요. 생각보다 어렵더라고요. 프로스팅에 글을 쓰는 거요."

로라는 자신이 사근사근하게 굴면서도 무심해졌으면 한다. 생일 축하 메시지부터 먼저 써야 한다는 건 바보도 아는데, 왜 장미 장식부터 했을까? 그녀는 담배를 발견한다. 그녀는 아침에 담배도 피우고 커피도 마시고 아이도 키우면서 키티라는 친구도 있다. 그리고 자신은 자기가 만든 케이크가 완벽함과는 거리가 멀어도 신경 쓰지 않는 사람이다. 그녀는 담배에 불을 붙인다.

"그것 참 귀엽네요."

키티는 이렇게 말하며 로라의 뻔뻔스러운 흡연을 처음부터 망쳐놓는다. 키티는 어린아이 그림을 보고 귀엽다고 하듯이 케이크가 귀엽다고 달래듯 말한다. 정성을 기울였지만 욕심과 솜씨가 서로 달라 어쩔 수 없이 나타나는 불

일치 때문에 그 말조차 감미롭고 감동적으로 들린다. 로라는 이해한다. 오직 두 가지 선택밖에 없다는 것을. 실력을 갖추든지 신경을 끊든지. 그 방법밖에 없다. 자기 손으로 훌륭한 케이크를 만들 수 있게 되든지, 아니면 그런 일을 혐오하면서 담배에 불을 붙이고는 자기는 그런 일 따위엔 아무 쓸모없는 존재라고 인정하고, 커피메이커에 물이나 한 잔 더 붓고 빵집에 케이크를 주문하면 그만이든지. 로라는 대놓고 잘해보려고 애썼다가 실패하고 만 장인인 셈이다. 아름다운 무엇인가를 창조하고 싶었는데도 (당혹스럽게 들릴지 모르겠지만, 그건 어디까지나 사실이다) 그만 귀여운 무엇인가를 만드는 데 그치고 말았다.

"레이의 생일은 언제예요?" 로라는 무슨 말이든 해야 했기에 이렇게 묻는다.

"9월요." 키티는 다시 식탁으로 돌아가고, 로라도 커피 잔을 들고 그녀의 뒤를 따른다. 케이크에 대해 무슨 말을 더 얹겠는가.

키티는 친구가 필요하다(진지하지만 사람을 약간 어리둥절하게 만드는 남편의 매력은 더 넓은 세상에서는 그다지 특별하지 않다. 무엇보다 그들에게는 오랫동안 아이가 생기지 않는다는 문제가 있다). 로라를 찾아와 도움을 요청하는 건 이 때문이다. 그럼에도 둘이 동갑이었다면 고등학교 때 키티가 로라를 얼마나 놀렸을지 서로 잘 알고 있다. 그래도 지금의 삶과 크게 다르지는 않았겠지만. 다른 삶에서였다면 그들은 서로 앙숙이 되었을 것이다. 하지만 현재의 삶에서는 운명의 장난과 심술 때문에 로라는 키티와 같은 졸업반이었던 유명한 청년이자 전쟁 영웅과 결혼하여 귀족 계층에 합류하게 되었다. 어느 영국 왕의 옥좌 옆에 앉아 있는, 이제는 어리지 않고 못생기기까지 한 도이칠란트 공주가 그런 자신을 발견했을 때와 비슷하다고나 할까.

로라를 놀라게 한 것은(가끔은 그녀를 소름끼치게 하는데), 자신이 키티와의 우정에 아주 깊이 빠져 있다는 것이다. 남편이 사랑스러운 것과 마찬가지로 키티도 고귀해 보인다. 고귀함, 황금 같은 침묵. 그녀의 행동에서 풍기는 진중함은 영화배우 같다. 그녀에게는 영화배우에게서 느껴지는 묘함이 있다. 색다른 아름다움이다. 영화배우 올리비아 드 하빌랜드나 바바라 스탠윅처럼 키티는 평범하면서도 고상한 면이 있다. 인기도 아주 많다. 원래 그랬던 것처럼 느껴질 정도로.

"레이는 **괜찮게** 지내요?" 로라가 키티 앞에 커피 잔을 내려놓으면서 묻는다. "한동안 만나질 못했네요."

키티의 남편은 로라가 자신과 키티 사이의 불균형을 바로잡을 수 있는 기회, 다시 말해 키티를 불쌍하게 여길 수 있는 기회다. 정확히 말하면 레이는 낭패까지는 아니더라도(명백한 실패는 아니다) 키티 입장에서 보면 아무튼 로라의 케이크 같은 존재임이 분명하다. 그는 고등학교 시절 키티의 남자친구였다. 농구팀에서 센터를 맡아 눈부시게 활약했지만, 서던캘리포니아 대학교에서는 그러질 못했다. 그리고 전쟁 포로가 되어 필리핀에서 몇 개월을 보냈다. 지금은 시청 수도전력부에서 알쏭달쏭한 자리를 맡고 있는데, 한때는 영웅 같았던 청년들이 뚜렷한 이유도 없이 지리멸렬한 중년으로 어떻게 추락하는지를 서른의 나이에 여실히 보여주고 있다. 스포츠머리에 듬직하게 생긴 레이는 근시에다 말을 장황하게 하면 입가에 허연 거품이 생긴다. 그리고 온몸이 액체라도 되는지 연신 땀을 쏟아낸다. 로라는 그런 모습을 볼 때마다 그들 부부가 섹스할 때는, 자기 남편이 땀을 약간 흘리는 것과는 반대로, 레이가 틀림없이 땀을 강물처럼 쏟아낼 거라고 생각한다(그런 상상을 할 수밖에 없다). 그런데 그들에게 지금까지 아기가 없는 이유는 뭘까?

"그 사람은 잘 지내요. 여전하죠. 언제나 똑같아요."

그러자 로라는 친절하게, 공감하는 투로 말한다. "댄도 마찬가지예요. 이 남자들은 그래도 괜찮아요, 그렇지 않아요?"

로라는 남편을 위해 산 선물들을, 남편이 고맙다고 말하는 건 물론이고 소중히 간직하기까지 하겠지만 결코 진심으로 원하지는 않았을 선물들을 생각해본다. 왜 그와 결혼했을까? 그녀는 사랑 때문에 결혼했다. 그리고 죄의식 때문에, 혼자 남을지도 모른다는 두려움 때문에, 애국심 때문에 그와 결혼했다. 한마디로 결혼을 하지 않기에는 그라는 존재가 너무 선하고, 너무 다정하고, 너무 진지하고, 너무 달콤했다. 그는 너무 많은 고통을 겪었다. 그리고 그도 그녀를 원했다.

로라는 자기 배를 만져본다.

"맞는 말이에요."

"남자들이 왜 그러는지 생각해봤어요? 댄은 말하자면 불도저 같아요. 그 어떤 것도 그를 방해하지 못하는 것 같아요."

키티는 어깨를 크게 으쓱해 보이며 두 눈을 굴린다. 이 순간만은 그녀와 로라 모두 여고생이 될 수도, 최고의 친구가 될 수도, 곧 다른 소년으로 바뀌게 될 남자친구에 대해 불만을 터뜨릴 수도 있다. 로라는 키티에게 말로 표현하기 어려운 질문을 하나 던지고 싶어진다. 그 질문은 평계와, 조금 더 모호하게 표현한다면 명민함과 관계있다. 로라는 키티도 스스로를 이상한 여자로, 흔히들 예술가

들이 그렇다는 것처럼 강하고 불안정하며 몽상과 분노가 가득하고 그 무엇보다 창조에 헌신하는 여자로 느끼는지 알고 싶어진다. 뭘 창조한단 말인가? 이것? 이 부엌, 이 생일 케이크, 이 대화? 그것도 아니라면, 다시 살아난 이 세상?

"우리 한번 만나야겠어요, 정말. 오랫동안 못 봤잖아요."

"이 커피 아주 훌륭하네요." 키티는 커피를 한 모금 홀짝인다. "어떤 브랜드를 쓰시죠?"

"모르겠는데요. 아니, 물론 알죠. 폴저스. 어떤 제품을 좋아하시는데요?"

"맥스웰하우스요. 그 제품도 좋죠."

"네."

"그래도 한번 바꿔볼까 생각 중이에요. 이유는 모르겠어요."

"그래요. 아무튼 이 커피는 폴저스예요."

"그렇군요. 아주 좋네요."

키티는 골똘히 생각에 잠긴 듯한 표정을 지으며 자기 커피 잔을 들여다본다. 순간 그녀는 식탁에 앉아 있는 소박하고 평범한 부인처럼 보인다. 그녀의 마력도 사라져간다. 그녀가 쉰이 된다면 어떤 모습일지 상상이 간다. 살이

쩌서 남자 같고, 가죽처럼 거칠어 보이고, 심술궂은 데다 자기 결혼생활을 빈정거리는 여자. 사람들은 **한때는 저 여자도 꽤 예뻤을 거야** 하고 수군거릴 것이다. 이미 세상은 아주 음흉한 방식으로 그녀를 뒤처지게 하고 있다. 로라는 담배를 손가락으로 튕겨 끄고 새로 한 개비 더 피울까 생각하다가 그만둔다. 그녀는 별다른 주의를 기울이지 않고도 커피를 잘 만든다. 남편과 아이도 잘 보살핀다. 부족한 것도 신세질 것도 없고, 아픈 사람은 아무도 없는 집에서 살고 있다. 또 둘째도 가졌다. 그런 그녀가 매력적이지 않고, 집안일을 능숙하게 처리하는 모범 주부도 아니라고 한들 그게 뭐 그리 대수인가.

"그러면……." 로라는 키티에게 말하는 자기 목소리에 힘이 실린 것에, 쇠처럼 차가운 말투에 놀라고 만다.

"음……." 키티는 뭔가를 말하려다 말고 가만히 있다.

"무슨 일 있어요? 다 괜찮아요?"

키티는 로라를 똑바로 보는 건 아니지만 그렇다고 눈길을 돌리지도 않은 채 한동안 꼼짝 않고 앉아 있다. 자기 내면으로 침잠하고 있는 것이다. 그녀는 기차 안에서 낯선 사람들 사이에 있을 때처럼 한동안 앉아 있다가 입을 연다.

"저, 이틀 정도 병원에 입원해야 돼요."

"무슨 일인데요?"

"의사도 정확히는 모르겠대요. 종양이 있대요."

"세상에!"

"배 속에 종양이 있대요."

"뭐라고요?"

"**자궁에요.** 의사가 안을 살펴봐야겠대요."

"언제요?"

"오늘 오후요. 리치 박사 말로는 빠를수록 좋답니다. 그래서 우리 개에게 먹이를 좀 줬으면 하고 부탁하는 거예요."

"물론 그러고말고요. 의사가 정확히 뭐라고 **말했어요?**"

"자궁 안에 뭔가 있다고만 했어요. 그게 뭔지 정확히 알아야 한대요. 아마 그게 문제일지도 몰라요, 임신을 방해하는……."

"저런. 그렇다면 의사가 제거할 수 있을 거예요."

"리치 박사는 일단 그걸 봐야 한다고만 했어요. 걱정할 필요는 전혀 없지만 그게 무엇인지는 봐야 한다고 했어요."

로라가 키티를 가만히 바라본다. 키티는 움직이지도, 말하지도, 울지도 않는다.

"괜찮을 거예요."

"그래요. 아마 그럴 거예요. 걱정하지 않아요. 걱정할 게 뭐 있겠어요?"

슬픔과 애정이 로라에게 가득 차오른다. 그 아름답던 키티가, 5월의 여왕 키티가 병들고 겁먹은 모습으로 여기 앉아 있다. 여기, 키티의 예쁜 황금 팔찌가 있고, 갑작스레 풀어헤쳐지는 그녀의 삶이 있다. 다른 사람들처럼 로라도 시청에서 알쏭달쏭한 일을 맡고 있는 레이가 문제라고 생각했다. 그의 입가에서 나오는 게거품, 보타이와 즐겨 마시는 버번위스키. 바로 이 순간까지도 키티는 밝으면서도 비극적인 위엄을 지닌 인물처럼, 바로 남편 옆에 서 있는 아내처럼 보였다. 너무 많은 남자들이 예전 모습과 달라지고(여기에 대해 얘기하고 싶어 하는 사람은 아무도 없다), 너무 많은 여자들이 여기에 대해 불평하지 못하고 변덕과 침묵, 우울증과 술로 살아간다. 그런데도 키티는, 한마디로 말해 영웅처럼 보였다.

그러나 결국 키티에게 시련이 닥치고 말았다. 로라는 알고 있었다. 아니면 알고 있었다고 믿는 것일지도 모른다. 사실은 걱정해야 할 무엇인가가 있다고. 로라는 키티와 레이 그리고 그들의 아담한 작은 집에 불운이 침입하는 걸 본다. 그들은 이미 불운에 반쯤 잡아먹힌 상태다.

결국 키티는 건강하고 가죽처럼 거친 쉰 살을 즐기지 못할지도 모른다.

"이리 와요." 로라는 키티가 진짜 자기 아이라도 되는 것처럼 달래듯 말하면서 그대로 그녀에게로 다가간다. 두 손으로 키티의 어깨를 잡고 한순간 어색하게 망설이다가 무릎 꿇는 자세가 될 때까지 몸을 굽힌다. 키티 옆에 선 그녀는 자신의 몸과 키가 아주 크다는 사실을 깨닫고 키티를 끌어안는다.

머뭇거리던 키티는 자신을 안는 로라에게 몸을 맡긴다. 항복한 것이다. 그래도 울지는 않는다. 로라는 키티가 자신에게 몸을 내맡기는 게, 그 체념이 느껴진다. 이것이 바로 한 남자가 한 여자를 끌어안으면서 느끼는 감정이리라.

키티는 두 팔로 로라의 허리를 감는다. 로라의 감정이 북받쳐 오른다. 여기, 바로 자신의 팔 안에 키티의 두려움과 용기 그리고 병이 안겨 있다. 그녀의 젖가슴도 여기 있다. 내부에서 고동치는 튼튼하고 건강한 심장도 여기 있다. 또 그녀라는 존재의 희미한 빛들, 모였다가 흩어지며 불안정하게 반짝이는 짙은 분홍빛과 순금의 빛들이 있다. 키티의 깊은 곳, 심장 한가운데에 속하는 부위, 한 남자가(그 많은 남자 중에서 왜 하필이면 레이인가!) 꿈꾸고 동경하며 밤이면 절망적으로 찾아나서는, 건드릴 수 없는 본질이 여기 있다. 이 한낮에 그 본질이 로라의 두 팔 안에 있다. 로라는 특별한 의도 없이 키티의 이마 윗부분에 살며시 입을 댄다. 그녀는 키티의 향수와 갈색이 감도는 금발이 주는 산뜻하고 정갈한 느낌에 파묻힌다.

"괜찮아요, 정말로." 키티가 속삭인다.

"괜찮다는 건 저도 알아요."

"오히려 레이가 걱정이에요. 그 사람은 모든 일을 그렇게 썩 잘 처리하지 못하거든요. 이런 일은 정말 감당 못해요."

"당분간 레이는 잊도록 해요. 그 사람에 대해서는 그냥 잊어버려요."

키티가 로라의 젖가슴에 대고 머리를 끄덕인다. 말없이 물음을 던졌다가 말없이 대답을 듣는 것 같다. 두 사람은 괴로움을 느끼면서도 축복도 받고 많은 비밀을 공유하면서, 그렇게 매 순간 열심히 살아가려고 애쓴다. 그들은 누군가를 흉내 낸다. 그들은 지쳤고 괴로워한다. 그리고 대단한 일을 하고 있다.

키티가 얼굴을 들자 둘의 입술이 닿는다. 둘은 지금 자신들이 뭘 하고 있는지 잘 안다. 그들은 자신의 입을 상대방의 입에 대고 있다. 서로의 입술을 건드리긴 하지만 그야말로 진한 키스는 하지 않는다.

먼저 몸을 떼는 사람은 키티다.

"당신은 참 사랑스러워요."

로라는 키티를 풀어주며 몇 걸음 뒤로 물러서는데 너무 많이 물러서서 지나치게 멀리 떨어졌다. 하지만 먼저 뒷걸음질한 건 키티다. 로라가 이상하고 절망적인 행동을 그처럼 쉽게 하도록 몰아붙인 건 키티의 두려움 때문이다. 로라는 검은 눈의 약탈자다. 그녀는 낯선 이방인이며 믿을 수 없는 존재다. 로라와 키티는 말없이 그게 사실이라는 데 동의한다.

로라는 리치를 흘끗 본다. 아이는 그 빨간색 트럭을 쥔 채 두 사람을 보고 있다.

"걱정 마요. 괜찮을 거예요."

로라의 말에 키티는 조금도 주저하지 않고 우아한 몸짓으로 일어선다. "지금까지 어떻게 밥 줬는지 알죠? 저녁에는 반 캔 정도. 수시로 물이 있는지 확인도 좀 해주세요. 아침에는 레이가 줄 거예요."

"레이가 병원까지 태워주나요?"

"네."

"걱정하지 말아요. 여기 일은 제가 돌볼 테니까."

"고마워요."

키티가 급히 방 안을 둘러본다. 이 집을 살지 말지 결정해야 하는 사람처럼, 결정을 망설이게 하는 어떤 단점을 마지못해 받아들이면서 어떻게 하면 그 단점을 고칠 수 있을지 가늠해보는 표정으로.

"잘 다녀와요. 내일 병원으로 전화할게요."

"네, 알겠어요."

키티는 어색한 미소와 함께 입술을 꼭 다물어 보이고는 돌아서서 집을 떠난다.

이제 로라는 그때까지도 의심스러운 눈초리로 초조하게 키티를 보고 있던 아들과 마주한다. 무엇보다도 그녀는 피곤하다. 무엇보다도 침대로, 책으로 돌아가고 싶다. 갑자기 세상이, 바로 이 세상이 모든 것으로부터 아득히 멀리 떨어져 있는 듯 멍하게 느껴진다. 도로와 주택들 위로 열기가 쏟아지고 있다. 이 지역에서 시내로 불리는 유일한 상가가 있다. 거기에는 슈퍼마켓, 약국, 세탁소, 미용실, 문구점, 싸구려 잡화점이 있다. 그리고 스투코*를 바른 단층짜리 도서관도 있다. 나무막대로 철한 신문들이 있고, 서가에는 책들이 졸고 있는.

---

* 건축의 마무리 작업에 쓰이는 도료.

169

……삶, 런던, 6월의 이 순간이.

　로라는 아들을 거실로 데려가 나무 블록으로 만든 탑을 가지고 놀게 한다. 아이가 놀이에 몰두하자마자 그녀는 부엌으로 돌아가 조금도 주저하지 않고 젖빛 유리 접시를 뒤집어 케이크를 쓰레기통에 처박아버린다. 케이크는 놀랄 만큼 둔탁한 소리를 내며 떨어진다. 노란 장미 장식 하나가 둥근 쓰레기통 옆면에 짓이겨진다. 순간 그녀의 가슴을 묶고 있던 강철 사슬이 끊어지는 것 같은 해방감이 느껴진다. 지금이라도 다시 시작할 수 있다. 벽에 걸린 시계를 보니 겨우 10시 30분이다. 케이크를 다시 만들기에는 넉넉한 시간이다. 이번에는 부스러기가 프로스팅에 묻지 않도록 신경 쓸 것이고, 글자를 이쑤시개로 먼저 써 넣어 삐뚤어지지 않게 할 것이다. 그리고 장미 장식은 맨 마지막에 할 것이다.

울프 부인

로티가 벨 부인과 아이들이 도착했다고 외친다. 버지니아 울프는 레너드, 랠프와 함께 교정쇄를 읽고 있었다.

"그럴 리가 없는데. 아직 2시 30분도 안 됐잖아. 4시에 오기로 했는데."

"왔다니까요, 부인. 곧장 응접실로 들어가셨습니다." 약간 얼빠진 목소리다.

포장용 끈으로 책을 묶고 있던 마조리는(랠프와 달리 그녀는 시키는 대로 고분고분 책 꾸러미를 포장하고 종류별로 분류할 것이다. 별건 아니지만 고맙긴 하다) 책 꾸러미에서 눈을 떼고 말한다. "벌써 2시 30분이에요? 이 시간까지는 일을 끝내려고 했는데."

레너드는 마조리의 말을 듣고도 꼼짝도 하지 않는 버지니아를 보고 단호하게 말한다. "나는 일을 중단할 수 없으니 4시 정각까지 갈게요. 바네사가 그때까지 가지 않는다면 그때 만나요."

"걱정하지 마요. 바네사 언니는 제가 맞이할게요." 자리에서 일어나려던 버지니아는 실내복과 머리가 엉망임을 깨닫는다. 언니인데 뭘, 하고 생각할 수도 있지만 이런저런 일이 많이 있은 후여서 바네사가 깜짝 놀라며 칭찬해주는 걸 듣고 싶기도 하고, "우리 바보 멍청이가 꽤 건강해 보이네?"라고 생각해줬으면 한다.

그녀는 특별히 좋아 보이지 않는다. 그래도 딱히 할 일은 없어서 4시까지라면 적어도 머리를 손질하고 옷을 갈아입을 수 있었을 것이다. 로티를 따라 이층으로 올라가면서 현관에 걸린 둥근 거울을 지나다가 잠시나마 자기 모습을 보고 싶다는 생각이 들지만 그럴 수 없다. 양쪽 어깨를 쭉 펴면서 응접실로 들어선다. 언제나처럼 바네사가 그녀의 거울이 되어줄 것이다. 바네사는 그녀를 인도하는 배이자, 꿀벌들이 포도나무 사이를 윙윙거리며 돌아다니고 있을 신록이 우거진 초록빛 해안선이다.

그녀는 품위 있게 키스한다. 바네사의 입술에.

그러고는 두 손으로 언니의 어깨를 끌어안으며 말한다. "아, 언니. 지금 이렇게 만나도 너무 좋지만 원래 그 시간에 만났다면 내가 얼마나 더 기뻐했을지 충분히 알겠지?"

웃음 짓는 바네사의 얼굴은 결연해 보이고 피부는 눈부신 분홍빛이다. 나이가 버지니아보다 세 살 많은데도 더 젊어 보인다. 둘 다 이를 잘 안다. 버지니아가 조토*의 프레스코화에서 느낄 수 있는 금욕적이고 비쩍 마른 아름다움을 지니고 있다면, 바네사는 후기 바로크 시대의 세련되었지만 명성을 떨치진 못한 어느 예술가가 장밋빛 대리석으로 다듬은 인물상에 더 가깝다. 바네사는 세속적이며 화사하기까지 하다. 그녀의 얼굴과 몸은 인간의 풍성함을, 너무 풍성한 나머지 천상의 세계로 흘러넘치는 그것을 묘사하려는 조금은 감상적인 시도 같다.

"미안해. 예상했던 것보다 런던에서 일이 훨씬 빨리 끝났어. 그런 상황에서 우리가 할 수 있는 다른 선택이라곤 4시까지 차로 리치먼드를 도는 것밖에 없었거든."

"아이들은 어떻게 했어?"

"정원에 갔지. 퀜틴이 길에서 죽어가는 새를 발견했거든. 아이들은 그 새가 정원에 있어야 한다고 생각하는 것 같아."

"아이들이 이 늙은 이모에게 관심이나 있을까? 그러면 한번 아이들에게 가볼까?"

* 조토 디 본도네(1266~1337). 나폴리의 궁정 화가이자 건축가로, 르네상스 미술의 선구자다.

집을 나서면서 바네사는 자기 아이들 손을 잡듯 버지니아의 손을 잡는다. 바네사에게 그런 독점욕이 있다는 것은 신경을 곤두서게 만드는 일이면서도 이해가 되는 부분이기도 하다. 그런 확신이 있기에 초대받은 시간보다 무려 한 시간 반이나 먼저 도착할 수 있는 게 아닐까? 여기 바네사가 있고 그녀의 손이 있다. 머리를 손질할 여유만 있었으면 좋았을 텐데.

"차에 넣을 설탕에 절인 생강을 사오라고 넬리를 런던으로 보냈어. 한 시간 정도면 돌아올 거야. 넬리야 뭐, 조금 짜증이 나겠지만."

"넬리는 그런 것쯤은 참아야 해."

바로 이거야, 하고 버지니아는 생각한다. 유감스럽다는 듯 자비심을 담으면서도 단호한 저 말투. 하인이나 여동생들에게나 하는 말투. 모든 일에 기술이 있듯이 말투에도 기술이 있다. 바네사에게서 배울 수 있는 대부분은 이처럼 무의식중에 나오는 행동에 있다. 약속 시간보다 일찍 아니면 늦게 도착하면서도 언제나 쾌활하게 어쩔 수 없었노라고 강조한다. 내미는 손에도 어머니의 자신감이 실려 있다. 넬리는 그런 일을 해야 한다고 말하고, 그렇게 말함으로써 그 하녀뿐만 아니라 여주인까지 용서한다.

장미 덤불이 가까이 있는 정원 풀밭에서 바네사의 아

이들이 무릎을 꿇고 둥글게 앉아 있다. 아이들이란 얼마나 경이로운 존재인가. 무無에서 생겨나 옷을 차려입은 세 존재들. 어느 순간 그곳에는 어린 자매 두 명이 가슴을 나란히 하고 서로에게 입술을 내밀려고 하고 있다. 그리고 다음 순간 결혼한 중년 부인이 된 자매 앞에 아이들이 있다(모두 바네사의 아이들이다. 버지니아의 아이는 없고 앞으로도 결코 없을 것이다). 의젓하고 멋진 줄리언과 빨간 두 손으로 개똥지빠귀를 보듬고 있는 불그스레한 얼굴의 퀜틴 그리고 오빠들에게서 조금 떨어져 몸을 구부린 채 놀란 표정을 짓고 있는 꼬마 안젤리카. 몇 년 전 줄리언이 아직 아기였을 때, 버지니아와 바네사가 아이들 이름과 소설 속 등장인물 이름을 생각하고 있을 때 버지니아는 바네사에게 딸을 낳으면 이름을 클러리서로 지으라고 제안했었다.

"안녕, 얘들아." 버지니아가 아이들을 부른다.

"새 한 마리를 찾았어요. 그런데 아파요." 안젤리카가 큰 소리로 외친다.

"알고 있단다."

"살아 있어요. 살릴 수 있을 것 같아요." 퀜틴이 학자처럼 진지하게 말한다.

버지니아의 손을 바네사가 꼭 쥔다. 아니, 차를 마시기도 전에 여기서 죽음을 보다니, 하고 버지니아는 생각한다. 아이들에게, 아니, 누구에게라도 어떻게 죽음을 정확히 설명할 수 있을까?

"우리는 그 새를 편안하게는 해줄 수 있어. 그런데 새는 지금 죽을 때가 된 것 같구나. 그건 우리가 어떻게 할 수 없단다."

바네사가 끼어든다. 여자 재봉사는 바로 이렇게 실을 끊는다. 이 정도면 됐어, 얘들아. 덜도 더도 아니야. 바네사는 아이들 마음을 해치지 않으려 하지만, 아이들이 불쌍하다고 해서 거짓말을 하지도 않는다.

"상자로 집을 만들어 새를 안에 넣어주자."

"난 그렇게 생각하지 않는단다." 퀜틴의 말에 바네사가 답한다. "그 새는 바깥에서 죽기를 바랄 거야. 새는 원래 야생이거든."

"장례식을 치러야겠어. 노래는 내가 부를 테야." 안젤리카가 명랑하게 말하는데 퀜틴이 날카롭게 쏘아붙인다.

"아직 살아 있어."

저런, 퀜틴, 하고 버지니아는 생각한다. 언젠가 모두가 내 장례식에 대해 어떻게 말해야 할지 조심스러워하고 있을 때, 너는 내 손을 잡고 내 마지막 숨을 돌봐주고 있을 거니?

"새에게 풀로 된 침대를 만들어줘야겠어. 안젤리카, 풀 좀 뽑아줄래?" 줄리언이 동생에게 말한다.

"알았어, 오빠." 안젤리카는 순순히 풀 몇 움큼을 뽑기 시작한다.

줄리언, 아, 줄리언. 바네사의 아이들 중 가장 나이가 많은 열다섯 살의 줄리언만큼 자연의 근본적인 불공평을 납득시킬 수 있는 게 또 있을까? 활통하고 학구적이며 기품 있는 줄리언. 말처럼 아름다운 근육은 너무 자연스러워서 인간의 기본 조건이지 갑자기 튀어나온 돌연변이 같은 건 아니라는 느낌마저 준다. 퀜틴은(그에게 신의 가호가 있기를) 지적이면서 다른 면도 있어서 열세 살의 발그레한 얼굴로도 용맹한 왕립기병대 대령이 될 수 있을 것 같다. 그리고 완벽한 생김새의 안젤리카. 미운 다섯 살인데도 너무 예쁘장하다. 물론 나이를 먹으면 사라질 게 분명하지만. 가장 먼저 태어난 줄리언은 너무 확실하고 무난하게 집안 역사의 주인공이자 원대한 희망의 보고가 되었다. 바네사가 그 애를 편애한다고 누가 나무랄 수 있겠는가?

"우리, 장미도 몇 송이 꺾을까?" 버지니아가 안젤리카에게 묻는다.

"네. 노란 장미로요." 안젤리카는 바쁘게 풀을 뽑으면서 대답한다.

버지니아는 안젤리카와 장미 정원으로 향하기 전에 한동안 바네사의 손을 잡은 채 아이들을 가만히 바라본다. 아이들이 뛰어들지 말지 알 수 없는 물이 가득한 수영장이라도 된다는 듯이. 버지니아는 이 아이들이야말로 진정한 성취라는 생각이 든다. 겉만 번지르르한 실험적인 내러티브로 된 책들은 오래된 사진, 요란한 옷, 할머니가 동경하면서 떠올려봄직한 풍경이 그려진 도자기 접시들과 함께 포장되어 어딘가로 보내졌지만, 이 아이들은 살아 있을 것이다.

버지니아는 언니의 손을 놓은 뒤 정원으로 가서 안젤리카 옆에 무릎을 꿇고 앉아 아이를 도와 개똥지빠귀의 죽음을 맞이할 침대를 만든다. 퀜틴과 줄리언도 가까이 있지만, 장례식에 가장 열정적인 건 안젤리카다. 장식과 예식에 대한 이 아이의 생각은 존중되어야만 한다. 여기 있는 안젤리카는, 어떤 면에서는 혼자가 된 과부다.

"이제 저기로, 그녀를 아주 편안하게 해줘야 할 것 같은데." 버지니아는 안젤리카와 함께 파도처럼 솟아오른 작은 언덕의 풀을 가지런히 정돈하면서 말한다.

"이 새가 암컷인가요?"

"그럼. 암컷은 좀더 크고 색깔이 약간 칙칙하거든."

"이 암컷은 알을 낳았을까요?"

버지니아는 잠시 머뭇거리다 말한다. "모르겠구나. 우리가 그런 것까지는 알 수 없지 않겠니?"

"새가 죽고 나면 알이 있나 찾아봐야겠어요."

"좋을 대로 하렴. 처마 밑 어딘가에 둥지가 있을지도 몰라."

"저는 새알을 찾아내고 말 거예요. 그래서 부화시킬 거예요."

그러자 퀜틴이 웃으며 물어본다. "그러면 네가 알 위에 앉을 거야?"

"아니, 바보야. 나는 부화시킬 거야."

"오." 퀜틴이 외마디를 내뱉는다. 버지니아는 아이들을 보지 않고도 퀜틴과 줄리언이 말없이 안젤리카를, 나아가 자기까지도 비웃고 있다는 걸 안다. 이렇게 나이가 많은 자기까지도. 남자들은 죽음을 자기들 손으로 다룰 수 있다고 생각하면서 장례 침대를 정돈하는 여자들을, 들판에 버려진 여린 생명을 마법이나 순전히 의지의 힘으로 소생시키는 것에 대해 이야기하는 여자들을 자애롭게 바라보며 웃어버린다.

"이제 됐다. 관에 넣을 준비가 끝났네."

"아니에요. 아직 장미가 남았어요."

"그렇구나." 하마터면 먼저 새를 눕히고 그다음에 그

둘레에 장미를 놓아야 한다고 얘기할 뻔했다. 물론 장례 절차는 그렇다. 하지만 그렇더라도 이런 것 때문에 다섯 살배기 여자애하고 말다툼을 하겠는가. 바네사와 남자애들이 보지 않는다고 해도 당신이라면 그렇게 하겠는가.

안젤리카는 꺾어놓은 노란 장미들에서 한 송이를 집어 들어 풀언덕 가장자리에 풀과 같은 방향으로 나란히 놓는다. 그리고 꽃송이, 가시 달린 줄기, 잎사귀들로 원 모양이 얼추 나올 때까지 장미를 한 송이씩 계속 놓는다.

"근사하구나." 놀랍게도 그럴듯하다. 버지니아는 가시와 꽃으로 만든 그 작고 동그란 소박한 장식을 뜻하지 않게 기쁜 마음으로 바라본다. 이 황량한 죽음의 자리를. 그리고 그 위에 눕고 싶어진다.

"그러면 이제 새를 눕힐까?" 버지니아는 안젤리카에게 부드럽게 물어보면서 어떤 비밀을 나누어 가졌다는 듯이 안젤리카에게 몸을 기울인다. 그들 사이에는 어떤 힘이 흐른다. 모성의 힘도 아니고 에로틱한 힘도 아니다. 그 두 가지가 모두 있는 공모 의식이다. 여기에는 말로 표현하기에는 너무 거대한, 일종의 암묵적인 합의가 있다. 버지니아는 이것이 느껴진다. 피부로 날씨를 느끼듯 분명하게 느껴진다. 하지만 안젤리카의 얼굴을 자세히 보니 그 초롱초롱한 눈은 다른 생각을 하고 있다. 안젤리카는 이미

이 놀이에 싫증이 났다. 풀과 장미를 잘 놓았으니 이제 가능한 한 빨리 그 새를 처리해버리고 둥지를 찾아보고 싶은 것이다.

"네." 안젤리카는 겨우 다섯 살인데도 벌써부터 눈앞의 일에 열정적인 척할 줄도 안다. 그러면서도 진짜로 원하는 건 모든 사람이 자신이 한 일에 감탄하고는 곧바로 자신을 놓아주는 것이다. 새를 든 퀜틴은 무릎을 꿇고 천천히, 아주 부드럽게 풀 위에 내려놓는다. 아, 남자들은 난폭한 존재고 여자들은 천사 같은 존재라면, 그처럼 문제가 단순하다면 얼마나 좋을까. 버지니아는 교정쇄를 들여다보는 레너드를, 인쇄를 준비하면서 활자를 잘못 고른 것뿐만 아니라 그런 실수들에서 드러나는 무성의의 흔적까지 샅샅이 찾아내겠다는 심정으로 눈살을 찌푸리고 있을 그를 떠올려본다. 지난여름 소매를 팔목까지 걷어붙이고 우즈강을 가로질러 노를 젓던 줄리언도 떠올려본다. 그리고 어른이 된, 더 이상 아이가 아닌 줄리언이 어떤 모습일지 상상해본다.

퀜틴이 두 손을 거두자 접은 두 날개를 몸에 둔 채 풀위에 다소곳이 놓여 있는 새가 보인다. 새는 죽었다. 퀜틴의 손 안에서 이미 죽었다. 그녀는 이를 잘 알고 있다. 새는 자기 몸집을 가능한 한 작게 만들려고 했던 것 같다.

검은 구슬 같은 눈은 열려 있고, 생각보다 큰 잿빛 발은 동그랗게 말려 있다.

바네사가 버지니아 뒤로 다가서며 말한다. "이제 가자. 할 수 있는 일은 다 했으니까."

안젤리카와 퀜틴은 망설임 없이 흩어진다. 안젤리카는 처마 밑을 살피며 집을 한 바퀴 돌기 시작한다. 퀜틴은 저지 셔츠에 두 손을 문지른 뒤 손을 씻으려고 집으로 들어간다(새가 두 손에 죽음의 흔적을 남겼다고 생각하는 걸까? 영국제 고급 비누와 버지니아 이모의 타월로 그 흔적을 씻어낼 수 있다고 생각하는 걸까?). 줄리언은 그 조그만 시체와 바네사 그리고 버지니아와 함께 남아 있다. "안젤리카는 새 둥지 얘기에 너무 들떠서 찬송가를 부르는 것도 까먹었네."

이때 바네사가 버지니아를 보며 말한다. "일찍 도착했다고 이렇게 차도 한 잔 대접 안 할 거야?"

"넬리가 도와주지 않아도 차 만들 준비는 되어 있어."

"뭐, 그렇다면야."

바네사는 줄리언과 함께 돌아서서 집으로 걸어간다. 줄리언의 손은 어머니의 팔꿈치 옆에 끼어 있다. 그들을 따라가려다가 버지니아는 장미 화관에 놓인 죽은 새 옆에 잠시 더 머무른다. 그것은 모자 같다. 여성용 모자와 죽음 사이의 잃어버린 고리일 수도 있겠다. 그녀는 새가 누운 그 자리에 눕고 싶어진다. 눕고 싶은 게 확실하다. 바네사와 줄리언은 앞으로 할 일을, 차 마시기와 여행을 계속할수 있지만, 버지니아는, 새의 크기만 한 버지니아는 자신이 모나고 까다로운 여자에서 모자 위의 장식으로, 어리석고 무감각한 것으로 변하도록 그대로 있다. 그러고는이렇게 생각한다.

클러리서는 절대로 죽음의 신부新婦가 아니다. 오히려그 신부가 누운 침대다.

댈러웨이 부인

클러리서는 노란 장미 열두 송이로 꽃병을 채운다. 그 꽃병을 거실로 가져가 커피 탁자에 놓고 몇 걸음 뒤로 물러섰다가 다시 왼쪽으로 조금 옮긴다. 그녀는 리처드에게 자신이 해줄 수 있는 최대한 멋진 파티를 해줄 것이다. 세속적이고 진부하기까지 하지만 그녀 나름대로 완벽한 무엇인가를 창조해내려고 노력할 것이다. 그 사람을 진정으로 존경하고 사랑해 마지않는 사람들이 그를 에워싸도록 마음을 쓸 것이며(그녀는 왜 월터 하디를 초대했을까? 어쩌다 그토록 약해졌을까?) 아울러 그가 피곤해하지 않도록 돌볼 것이다. 파티는 감사의 표시이자 선물이다. 그것 말고 그에게 베풀어줄 수 있는 것이 뭐가 더 있겠는가?

부엌으로 돌아가는데 인터폰이 울린다. 도대체 누구일까? 잊고 있었던 배달일까, 아니면 뭔가 전하려는 연회음식업자일까? 그녀는 인터폰을 누른다.

"누구세요?"

"루이스. 루이스예요."

"루이스? 정말?"

클러리서는 버튼을 눌러 그를 들어오게 한다. 물론 루이스다. 뉴욕 사람이라면 루이스 말고는 누구도 먼저 전화 없이 벨을 누르지 않을 것이다. 아무도 그런 행동은 하지 않는다. 문을 열어주고 현기증이 일 정도로 부푼 기대감을 달래며 현관으로 나간다. 너무나 강렬하고 독특한 그 감정은 다른 상황에서는 한번도 경험해보지 못한 것이어서 그녀는 언젠가 그 감정의 이름을 그냥 루이스의 이름을 따서 짓기로 했다. 그것은 '루이스 감정'이다. 헌신과 죄의식, 매력과 무대공포증 같은 요소 그리고 때 묻지 않은 순수한 희망이 그 감정을 관통하여 흐른다. 루이스는 나타날 때마다 매우 반가운, 그 범위나 핵심을 예측하기 어려울 정도로 훌륭한 뉴스 한 토막을 들고 올 것 같다.

얼마 후 현관으로 들어오는 사람이 보인다. 바로 루이스다. 오 년도 넘는 세월이 흘렀지만 예전 모습 그대로다. 정전기를 일으키는 억센 흰 머리카락도, 탐욕스럽고 변덕스러운 걸음걸이도, 아무렇게나 걸쳤지만 그럭저럭 괜찮아 보이는 옷차림도 그대로다. 아름다움과 중후함이 느껴지던 사자같이 당당했던 그의 몸가짐은 이십여 년 전에 사라져버렸고, 지금의 루이스는(백발에 근육질이며 감상적이다) 마치 작은 체구에 볼품없는 어떤 남자가 당신 마을을 쑥대밭으로 만든 건 이 기계가 아니라 자신임을 알리려고 탱크 포신에서 뛰어내릴 때나 취할 법한 태도로 불쑥 나타났다. 그 옛날 욕망의 대상이었던 루이스는 예전에도 지금처럼 늘 이런 식이었다. 연극 교사, 무해한 사람.

"이런, 이런."

그와 클러리서는 서로 껴안는다. 팔을 풀자 근시인 루이스의 회색 눈동자가 촉촉하게 젖어 있었다. 그는 언제나 쉽게 눈물을 흘렸다. 그보다 더 감상적이고 더 쉽게 화를 내는 클러리서는 종종 울고 싶지만 절대 그렇게 울지는 않는다.

"여기는 언제 도착했어요?"

"엊그저께요. 그냥 길을 가고 있었는데 문득 당신이 사는 거리를 걷고 있다는 생각이 들더라고요."

"당신을 만나다니, 얼마나 기쁜지 몰라요."

"나도 당신을 만나 기뻐요." 이렇게 말하는 루이스의 두 눈에 다시 물기가 차오른다.

"타이밍이 절묘하네요. 오늘 밤 리처드를 위해 파티를

열거든요."

"정말? 무슨 일인데요?"

"그가 커루더스상을 수상했어요. 아직 못 들었어요?"

"그게 무슨 상인데요?"

"시인을 위한 상이에요. 대단한 상이래요. 당신이 아직 그 소식을 듣지 못했다니, 놀랍네요."

"음, 축하해야겠네요."

"당신도 왔으면 좋겠어요. 아마 당신을 보면 흥분할 거예요."

"그가?"

"당연하죠. 그런데 우리 지금 왜 이렇게 복도에 서 있는 거죠? 어서 들어와요."

루이스는 클러리서를 따라 집 안으로 들어가면서(여덟 걸음, 돌아서 다시 세 걸음) 그녀가 나이 들어 보인다고 생각한다. 그녀가 늙어 보이다니, 루이스는 깜짝 놀란다. 마침내 그녀에게도 그런 변화가 일어나고 있다. 유전자, 이 절망 덫 같은 유전자라니, 얼마나 놀라운가. 육체는 십 년, 그리고 또 십 년을 근본적인 변화 없이 잘 지내다가도, 갑자기 몇 년도 안 돼 나이에 굴복해버리는 것이다. 클러리서는 나이가 들어서도 부자연스러울 정도로 계속 한창때였는데 상대적으로 갑자기 시들어져버렸다. 루이스는 이 사실에 흡족해하기는커녕 슬퍼하기까지 하는 자신이 놀랍다. 클러리서가 늙어버리길 얼마나 많이 바랐던가. 이것은 그의 복수다. 받은 만큼 돌려줄 유일한 방법. 리처드와 함께 보냈던 그 모든 시간들, 그 사랑과 노력에 대한.

그리고 리처드는 지금 인생의 마지막을 웨스트 10번가에 타운하우스를 갖고 있는 어느 부인에 대한 글을 쓰면서 보낸다. 리처드는 그 부인을 속속들이 파고드는 소설을 쓰고 있는데(오십 페이지가 넘는 장章 하나를 매니큐어 사는데 할애하고 있지만 결국 매니큐어를 사지 않기로 하지 않는가!), 그 책에서 늙은 루이스 W.는 합창단원의 한 사람으로 전락하고 만다. 루이스 W.는 딱 한 번, 이 세상에 사랑이 부족하다고 한탄하는 대목에서 아주 짧게 등장할 뿐이다. 이거란 말인가, 이게 보상이란 말인가. 십이 년이 넘는 세월 동안 리처드와 함께 아파트 여섯 개를 전전하면서, 그를 품고, 그와 지각없이 섹스하고, 수천 끼의 식사를 함께하고, 이탈리아로 여행을 가 나무 밑에서 시간을 함께한 결과가 이거란 말인가. 그 모든 경험이 있다고 해도 루이스는 사랑에 대해 불평이나 터뜨리는 가여운 남자로 기억될 것이다.

"어디에 묵고 있어요?"

"제임스와 함께 로치 모텔에요."

"그 사람 여태 거기 있어요?"

"그의 **식료품점** 몇 개가 아직 그곳에 있어요. 거기서 어떤 상자를 봤는데, 오 년 전 그를 위해 제가 그 가게에 실어다준 기억이 나더군요. 그는 그것이 같은 상자라는 걸 부인했지만, 한쪽 모서리에 움푹 들어간 홈이 그대로 있더군요. 그 홈이 원래부터 거기 있던 걸 제가 분명히 기억하거든요."

루이스는 손가락 끝으로 자신의 코를 만지작거린다. 클러리서는 몸을 돌려 그와 마주한다. "당신을 만나다니." 클러리서의 말에 그들은 다시 한번 포옹한다. 거의 일 분 가량을 그렇게 서로 끌어안고 있다(그의 입술은 그녀의 왼쪽 어깨와 오른쪽 어깨를 번갈아 비빈다). 먼저 포옹을 푸는 사람은 클러리서다.

"뭐 마실 것 좀 줄까요?"

"아니요. 음, 그래요. 물 한 잔 줘요."

클러리서는 부엌으로 들어간다. 그녀는 여전히 이해할 수 없고, 짜증날 만큼 잘 지내고 있다. 클러리서는 그동안 여기서 줄곧 잘 지내왔다. 이 방들에서 그녀의 여자친구와(아니면 파트너, 뭐라고 부르든 무슨 상관인가) 함께 지내며 일하러 나가고 다시 집으로 돌아오곤 했다. 하루를 맞이하고 또다시 하루를 맞이하며 연극을 보러 가고 파티에도 갔다.

루이스는 생각한다. 이 세상에는 사랑이 너무 적다고.

그는 네 걸음 옮겨 거실로 들어간다. 바로 여기로 그가 돌아왔다. 정원이 딸려 있고, 푹신한 소파가 있으며, 멋진 융단이 깔린 시원하고 커다란 곳. 그는 집 인테리어를 두고 샐리를 탓한다. 이건 샐리 때문이다. 샐리의 취향이다. 샐리와 클러리서는 웨스트빌리지의 상류층 아파트를 완벽하게 복제해놓은 집에서 살고 있다. 누군가의 조수가 점검표를 들고 방 이곳저곳을 돌고 있는 모습을 상상한다면? 프랑스제 가죽 소파, 체크! 스티클리 탁자, 체크! 식물이 프린트되어 있는 마麻 재질의 벽, 체크! 외국에서 구입한 자그마한 귀중품이 진열된 서가, 체크! 심지어 별스러운 물건들까지도(길거리 고물시장에서 산 조개로 뒤덮인 거울 틀과 결눈질하는 인어들이 그려진 낡은 남아메리카산 장롱) 전부 계산된 것처럼 느껴진다. 마치 미술 감독이 두루 살펴보고는 "이것들로는 부족해. 이곳에 사는 사람이 정말 어떤 **존재인지를** 보여주려면 더 많은 것이 필요해"라고 평가라도 했던 것처럼.

클러리서는 물(얼음과 레몬을 결들인 탄산수) 두 잔을 들고 온다. 그 모습을 보면서 루이스는 삼십 년도 더 전의 웰플리트의 공기 냄새를 맡는다(소나무, 풀, 소금기가 약간 느껴지는 물의 냄새다). 그의 가슴이 부풀어 오른다. 나이는 더 들었어도(부인해봐야 소용없다) 그녀는 여전히 그 옛날의 엄격한 매력이, 어딘가 사내 같고 거만한 섹시함이 있다. 그녀의 몸은 아직도 날씬하다. 어쩐지 그녀는 이루지 못한 로맨스의 끝자락을 아직도 드러내 보이고 있다.

지금 어둑하고 호사스러운 방 안에서 쉰을 넘긴 그녀를 보면서 루이스는 젊은 군인들 사진을, 군복을 입은 상태에서도 평화로워 보이던 신체 건장한 소년들을 떠올린다. 채 스무 살도 되기 전에 죽음을 맞아 앨범 안이나 탁자 위에서 잃어버린 약속의 화신으로 살아가는 소년들, 살아남은 사람들이 직장과 잡무와 실망스러운 휴일을 힘겹게 버텨나갈 때조차도 자신들의 운명에 전혀 흔들림이 없는, 아름답고 확신에 가득 찬 소년들을 생각했던 것이다. 바로 이 순간 클러리서의 모습에서 루이스는 군인을 떠올린다. 그녀는 과거 안에서 늙어가는 세상을 내다보는 것 같다. 죽은 사람들이 사진 속에서 그러는 것처럼 그녀 역시 슬프고 순진무구하고 정복할 수 없는 존재로 보인다.

"당신은 괜찮아 보이는군요." 그녀는 루이스에게 물을 건네며 말한다. 루이스의 젊었을 적 얼굴에는 언제나 중년의 모습이 엿보였다. 매부리코와 희미하고 놀란 듯한 두 눈, 뻣뻣한 눈썹, 넓고 억센 턱 밑으로 핏줄이 울룩불룩 드러나는 목. 그는 잡초처럼 질기고 세월의 풍화에 찌든 농부가 될 운명이었다. 늙는 데 오십 년이 걸렸는데, 쟁기질과 추수를 했다면 그 절반만 걸렸을 것이다.

"고마워요."

"당신이 엄청 멀리 있었던 것처럼 느껴지네요."

"멀리 있었죠. 돌아오니 참 좋네요."

"오 년 만이네요. 지금까지 한번도 뉴욕을 찾지 않았다니, 믿을 수 없네요."

루이스는 꿀꺽꿀꺽 물을 세 모금 마신다. 지난 오 년 동안 그는 몇 차례나 뉴욕으로 돌아왔지만 그들에게 전화를 하지는 않았다. 딱히 클러리서나 리처드를 만나지 않겠다고 다짐한 것은 아니지만, 결과적으로는 전화를 걸지 못했다. 연락을 하지 않는 게 더 편할 것 같았기 때문이다.

"전 이제 완전히 돌아올 생각이에요. 이따위 가르치는 기계 노릇은 이제 질렸어요. 나이도 너무 많고 너무 초라하기도 하고. 무엇보다도 **돈이 너무 없어요.** 뭔가 믿음직한 일을 구할까 생각 중이에요."

"그래요?"

"아, 모르겠어요. 걱정 말아요. 경영학 석사 같은 걸 취

192

득하려고 학교로 돌아갈 생각은 없으니까요."

"난 당신이 샌프란시스코에 푹 빠졌다고 생각했어요. 그래서 다시는 볼 수 없을 거라고 생각했죠."

"모든 사람이 당신이 샌프란시스코에 홀딱 빠졌을 거라 생각한다고 가정해봐요. 당신은 우울해질 거예요."

"루이스, 리처드는 예전 모습과 많이 달라요."

"악화되었나요?"

"당신에게 마음의 준비를 하라고 알려주고 싶을 뿐이네요."

"당신은 지난 몇 년 동안 줄곧 그의 곁에 있었잖아요."

"그래요, 맞아요."

루이스는 그녀는 매력적이면서도 평범한 여자라고 결론짓는다. 그녀는 정확히 그 이상도 그 이하도 아니다. 클러리서가 소파에 앉자 루이스도 순간 망설이다가 다섯 걸음 옮겨 그녀 옆에 앉는다.

"저도 그 책 읽었어요. 당연히요."

"당신이요? 잘했군요."

"그 책 섬뜩하지 않아요?"

"네, 맞아요."

"그 사람은 이름조차 바꾸지 않았어요."

"그 주인공은 제가 아니에요. 저를 조금 닮은 어떤 여자에 대한 리처드의 환상일 뿐이에요."

"정말 섬뜩한 **책**이네요."

"다른 사람들도 그런 식으로 생각하는 것 같아요."

"그 책은 만 페이지는 되는 것 같아요. 그런데도 아무 일도 일어나지 않고. 그러다가 **쿵.** 그녀는 자살하죠."

"그의 어머니가 그렇죠."

"저도 **알아요.** 그런데 그건 완전 억지잖아요."

"당신은 거의 모든 비평가와 같은 의견이군요. 비평가 들은 너무 오랫동안 기다렸어요. 그런데 뭘 기다렸죠? 구 백 페이지 넘게 시시덕거리다가 마지막에 갑자기 죽음이 나오는 것. 보통 사람들은 그 작품이 아름답다고 하죠."

"장미가 참 예쁘군요." 루이스가 그녀에게서 시선을 거 두며 말한다.

클러리서는 몸을 숙여 꽃병을 살짝 왼쪽으로 옮긴다. 그녀는 이미 아내의 모습을 훌쩍 뛰어넘었구나, 하고 루 이스는 생각한다. 이제 그녀는 어머니의 모습으로 돌아가 고 있다.

"나를 봐요. 장미를 가지고 야단법석을 떨고 있는 이 늙은 여자를." 클러리서가 웃으며 말한다.

그녀는 항상 이런 식이다. 자신의 행동에 대해 당신이 예상하는 것 이상을 알아서 당신을 화들짝 놀라게 만든다. 루이스는 클러리서의 현명하고 여주인다운 연기에 멋을 더하는 자기인식의 표현이 철저히 계산된 것은 아닐까 궁금해진다. 가끔 그녀는 당신 생각을 몽땅 읽고 있는 것 같다. 난 당신이 무슨 생각을 하고 있는지 다 알아. 나라는 존재는 터무니없고, 타고난 능력도 제대로 발휘하지 못하고 있다는 데 동의해. 지금과 다른 모습이었다면, 하는 마음이 간절하지만 나 스스로도 어떻게 할 수 없는걸. 그녀는 이런 말로 당신을 근본적으로 무장해제시킨다. 그러면 당신은 자기 의지와는 정반대로 그녀 때문에 안달하던 상태에서 벗어나 오히려 그녀를 위로하고 그녀가 다시 자기 모습을 연기하도록 돕는다. 그러면 그녀는 다시 편안해질 수 있고, 당신은 다시 안달하는 기분이 느껴진다.

"그랬군요. 리처드가 많이 아프군요."

"네. 몸은 이제 악화되지 않지만 정신은 헤매고 있어요. 단백질 분해 효소 억제제가 다른 사람들에게는 어느 정도 효과가 있지만, 그에게 도움이 되기에는 그의 병세가 선을 넘어버리지 않았나 걱정돼요."

"무섭겠군요."

"아직은 그의 모습 그대로죠. 내 말은 그에게 여전히 변하지 않은 성품이, 리처드다운 특성이, 예전이나 지금

이나 조금도 다르지 않은 면이 있다는 거예요."

"그거 다행이네요. 그게 중요한 거예요."

"웰플리트에 있던 커다란 둔덕 기억나요?"

"물론이죠."

"저는 얼마 전에 저도 죽을 때가 되면 그곳에 저의 재를 뿌려달라고 부탁하고 싶어지지 않을까, 하는 생각을 해봤어요."

"그건 지독히 병적인 생각인데요."

"하지만 당신도 이런 걸 분명히 생각할 거예요. 어떻게 생각을 안 할 수가 있겠어요?"

클러리서는 당시에도 그렇게 믿었고, 지금도 웰플리트의 그 둔덕은 어떤 의미에서 자신과 영원히 함께하리라고 믿는다. 무슨 일이 벌어지더라도 그 둔덕은 언제나 그녀 마음속에 남을 것이다. 그녀는 언제나 그 여름날의 높은 둔덕 위에 서 있을 것이다. 리처드의 스웨터를 걸친 채로, 젊고 그 누구도 파괴하지 못할 만큼 건강하고 약간은 언짢은 모습으로 남을 것이다. 그럴 때면 리처드는 한 손으로 그녀의 목을 친근하게 감쌀 것이고, 루이스는 조금 떨어진 곳에 서서 물결을 바라볼 것이다.

"그때 저는 당신에게 몹시 화가 났었어요. 당신을 쳐다보지도 못할 때도 있었죠." 루이스가 말한다.

"저도 알아요."

"전 착해지려고 노력했어요. 솔직해지고 자유로워지려고 노력했다고요."

"우리 모두 노력했어요. 저는 그런 식의 인간관계가 가능한지 확신할 수 없어요."

"언젠가 저는 그곳으로 차를 몰고 갔어요. 그 집까지. 당신에게 이런 사실을 털어놓은 기억이 없네요."

"네. 그런 이야기 한 적 없어요."

"캘리포니아로 떠나기 직전이었어요. 보스턴의 어느 위원회에서 일할 때였죠. 극장의 미래에 영향을 끼칠 무시무시한 일이 벌어졌어요. 사람들이 거드름 피우는 늙은 공룡 같은 무리를 트럭에 태워 왔는데, 그들이 대학원생들의 조롱의 대상이 되었죠. 그 후 저는 너무 우울해서 자동차를 빌려 웰플리트로 내달렸어요. 그 집을 찾는 건 그다지 어렵지 않았어요."

"저라면 그 집을 다시 알고 싶지 않을 것 같은데요."

"그 집은 지금도 그곳에 있어요. 그리고 옛날과 거의 똑같아요. 약간 모양을 냈을 뿐이죠. 페인트를 새로 칠하고 누군가가 풀밭을 만들어놓았는데 섬뜩하게 보이더라고요. 카펫처럼 펼쳐진 숲에서 거기만 나무가 없었으니까요. 어쨌든 그 집은 지금도 여전히 그 자리에 있어요."

"설마."

그들은 한동안 말이 없다. 그 집이 여전히 그곳에 있다는 것은, 어쨌든 그렇지 않은 것만 못하다. 태양과 어둠 그리고 또다시 태양이 매일 그 방들을 비췄다는 사실, 또 그 지붕 위로 비가 끊임없이 내렸을 뿐만 아니라 그 모든 것이 다시 찾을 수 있는 상태로 남아 있다는 사실은 그렇지 않은 것만 못하다.

"언젠가 저도 그곳에 올라가봐야겠군요. 그 둔덕에 서보고 싶어요."

"그곳에 당신 재가 뿌려지기를 원한다면 당신은 그곳으로 돌아가 확인해야 해요."

"맞아요. 당신 말이 맞았어요. 저는 병적이었어요. 여름이라는 계절이 저의 내면에 있던 그것을 밖으로 끌어냈어요. 저의 재가 어디에 뿌려지기를 원하는지 저 자신도 잘 몰라요."

순간 클러리서는 자신의 모든 삶을 루이스에게 보여주고 싶다는 생각이 든다. 그녀는 이야기로는 들려줄 수 없는, 생생하고도 특별한 의미는 없는 순간들을 루이스의 발이 있는 바닥에 죄다 쏟아내고 싶다. 그러고는 루이스와 함께 앉아서 그것들을 체로 쳐낸 것처럼 하나하나 꼼꼼히 살펴보고 싶다.

"음, 그러면 이제 샌프란시스코에 대해 좀더 이야기해줘요."

"훌륭한 레스토랑이 있고 떠들썩한 일이라고는 전혀 없는 꽤나 작은 도시예요. 제 학생들은 대부분 바보 같아요. 정말이지, 저는 가능한 한 빨리 뉴욕으로 돌아오려고 해요."

"당신이 돌아오면 정말 기쁠 거예요."

클러리서가 루이스의 어깨에 가볍게 손을 댄다. 둘 다 침묵 속에 가슴이 부풀어 오르는 것 같고, 위층 침실로 올라가 함께 옷을 벗을 것 같다. 그 광경은 연인으로서는 아닐 것이다. 싸움에서 살아남아 온몸이 피로 얼룩지고 상처투성이이긴 하지만, 다른 사람들은 다 죽었는데도 자신은 기적적으로 살아남았다는 것을 깨달은 검투사들처럼 보이리라. 그들은 가슴보호대와 정강이보호대를 풀 때처럼 엉거주춤할지도 모른다. 그들은 부드러움과 경외감으로 서로를 바라볼 것이다. 여닫이창 밖으로 요란하게 움직이는 뉴욕이 있고, 리처드는 소리에 귀를 쫑긋 세우고 의자에 앉아 있으며, 샐리는 올리버 세인트 아이브스와 주택지구에서 점심을 즐기고 있을 때, 그들은 천천히 포옹할 것이다.

루이스는 잔을 내려놓았다가 다시 들고, 그러다가 다시

내려놓는다. 그는 발로 카펫을 세 번 가볍게 차고 나서 입을 뗀다.

"그런데 좀 복잡한 일이 생겼어요. 제가 사랑에 빠졌거든요."

"그래요?"

"그의 이름은 헌터예요. 헌터 크레이든."

"헌터 크레이든이라……. 그래요."

"작년 제 학생 중 한 명이었어요."

클러리서는 몸을 젖히면서 성급하게 한숨을 토해낸다. 이번이 네 번째. 그녀가 알고 있는 것만 그렇다. 그녀는 루이스를 움켜잡고 소리 지르고 싶어진다. 당신은 이보다 더 훌륭하게 늙어야 한다고, 나는 당신이 자신을 소중히 가꾸다가 어떤 소년을 만나 그가 귀엽고 젊다는 이유 하나만으로 자신을 몽땅 바치는 짓 따위는 더 이상 참아줄 수 없다고.

"그 학생은 제가 지금껏 가르쳤던 학생 중에서 가장 뛰어날 거예요. 그 친구는 남아프리카공화국에서 백인으로, 또 동성애자로 성장하는 역을 맡아 눈부실 정도로 연기를 잘하고 있어요. 믿어지지 않을 만큼 정열적이죠."

"글쎄." 그녀로서는 딱히 할 말이 떠오르지 않는다. 루이스가 안됐다는 생각이 들고 조바심이 나지만, 루이스가

200

누군가에게 빠져 있다고 생각한다. 그는 젊은 남자에게 빠져 있다. 쉰셋인데도 그의 앞에는 여전히 섹스와 우스꽝스러운 논쟁과 고민이 있다.

"그 친구는 정말 굉장해요." 루이스는 그렇게 말하다 갑자기 울기 시작한다. 그 자신마저 놀랄 일이다. 눈물이 흐르기 전에 먼저 눈 안쪽이 뜨거워지고 시야가 흐려진다. 발작하듯 일어나는 이런 감정은 수시로 그를 엄습한다. 노래 한 곡도 그를 그렇게 만들고, 심지어 늙은 개만 봐도 눈물을 흘린다. 그러다 그런 발작들은 지나간다. 항상 그렇게 흘러가기 마련이다. 하지만 이번에는 눈물이 흘러나올 조짐을 알아차리기도 전에 두 눈에서 흘러내리기 시작한다. 그리고 한동안 그의 존재 속에 담겨 있던 어떤 부분이 그에게 말한다. 그가 울고 있다고, 얼마나 이상하냐고. 루이스는 몸을 숙이며 얼굴을 두 손에 묻는다. 그러고는 흐느낀다.

진실은 그도 헌터를 사랑하지 않고 헌터도 그를 사랑하지 않는다는 것이다. 그들은 정사를, 오직 정사만을 나누고 있을 뿐이다. 루이스는 몇 시간 동안 헌터를 생각하지 않을 수도 있다. 헌터도 다른 남자친구들과 완벽하게 계획된 미래가 있다. 그래서 루이스는 그가 다른 사람에게 가더라도, 그의 새된 웃음과 깨진 앞니 그리고 퉁명스러운 침묵을 보지 않더라도 그다지 서운해하지 않으리라고 남몰래 다짐해야만 한다.

이 세상에는 사랑이 너무 적다.

클러리서는 루이스의 등을 쓰다듬는다. 샐리가 뭐라고 말했던가. 우리는 절대 싸우지 않아. 일 년 전, 아니면 그보다 더 오래전 어딘가에서 식사하고 있을 때였다. 옅은 노란색 소스에는 둥글게 썰어놓은 이름 모를 생선 조각들이 들어 있었다(당시에는 그 생선이 귀해 보였고 연한 색 소스와 잘 어울리는 것 같았다). 우리는 결코 싸우지 않는다. 그건 사실이다. 말다툼을 벌이고 뾰로통해지긴 하지만 폭발하거나 고함을 지르거나 흐느껴 울거나 접시를 깨뜨리는 일은 절대 없다. 언제나 그들은 한번도 싸우지 않은 것처럼 보였다. **아직까지는.** 그들은 전면전을 벌이기에는 너무 풋내기 같다. 그들 앞에 놓인 미지의 대륙에 대해, 그들은 미리 얘기해서 그곳으로 갈 길을 정해놓은 것 같았고, 각자의 친구들은 기꺼이 그들을 그곳으로 보내줄 것 같았다. 클러리서가 달리 어떻게 생각할 수 있겠는가. 얼마 지나지 않아 그녀와 샐리는 함께해온 열여덟 번째 기념일을 축하할 것이다. 그들은 절대 싸우지 않는 커플이다.

루이스의 등을 쓰다듬으면서 나를 데려가달라고 애원

해볼까, 하고 그녀는 생각한다. 나는 비운의 사랑을 원한다. 나는 해질녘 거리를, 바람과 비를 원한다. 그리고 아무도 내가 어디 있는지 궁금해하지 않기를 원한다.

"미안해요." 루이스가 말한다.

"괜찮아요. 당신에게 일어난 일들을 한번 진지하게 생각해봐요."

"저 자신이 지겨운 놈으로 느껴져요."

그는 일어서서 프랑스식 문 쪽으로 일곱 걸음을 걸어간다. 눈물을 흘리면서도, 나직한 돌 수반에 긴 이끼와 흰 깃털 하나가 떠 있는, 맑은 물이 담긴 청동 접시가 보인다. 자신이 왜 울고 있는지 말할 수 없다. 그는 지금 뉴욕으로 돌아왔다. 이 기묘한 정원에 대해서, 리처드의 병에 대해서(왜 루이스는 비켜 갔을까?), 클러리서와 함께 있는 이 방에 대해서, 아니, 모든 것에 대해서 울고 있는 것 같다. 그리고 진짜 사냥꾼hunter처럼 되어가는 헌터 때문에 우는 것 같다. 이 사냥꾼은 흉포하고 비극적인 숭고함과 진정한 지성 그리고 적당히 뒤틀린 정신을 소유하고 있다. 그런 그가 그리워 루이스는 울고 있다.

"괜찮아요." 클러리서가 그를 따라가며 다시 한번 말한다.

"어리석어요. 바보 같은 짓이에요."

루이스가 중얼거리는데 현관에서 찰칵 하고 열쇠 돌리는 소리가 난다.

"줄리아예요."

"제기랄."

"걱정 말아요. 그 애는 남자들이 우는 모습을 많이 보았으니까."

열쇠의 주인공은 그녀의 빌어먹을 딸이다. 어깨를 쭉 편 루이스는 자기 어깨에 팔을 올리고 있는 클러리서에게서 옆으로 몇 걸음 옮긴다. 애써 표정을 다스리려고 하면서 정원에서 눈길을 떼지 않는다. 이끼에 대해 생각해보고, 분수에 대해서도 생각해본다. 갑자기 진심으로 이끼와 분수에 관심이 생긴다. 얼마나 이상한가, 하고 내면의 소리가 말한다. 왜 그는 그런 것들에 대해 생각하고 있을까?

"안녕하세요."

줄리아가 그의 뒤에서 인사한다. 이젠 '안녕'이 아니다. 그녀는 언제나 의젓한 척하던 소녀였고, 재치가 번득이긴 하지만 괴팍하고 몸집이 크고 변덕스럽고 병적으로 집착이 강한 아이였다.

"어서 오렴. 루이스 아저씨 기억하지?"

루이스가 줄리아를 마주하려고 돌아선다. 좋아, 울고

있었다는 것을 그녀가 알아보도록 내버려두지 뭐. 아무려면 어때.

"당연히 기억하지." 줄리아는 손을 내밀며 그에게 걸어간다.

그녀는 지금 열여덟, 아니, 열아홉일지도 모르겠다. 아이가 뜻밖에 너무 당당한 모습이어서 루이스는 또다시 눈물샘이 터지지나 않을까 걱정된다. 그가 그 애를 마지막으로 본 건 열세 살 무렵이었다. 그때는 외모도 단정하지 않고 몸무게도 지나치게 많이 나가서 그 애 스스로도 자기 모습을 못마땅하게 여기던 때였다. 지금도 예쁘지는 않고 앞으로도 아름다워지지 않겠지만, 자기 어머니의 풍채와 귀중한 자신감은 어느 정도 닮았다. 그녀는 젊은 운동선수에게서 풍기는 당당함과 확신을 가지고 있다. 머리는 빡빡 깎다시피 했고 살결은 분홍빛이다.

"줄리아, 너를 만나서 얼마나 기쁜지 모르겠다."

줄리아는 두 손으로 그의 손을 꼭 잡는다. 그녀는 코에 가느다란 은고리를 달고 있다. 이제 막 들판에서 돌아온 아일랜드의 이상적인 시골 소녀처럼 건강미가 흘러넘치고 싱싱하며 활력 있다. 그녀는 아버지를 닮은 게 분명하다(루이스는 그녀의 아버지에 대해 키가 크고 건장하지만 돈은 궁한 젊은 금발이라고 상상해본다. 배우나 화가, 아니면 연인이나 범

죄자? 그도 아니면 자기 체액을, 피는 혈액은행에 팔고 정자는 정자은행에 내다 팔아야 했던 자포자기에 빠진 소년이었을지도 모른다). 그녀의 아버지는 분명 몸집이 거대하고 우락부락한, 켈트족 신화에 등장하는 인물처럼 생겼을 것이다. 왜냐하면 지금 눈앞에 있는 줄리아가 탱크톱과 반바지 차림에 검은색 군화를 신고 있는데도 한쪽 팔 밑에는 보리 한 단을, 다른 한쪽 팔에는 갓 태어난 새끼 양을 안고 있을 것처럼 보이기 때문이다.

"안녕하세요, 루이스 아저씨." 그녀는 그의 손을 잡긴 했지만 흔들지는 않는다. 물론 그녀는 그가 울고 있었다는 것을 알지만 특별히 놀란 것 같지는 않다. 그렇다면 그녀가 그에 대해 뭔가를 들었단 말인가?

"가야겠어요." 그가 말한다.

클러리서는 고개를 끄덕이며 묻는다. "여기 얼마나 머물 예정이에요?"

"며칠만요. 그렇지만 곧 이사 올 거예요. 만나서 반가웠어요. 잘 있어요, 클러리서."

"5시예요."

"뭐가요?"

"파티 말예요. 5시라고요. 꼭 와요."

"물론 참석할 겁니다."

"안녕히 가세요, 루이스 아저씨."

줄리아는 '안녕'이나 '잘 가요'가 아니라 '안녕하세요'와 '안녕히 가세요'라고 격식을 갖춰 인사하는 열아홉 살의 멋진 숙녀다. 그녀의 치아는 보기 드물 정도로 작고 매우 하얗다.

"잘 있어."

"올 거죠? 오겠다고 약속해요." 클러리서가 다시 확인한다.

"약속할게요. 잘 있어요."

집을 나오는 그는 아직도 시야가 약간 흐릿한 것 같다. 클러리서에게 화가 나 있고, 어리석게도 줄리아에게 막연하게 빠져 있다(여자에게는 한번도 매력을 느끼지 못했던 그인데. 수많은 세월이 흐른 지금도 계속 리처드를 독점하기 위해 클러리서와 겨뤘던 그 무시무시하고도 절망적이었던 시도들을 떠올리면 치가 떨린다). 그는 자신이 줄리아와 함께 따분하고 고상한 집을 뛰쳐나오는 모습을, 식물 그림이 프린트된 마 재질의 벽 색깔과 클러리서 그리고 레몬 조각이 든 탄산수 잔에서 해방되는 것을 상상해본다.

그는 어두컴컴한 복도를 따라 걷는다(스물세 걸음). 문을 나와 현관으로, 거기서 다시 바깥문을 빠져나와 웨스트 10번가로 향한다. 태양은 섬광 전구처럼 그의 얼굴에 폭발한다. 그는 감사하는 마음으로 세상 사람들 틈에 다시 끼어든다. 닥스훈트 두 마리를 산책시키는 교활해 보이는 남자, 감청색 정장을 입은 채 장엄하게 땀을 쏟고 있는 뚱뚱보 남자, 클러리서가 사는 아파트 외벽에 기대 담배를 빨고 있는, 얼굴에 시퍼런 멍이 든 것처럼 보이는 대머리 부인(유행일까, 아니면 암 치료를 받는 중일까?) 등. 루이스는 이곳으로, 이 도시로 다시 돌아올 것이다. 웨스트빌리지의 어느 아파트에서 살 것이며, 오후에는 단테에서 에스프레소 커피를 마시고 담배를 피울 것이다. 그는 아직 늙지 않았다. 그저께 밤에 그는 애리조나 주 사막에 차를 세워놓고 쏟아지는 별 아래에서 자기 영혼의 현존이, 아니면 그걸 뭐라고 부르든 그 무엇인가가 느껴질 때까지 가만히 서 있었다. 한때는 어린아이였다가 이제는 별들 아래 사막의 고요 속에 서 있는(순식간에 지나가버린 것 같다), 그의 내면에서 지속되고 있는 영구한 본질을 느낄 수 있을 때까지.

그는 애정 어린 심란한 마음으로 그 자신에 대해서, 루이스 월터스에 대해서 생각해본다. 리처드와 함께 살기 위해 젊음을 다 쏟아붓던 젊은 시절의 자신에 대해서, 자신의 두 팔과 엉덩이를 향한 리처드의 지칠 줄 모르는 열의 때문에 분노하기도 하고 우쭐하기도 했지만 결국엔

로마의 한 기차역에서 한바탕 싸움을 벌이고는(리처드가 받은 클러리서의 편지 때문이었던가, 자신이 행복을 더 많이 누리는 대신 덜 화려한 존재로 살아가겠다는 신념을 포기했기 때문이었던가?) 영원히 리처드를 떠나버렸던 젊은 시절의 자신에 대해서. 그 루이스는 스물여덟 살에 지나지 않았지만 자기 앞날과 놓쳐버린 기회들을 깊이 인식하고 있어서 리처드의 곁을 과감히 떠나 마드리드행임을 나중에서야 알게 된 어느 기차에 올랐다. 당시 그의 행동은 극적이면서도 충동적으로 보였고, 기차가 빠르게 움직이자(차장은 화난 목소리로 기차가 어디로 가는지 알려주었다) 그는 이상하게도 불가사의할 만큼 커다란 만족감을 느꼈다. 마침내 자유의 몸이 된 것이었다.

지금 그에게는 마드리드에서 목적 없이 보낸 날들에 대한 기억이 거의 없다. 심지어 자신에게 리처드와 함께 사는 따분하고 불운한 계획을 포기하고 좀더 단순한 열정을 선택하라고 설득한 그 이탈리아 소년마저도 잘 기억나지 않는다(그 아이 이름이 프랑코였던가?). 확실히 기억하는 건 마드리드로 향하던 기차에 앉아 있었다는 것과 일종의 행복감을 느꼈다는 것이다. 당시 그 행복감은 자신의 세속적인 육체에서는 벗어났지만 여전히 본질적인 본성은 그대로 가지고 있는 정령들이 느꼈을 법한 감정이었을 것이다. 그는 동쪽 유니버시티 가를 향해 걷는다 (길모퉁이까지 일흔일곱 걸음). 그리고 길을 건너려고 신호를 기다린다.

브라운 부인

지난해 일어난 화재 때문에 여기저기 그을린 흔적이 그대로 남아 있는 패서디나 고속도로 언덕 사잇길을 쉐보레 자동차로 달리면서 로라는 꿈을 꾸고 있는 것처럼, 아니, 더 정확히 말해 오래전에 꾸었던 어느 꿈속의 드라이브를 떠올리고 있는 것처럼 느낀다. 눈에 보이는 모든 것은 바로 그날에 못 박힌 것처럼 느껴진다. 판자에 핀으로 박힌 나비 표본처럼. 시커먼 비탈들에는 화염이 비켜간, 파스텔색 치장벽토가 발라진 집들이 점점이 박혀 있고, 연한 파란색이 감도는 하얀 하늘이 있다. 로라는 너무 느리지도 너무 빠르지도 않게 규칙적으로 사이드미러를 살펴가며 능숙하게 운전한다. 그녀는 자동차 안에서 자동차 안에 있기를 꿈꾸는 여자다.

그녀는 길 아래쪽에 사는 래치 부인에게 남편 생일과

관계된 일이 마지막으로 하나 남았다고 하면서 아들을 맡겼다.

그녀는 공황 상태였다('공황'이라는 단어가 그 상황에 딱 맞는 것 같다). 아들이 낮잠을 자는 동안 그녀는 누워보려고 몇 분 동안 애를 썼다. 책을 읽으려고도 해봤지만 집중할 수 없었다. 그녀는 아이와 케이크 그리고 키티와 나눈 키스 때문에 힘이 다 소진되었다는 듯이 공허감을 느끼면서 두 손으로 책을 잡고 침대에 누웠다. 차양을 내리고 침대 머리맡에 있는 등을 켜고 억지로라도 책을 읽으려 침대에 누웠을 때 미쳐간다는 게 이런 건가 싶었다. 이런 생각은 한번도 해본 적이 없었다. 미쳐가고 있는 사람을(그녀 같은 여자) 상상해보면, 비명, 울부짖음, 환각이 떠올랐다. 그러나 지금, 미쳐가는 것에도 다른 방식이, 훨씬 더 조용한 방식이 있다는 것을 깨달았다. 감각이 무디고 절망적인 데다 기운마저 없어서 슬픔같이 강렬한 감정조차 위안이 될 수 있는 방식.

그래서 그녀는 몇 시간 전에 집을 나왔다. 결코 무책임하게 행동한 건 아니었다. 누군가가 아들을 보살피도록 확실히 해두었다. 케이크도 다시 구웠고 스테이크용 고기도 꺼내놨고 콩도 다듬었다. 모든 일을 다 끝냈기 때문에 집을 나온 것이다. 저녁을 준비하고 키티의 개에게 먹이를 줄 시간에는 집으로 돌아올 것이다. 하지만 지금 이 순간 그녀는 혼자 있고 싶어서, 아이와 집과 오늘 밤의 작은 파티에서 벗어나고 싶어서 어딘가로 가고 있다(어디일까?). 그녀는 지갑과 《댈러웨이 부인》을 챙겼다. 스타킹을 신고 블라우스와 치마를 입었다. 평소 좋아하는, 단순하게 생긴 동그란 구리 귀고리를 양쪽 귀에 달았다. 그녀는 바보같이 자기 옷차림과 청결한 자동차에서 만족감을 느꼈다. 쓰레기가 하나도 들어 있지 않은 암청색 자그마한 휴지통이 운전석 옆에, 말 등에 꼭 들어맞는 안장처럼 얌전하게 놓여 있다. 참 우습지, 이렇게 나무랄 데 없는 질서정연함에서 위로받다니. 그녀는 말쑥하게 옷을 차려입고 어딘가로 떠나고 있다.

집에는 새로 구운 케이크가 도토리 모양의 손잡이가 달린 알루미늄 케이크 덮개 아래 있다. 첫 번째 케이크보다 훨씬 나아졌다. 이 케이크는 설탕을 두 번 입혔기 때문에 프로스팅에 묻은 부스러기는 하나도 없다(그녀는 다른 요리책을 보고 빵 굽는 사람들은 첫 번째 프로스팅을 '부스러기층'이라고 부른다는 것과 케이크는 언제나 프로스팅을 두 번 발라야 한다는 것을 알았다). 또한 노란 장미 꽃봉오리들이 어수선하게 있지도 않고, 우아한 흰색 글씨가 '해피 버스데이, 댄!'이라고 외치고 있다. 나름대로 멋진, 완벽한 케이크다. 그런데도 로라는 여전히 그 케이크가 마음에 들지 않는다. 서투른 데다 집에서 만든 티가 너무 확연하기 때문이다. 어딘지 모르게 뭔가가 여전히 잘못된 것처럼 보인다. '해피Happy'의 'y'가 기대한 것과 달랐고, 장미 꽃봉오리 중 두 개는 한쪽으로 치우쳤다.

그녀는 키티의 입술이 잠깐 스치고 간 입술을 더듬어본다. 그 키스가 암시하는 게 있든 없든 크게 신경 쓰지 않는다. 그것이 키티에게 격렬한 욕망을 주었다는 것 외에는. 사랑은 심오하고 신비롭다. 누가 사랑의 그 모든 특징을 알고 싶어 하겠는가. 로라는 키티를 갈망한다. 로라는 그녀의 힘을, 활발하고 밝은 실망감을, 변하고 있는 그녀만의 분홍색 금빛을, 샴푸로 감은 머리카락의 상쾌함을 갈망한다. 또한 댄을 갈망한다. 키티를 갈망하는 것보다 더 칙칙하고 덜 섬세하게. 다시 말해 더 미묘한 잔인성과 수치심에 사로잡혀서. 그 갈망은 뼛조각만큼 예리하다. 그녀는 부엌에서 키티와 키스하는 동시에 남편도 사랑할 수 있다. 남편의 입술과 손가락의 느글거리는 쾌락을 기대하는 동시에(그녀가 그의 욕망을 갈망한단 말인가?) 키티와 언젠가 다시 한번 키스하기를, 그러고는 서로에 대한 사랑은 아닐지라도 그들 자신의 무모함을 사랑한 나머지 슬며시 웃고 나서 '쉿' 하며 조용히 하라는 신호를 보낸

후 재빨리 헤어져 그대로 가버리기를 꿈꿀 수도 있다.

로라가 후회하는 것은, 참아내기 힘든 것은 바로 케이크다. 케이크가 그녀를 당혹스럽게 한다는 사실은 부인할 수 없다. 그건 단지 설탕과 밀가루와 계란에 지나지 않아. 케이크의 매력은 오히려 그 불완전함에 있어. 물론 그녀는 그 사실을 안다. 그래도 자신이 만들어낸 것보다 더 훌륭한 무엇인가를, 좀더 의미 있는 무엇인가를, 적어도 겉은 매끈하고 축하 글씨는 반듯하게 쓰여 있기를 바랐다. 그녀는 꿈의 케이크를 현실에서 만들 수 있기를 바란다 (그렇다고 인정한다). 더할 나위 없이 훌륭하고 더없이 깊은 안락과 충만한 느낌이 넘쳐나는 케이크. 짧은 시간일지라도 슬픔을 걷어낼 수 있는 케이크를 구워낼 수 있었으면 한다. 신기한 무엇인가를, 그녀를 사랑하지 않는 사람들에게조차 훌륭하게 보일 그 무엇인가를 창조했으면, 하는 것이다.

그녀는 실패했고 케이크에 더 이상 신경 쓰지 않기를 바랐다. 그리고 이런 자신이 뭔가 잘못되었다는 생각이 든다.

왼쪽 차로로 옮기면서 액셀러레이터를 밟는다. 지금은 어디든 갈 수 있고 어떤 사람도 될 수 있다. 휘발유도 가득 채웠고 지갑에는 돈도 있다. 한두 시간 정도는 가고 싶은 곳 어디든 갈 수 있다. 그러다 보면 자명종이 울리기 시작할 것이다. 그렇게 5시쯤 되면 래치 부인은 걱정하기 시작할 테고, 늦어도 6시에는 전화를 걸어대기 시작할 것이다. 만약 늦어지면 로라는 뭔가 변명을 해야 하겠지만, 지금 당장은, 그리고 앞으로 적어도 두 시간 동안은 정말로 자유로운 몸이다. 그녀는 자동차 안에 있는 여자다. 그뿐이다.

차베즈 라빈*의 오르막 꼭대기에 오르자 시내의 뾰족한 건물들이 흐릿하게 보인다. 그리고 지금, 그녀는 선택을 해야만 한다. 반시간 동안 막연히 로스앤젤레스 시내로 달리는 것만으로도 충분했지만, 이제 그 시내가(튼튼하고 땅딸막한 오래된 건물과 높이 솟아오르고 있는 새로운 빌딩의 뼈대가 있는) 나타나지 않았는가. 대낮의 하얀 눈부심은 모든 풍경을 가리고 있다. 하늘에서 대지를 향해 쏟아져 내린다기보다는 대기 그 자체에서 발산하는 것 같은 그 눈부심은 눈에 보이지 않는 입자들이 창공에 침침하고 연한 푸른빛을 끊임없이 발산하는 것처럼 보인다.

바로 그 도시가 나타났다. 로라는 이제 왼쪽 차로를 따라 도시로 들어가든지 오른쪽 차로로 급히 바꾸어 도시

* 로스앤젤레스에 있는 얕은 협곡.

를 지나치든지 해야 한다. 도시를 지나쳐 계속 달린다면 로스앤젤레스를 사방 약 160킬로미터로 감싸고 있는 평평하고 거대한 공장들과 나지막한 아파트들 속으로 가게 될 것이다. 오른쪽으로 방향을 튼다면 베벌리힐스나 산타모니카 바닷가로 가는 길을 찾을 수도 있을 것이다. 하지만 그녀는 물건을 사고 싶지도 않고, 바닷가로 가는 데 필요한 준비물도 전혀 갖추지 않았다. 이토록 침침하고 거대한 풍경에도 불구하고, 그녀가 들어갈 곳은 놀랍게도 거의 없다. 그녀가 원하는 것은(책을 읽고 생각할 수 있는 은밀하고 조용한 장소) 당장은 쉽게 찾을 수 없다. 상점이나 식당에 들어간다면 내키지 않는 행동을 해야 할 것이다. 어느 모로 보나 그녀의 관심 밖인 물건이 필요한 척해야 하고, 예의바르게 행동해야 하며, 상품들을 살펴봐야 하고, 도와주겠다는 종업원의 친절을 요령껏 뿌리쳐야 할 것이다. 아니면 식탁에 앉아 무엇인가를 주문해서 먹은 뒤 그 자리를 떠나게 될 것이다. 자동차를 어딘가에 주차하고 혼자 그 자리에 앉아 있다면 범죄의 표적이 되거나 범죄로부터 보호해주려는 사람들에게 시달리게 될 것이다. 지나치게 노출된 그녀는 지나치게 이상해 보일 것이다.

도서관조차 공원처럼 지나치게 열린 공간일 것이다.

그녀는 왼쪽 차로로 빠져 도시로 들어간다. 물리법칙을

따르듯이 자연스럽게. 앞으로 무엇을 할지 미리 정해놓았다는 듯 자연스럽게 왼쪽으로 빠졌고, 눈앞에는 기다렸다는 듯이 가게의 진열창과 그늘진 보도들이 이어진 피게로아가가 나타났다. 그녀는 호텔에 투숙할 것이다. 자신이 하루를 묵을 것이며 남편이 곧 합류한다고 말할 것이다(당연하게도). 아니, 방값을 지불하기만 하면 방을 두 시간만 사용한들 뭐가 문제겠는가.

그런 생각 자체를 한다는 게 너무 사치스럽고 무모하게 느껴져 그녀는 그 가능성만으로도 현기증이 나고 소녀처럼 안절부절못한다. 그래, 그건 낭비야. 두 시간 동안 책을 읽으려는 것뿐인데. 하지만 지금 당장 그렇게 돈에 쪼들리지도 않다. 게다가 그녀는 가정을 비교적 검소하게 꾸리고 있지 않은가. 그래, 방값이 비싸다 한들 얼마나 하겠는가. 그렇게 비싸지 않을 수도 있다.

그녀는 값싼 곳으로(교외 어딘가에 있는 모텔) 가야 하지만 그러지 못한다. 그런 데는 왠지 들어가서는 안 될 것 같고 너무 지저분하게 느껴진다. 심지어 접수 직원은 그녀를 닳아빠진 여자로 간주하고 호기심 어린 질문을 던질지도 모른다. 그런 모텔은 그녀가 경험한 것과 꽤나 다르고, 익숙하지 않은 행동을 해야 할지도 모른다. 그래서 그녀는 겨우 몇 블록 떨어진 곳에 드러누운 듯 있는 하얀 노먼디 호텔로 차를 몬다. 십층짜리 쌍둥이 건물이 브이v 모양으로 있는 노먼디는 크고 깨끗하고 튀지도 않으며, 분수가 있는 도시적인 정원이 있고, 위생소독을 한 것처럼 고결한 분위기다. 여행자나 사업가 또는 어두운 구석이라고는 전혀 없는 사람들에게 편의를 제공하기 위해 지어진 호텔이다. 로라는 큼직하고 각진 글씨로 호텔 이름이 쓰여 있는 차일 아래에 자동차를 세운다. 대낮인데도 차일 밑 공기는 문질러 닦은 것처럼 투명해서 섬세한 밤의 고요함과 달빛의 은은함이 있다. 검은 유리문 양쪽에는 화분에 담긴 알로에가 거기 있다는 사실에 깜짝 놀랐다는 듯이 서 있다.

　로라는 안내원에게 차를 맡기고 주차권을 받은 뒤 육중한 유리문을 통과해 호텔로 들어간다. 로비는 조용하고 냉랭하며, 먼 곳에서 정확한 박자의 시계 소리가 명료하게 들린다. 로라는 편안함과 불안함을 동시에 느낀다. 그녀는 암청색 카펫을 가로질러 프런트로 걸어간다. 이 호텔, 이 로비는 원하는 모습 그대로다. 어디에도 없을 법한 서늘함, 완벽한 무취無臭, 감정 없이 활발하게 오가는 발걸음. 순간 그녀는 자신이 이 장소의 일부처럼 느껴진다. 이 호텔은 너무 만족스럽고 너무 무심하다. 그리고 그녀는 지금 거짓된 상황에 놓여 있다. 더 나쁘게 말하면 뭐라고 설명할 수 없는 상황에 놓여 있다. 조금은 이상하게도 그녀는 케이크에서 벗어나려고 이곳에 왔다. 접수 직원에게 피치 못할 사정으로 남편의 도착이 지연되고 있는데 한 시간 정도 후에는 짐을 들고 도착할 것이라고 말할 작정이다. 알지 못하거나 사랑하지 않는 사람에게 거짓말한 적은 그전까지 한번도 없었다.

프런트에서는 의외로 간단히 처리됐다. 그녀 또래에 목소리가 달콤하면서 갈대 소리처럼 새된, 피부가 꺼칠꺼칠한 남자 직원은 의심의 눈초리는커녕 그 기미조차 내비치지 않았다. 그녀가 "빈방 있어요?"라고 묻자 그는 간단하게, 주저하지 않고 "네, 있습니다. 싱글을 원하십니까, 더블을 원하십니까?"라고 대답한다.

"더블로 주세요. 남편과 제가 묵을 방이니까요. 남편은 짐을 챙겨서 올 거예요."

그러자 그 직원은 여행 가방을 들고 낑낑거릴 남자를 찾느라 그녀 뒤쪽을 살핀다. 얼굴이 화끈 달아오르지만 그녀는 동요하지 않는다.

"실은 한두 시간 후에 올 거예요. 늦어져서 저보고 먼저 가보라고 했거든요. 빈방이 있는지 알아보라고요."

그녀는 몸을 가누려고 검은색 화강암으로 만든 카운터를 잡는다. 꾸며낸 이야기가 말도 안 되는 것처럼 들린다.

남편과 함께 여행하는 중이라면 차를 두 대나 가지고 다닐 이유가 뭔가? 또 전화로 예약하지 않은 이유는?

하지만 직원은 조금도 머뭇거리지 않는다. "아래층 방밖에 없을 것 같은데, 그래도 괜찮겠습니까?"

"괜찮아요. 하룻밤만 묵을 건데요 뭐."

"그렇다면, 좋습니다. 어디 보자⋯⋯. 19호실이군요."

로라는 자기 이름으로(가명은 너무 이상하게 느껴질지 모른다. 추잡하기도 하고) 장부에 사인하고 그 자리에서 숙박료를 지불한 후("우리는 아침 일찍 떠날 거예요. 엄청 바쁘거든요. 그래서 미리 끝내놓고 싶네요") 열쇠를 건네받는다.

프런트를 떠나면서 그녀는 아무리 생각해도 자기 행동이 믿어지지 않는다. 그녀는 열쇠를 가지고 현관을 지난다. 로비 귀퉁이에 자리 잡고 있는 엘리베이터 문들은 청동으로 되어 있고 각 문 꼭대기에는 붉게 빛나는 숫자들이 가로로 줄지어 있다. 거기까지 가기 위해 다양한 모양으로 정돈되어 있는 빈 소파와 의자들을 지나친다. 그리고 화분에 심어져 있는 자그마한 종려나무들의 서늘한 기운 속을 걷는다. 유리 뒤쪽으로는 작은 동굴 같은 약국 안과 커피숍이 보이는데, 정장 차림을 한 남자 몇 명이 따로따로 신문을 들고 카운터 앞에 앉아 있고, 그들보다 나이가 더 많아 보이는 한 여자가 연한 분홍빛 웨이트리스

복장에 붉은 가발을 쓴 채 딱히 누구를 향해서라고 할 것 없이 우스갯소리를 늘어놓고 있는 것처럼 있다. 그리고 웃음이 터질 만큼 커다란, 이빨 빠진 레몬 머랭 파이 두 조각이 투명한 플라스틱 덮개 아래 받침대에 놓여 있다.

로라는 엘리베이터 버튼을 누르고 안으로 들어가서 자기 층 숫자를 누른다. 엘리베이터 벽에 붙은 유리 패널 아래에는 호텔 레스토랑에서 오후 2시까지 주문할 수 있는 간단한 계란 요리 사진이 꽂혀 있다. 사진을 보면서 그녀는 어쩌다 이것마저도 아슬아슬하게 주문하지 못할 만큼 늦어버렸는지 생각한다. 그녀는 너무 오랫동안 초조해하고 있는데, 이런 초조함은 누그러지진 않지만 갑작스레 그 성질이 바뀐 것 같다. 자신에 대한 분노, 실망 그리고 초조함이 있는 건 확실하지만, 이 감정들은 지금 이 순간만큼은 다른 어딘가에 있다.

자신을 구하기 위해 이 호텔에 묵기로 하고 엘리베이터를 타기로 결정한 건 암환자를 구하기보다 그 통증을 단순히 멈추게만 하는 모르핀 같다. 그녀에게는 눈에 안 보이는 동지가 있는 것 같은데, 이 동지란 분노에 가득 차서 비난을 똑같이 비난으로 맞받아치는 비뚤어진 여자, 자기 모습에 스스로 굴욕감을 느끼는 여자다. 위안과 침묵이 필요한 사람은 이 여자, 이 불행한 동지다. 로라가 아니라. 로라는 다른 사람의 고통을 보살피는 간호사다.

그녀는 엘리베이터에서 내려 복도를 따라 조용히 걸어가 19호실 문에 열쇠를 꽂는다.

이제 그녀만의 공간이 열렸다. 청록색 방의 더블 침대에는 하늘색 침대보가 깔려 있고, 파리의 봄을 그린 그림이 황금색 나무 액자 속에 담겨 있다. 방 안에는 알코올과 소나무, 표백제, 향료를 첨가한 비누 따위의 냄새가 썩은 것도, 그렇다고 싱싱한 것도 아닌 그 무엇이 되어 떠돌고 있다. 그녀는 피곤에 지친 냄새라고 생각한다. 쉬지 않고 사용된 장소 특유의 냄새.

로라는 창문으로 다가가 얇은 흰색 커튼을 양쪽으로 열어젖히고 블라인드를 올린다. 저 아래로 분수와 장미 덤불 그리고 비어 있는 돌 벤치를 끌어안고 있는 브이 모양 호텔의 앞마당이 보인다. 또다시 로라는 자신이 오후 2시가 약간 넘은 시간에 지금처럼 사람 그림자가 보이지 않는 특이한 정원으로 향하는 꿈속에 온 것 같은 기분이 든다.

그녀는 창문에서 돌아서서 신발을 벗은 후 유리가 덮인 침실용 탁자에 《댈러웨이 부인》을 올려놓고 침대에 눕는다. 방 안에는 호텔에서 흔히 느껴지는 기이한 고요가, 삐걱거리는 소리와 물이 쪼르륵 흐르는 소리 그리고 카펫 위를 구르는 바퀴 소리를 짓누르는 매우 부자연스러운 고요가 가득하다.

지금 그녀는 자신의 삶에서 너무 멀리 벗어나 있다. 그것은 참으로 쉬운 일이었다.

왠지 그녀는 자신의 세계에서 벗어나 책의 영역으로 들어선 것 같다. 물론 이 청록색 호텔방만큼 댈러웨이 부인의 런던과 동떨어진 곳도 없다. 그렇지만 물에 빠져 죽은 천재 여인 버지니아 울프도 죽고 나서는 이 방과 별다르지 않는 곳에 살고 있을지도 모른다고 상상해보고는 슬쩍 웃음을 짓는다. 제발, 신이시여, 천국은 노먼디 호텔의 방보다는 더 나은 곳이 되게 하소서. 천국은 더 훌륭한 시설에 더 밝고 더 장엄하겠지만 어느 정도는 온갖 소리들을 짓누르고 있는 이 고요를, 늘 꿈틀거리는 세상 속에서의 이 철저한 부재를 닮고 있을지도 모른다. 이 방을 그녀만 독점하는 것은 지나치게 점잔빼는 것 같기도 하고 음탕하게 구는 것 같기도 하다. 여기서 그녀는 안전하다. 자신이 원하는 것이면 무엇이든 할 수 있다. 아무튼 그녀는 자기 방에 누워서 기다리고 있는, 남편이나 다른 남자가 아닌 누군가를, 아니, 무엇인가를 기다리고 있는 갓 결혼한 신부 같다.

로라는 책으로 손을 뻗는다. 몇 년 전 생일에 남편에게

선물 받은 은색 책갈피로('나의 책벌레에게, 사랑을 담아서')
읽을 곳을 표시해두었다.

그리고 깊으면서도 두둥실 떠오르는 듯한 해방감을 만
끽하면서 책을 읽기 시작한다.

그녀는 언젠가 서펜타인 연못에 6펜스짜리 동전 하나를 던진 게
기억났다. 하지만 누구나 기억은 있기 마련이다. 그녀가 사랑했던
것은 여기, 지금, 그녀의 눈앞에 있는 이것, 택시 안에 있는 살찐 부
인이다. 그렇다면 그게 중요하단 말인가? 하고 그녀는 본드가로 걸
어가면서 스스로에게 물어보았다. 그렇다면 자신이 불가피하게 존
재의 종지부를 찍어야만 한다는 것이 그렇게 중요하단 말인가? 자
기 없이도 세상 모든 것은 잘 돌아갈 텐데, 이 사실이 불쾌했나? 죽
음은 완전한 종말이라는 믿음도 위안이 되지 않았단 말인가? 하지
만 어쨌든 런던의 거리에서, 사물들의 밀물과 썰물 속에서 그녀는
살아남았고, 피터도 살아남았고, 둘은 서로의 마음속에서도 살아남
았다. 그리고 그녀는 확실히, 고향에 있는 나무의 일부이고, 그곳에
있는 집의, 이리저리 굴러다니는 잡동사니 같은 초라한 집의 일부
이다. 그녀가 결코 만난 적 없는 사람들의 일부이고, 그녀는 자신이
가장 잘 아는 사람들 속으로 안개처럼 풀어져 나무 위를 흘러간 안
개처럼 그 가지에 얹혀 자신의 삶을, 그녀 자신을 두둥실 먼 곳으로
띄워 보낸다. 그런데 그녀는 해처즈 서점의 진열장을 기웃거리면서

무엇을 꿈꾸었을까? 무엇을 기억해내려고 했을까? 펼쳐진 책의 다음 구절을 읽으면서 그녀가 떠올린 시골의 하얀 새벽은 어떤 이미지였을까?

더는 두려워 말라, 이글거리는 태양의 열기를.
휘몰아치는 겨울의 분노를.

별안간 로라는 생각해본다. 죽는 것도 가능하다고. 그리고 자신이(아니, 그 누구라도) 그 같은 선택을 할 수 있는지에 대해. 그건 무모하고 불안감을 키우는 생각이야. 현실과도 동떨어져 있어. 멀리 라디오 방송국에서 들려오는 치직거리는 소리처럼 그 소리는 머릿속에서 희미하지만 또렷하게 외친다. 그녀는 죽기로 결심할 수도 있다. 그것은 추상적이고 희미한 관념일 뿐이지 특별히 병적인 것은 아니다. 호텔방이야말로 사람들이 그런 짓을 하는 곳이 아닌가. 누구든지 자기 삶을 여기서, 바로 이 방에서, 이 침대에서 끝장낼 수 있다. 누군가가 말했다. 이만하면 충분하다고. 더는 필요 없다고. 그러고는 이 하얀 벽들과 천장 아래에서 마지막 순간을 기다렸다. 호텔로 들어서자마자 그녀는 자기 삶의 명세표를 전부 버려두고 중립의 영역으로, 깨끗한 하얀 방으로, 죽음도 이제는 그렇게 낮설지 않은 곳으로 들어섰음을 알았다.

죽음은 더없는 위안이 될 수도 있어, 하고 그녀는 생각한다. 해방감처럼 느껴질 수도 있지. 솔직히 말하면 난 어떻게 해볼 수가 없었어. 당신은 진실을 조금도 알지 못했고, 나는 더 노력하고 싶지 않았어. 죽음에는 무서울 정도의 아름다움이 있을 수도, 빙원氷原이나 이른 아침의 사막 같을 수도 있다. 그녀는 다른 풍경으로 들어갈 수도 있으리라. 그녀는 그들 모두를(그녀의 아이, 남편, 키티, 부모 그리고 모든 사람들) 이 망가진 세상에 내버려둘 수 있다(이 세상은 다시는 온전하게 되지 않을 테고, 다시는 깨끗해지지 못할 것이다). 그러면 남은 사람들은 서로에게, 그리고 그녀에 대해 묻는 사람들에게 이렇게 말할 것이다. 우리는 그녀가 정상이라고, 그녀의 슬픔은 흔히들 경험하는 거라고 생각했다고, 그리고 그럴 줄은 몰랐다고.

그녀는 자신의 배를 쓰다듬는다. 나는 절대로 그렇게 하지 않을 거야. 그러고는 깨끗하고 고요한 방에서 큰 소리로 내뱉는다. "절대로 그렇게 하지 않을 거야." 그녀는 삶을 사랑했다. 절망적일 만큼 사랑했다. 그녀의 죽음은 적어도 어떤 순간에서는 아들을 죽이는 꼴이 될 것이다. 그리고 아들과 남편과 또 다른 아이를, 지금 배 속에서 인간의 형체를 갖춰가고 있는 이 아이를 죽이는 꼴이 될 것이다. 그들 중 어느 누가 그 같은 상처를 극복할 수 있겠는가. 살아 있는 아내와 어머니로서 할 수 있는 그 어떤 행위도, 실수도, 분노나 우울증의 발작도 그것과는 비교할 수 없다. 간단히 말해 그것은 악이라고 할 수 있으며, 대기에 구멍을 뚫는 것일 수도 있다. 바로 그 구멍을 통해 그녀가 창조해낸 모든 것이(질서정연한 일상, 불 켜진 창문들, 저녁식사를 위해 정리해놓은 식탁) 빨려 나가버릴 것이다.

그래도 그녀는 삶을 끊을 수 있다는 사실을 깨달아 기쁘다(돌연히 알게 된 것이다). 가능한 한 모든 선택을 앞에 두고 있다는 것에는, 어떤 두려움이나 교활함도 없이 당신의 모든 선택을 고려해보는 것에는 커다란 위안이 담겨 있다. 그녀는 버지니아 울프를, 순결하고 불안하고 일상과 예술의 불가능한 요구 사이에서 좌절감을 느낀 울프를 상상해본다. 그리고 주머니에 돌을 넣고 강물 속으로 걸어 들어가는 그녀의 모습을 상상해본다. 로라는 계속해서 자신의 배를 문지르며 그것은 호텔에 투숙하는 것만큼 간단할 수도 있다고 생각한다. 그만큼 간단할 것이다.

울프 부인

그녀는 바네사와 함께 부엌에서 차를 마시고 있다. "해로즈 백화점에 안젤리카에게 잘 어울리는 예쁜 코트가 있더라. 그런데 사내아이들 것은 하나도 없어. 너무 불공평하지 않아? 안젤리카에게 생일 선물로 그 코트를 사주겠지만, 그 애는 별로 좋아하지 않겠지. 어떻게든 코트를 갖게 될 거라고 생각했으니까. 선물로는 받을 게 아니라는 거지."

버지니아가 고개를 끄덕인다. 그런 순간에는 어떤 말도 할 수 없을 것 같다. 이 세상에는 너무 많은 것들이 있다. 해로즈에는 코트가 있고, 어떤 걸 해줘도 화를 내거나 실망하는 아이들이 있다. 그리고 컵을 든 바네사의 포동포동한 손이 있고, 밖에는 여자용 모자 모양으로 화장용 장작더미처럼 만든 풀 침대 위에 누워 있는 매우 아름다운 개똥지빠귀가 있다.

부엌에는 지금 이 순간이 흐르고 있다.

클러리서는 죽지 않을 것이다. 적어도 자기 손으로는 죽지 않는다. 그녀가 어떻게 이 모든 걸 남겨두고 떠날 수 있겠는가.

버지니아는 아이들에게 조언 몇 마디를 해주려고 마음의 준비를 한다. 마땅히 떠오르는 말은 없지만, 어쨌든 뭔가를 말할 것이다.

그녀는 그만하면 충분하다고 말하고 싶어진다. 찻잔, 밖에 있는 개똥지빠귀, 아이들 코트 문제. 그걸로 충분하다.

다른 누군가가 죽을 것이다. 클러리서보다는 훨씬 더 위대한 정신의 소유자여야 한다. 이 세상의 유혹과 찻잔과 코트로부터 눈길을 거둬들일 수 있을 만큼 충분한 슬픔과 천재성을 지닌 누구여야 한다.

"안젤리카라면……."

이때 그녀의 고민을 덜어주겠다는 듯이 불쑥 넬리가 나타난다. 중국산 차와 설탕에 절인 생강이 든 보따리를 들고 런던에서 돌아온 넬리는 의기양양하면서도 화난 표정으로 짐 꾸러미를 던질 것처럼 높이 든다.

"안녕하세요, 벨 부인." 그녀의 인사에는 사형집행인의 억지스러운 냉정함이 있다.

여기, 차와 생강을 가지고 온 넬리가 있고, 왜 그런지는 모르겠지만 행복해하는, 아니, 그보다 더 좋아 보이는, 살아 있는 버지니아가 바네사와 함께 봄날의 일상 속 부엌에 앉아 있다. 정복당한 아마존의 여왕 넬리는 버지니아와 바네사 사이에 사 오라고 한 물건을 펼쳐 보인다.

넬리가 돌아서자, 원래 그렇게 하진 않지만 버지니아가 몸을 기울여 바네사의 입에 키스한다. 때 묻지 않은 순수한 키스다. 그러나 지금 이 순간, 이 부엌에서 넬리 등 뒤로 나누는 이 키스는 더없이 달콤하고 금지된 쾌락처럼 느껴진다. 바네사도 키스로 답한다.

댈러웨이 부인

"불쌍한 루이스."

    줄리아가 나이 든 사람처럼 연민의 정과 인내심이 섞인 소리로 한숨을 내쉬는데, 자식을 타이르는 엄마 같아 보인다. 남자들의 이상야릇한 열정 때문에 몇 세기를 두고 끊임없이 연민과 고갈된 인내심으로 한숨을 내쉬어왔던 여자들의 계보를 잇고 있다고나 할까. 클러리서는 자기 딸이 오십대가 되면 어떨지 상상해본다. 딸은 사람들이 으레 풍만한 여자라고 부르는, 몸과 마음이 모두 크고 감당하기 어려울 만큼 능력과 결단성이 있으며 무던하고 아침 일찍 눈을 뜨는 사람이 되어 있을 것이다. 그 순간 클러리서는 루이스가 되고 싶다. 그와 **함께하고** 싶다는 것이 아니라(그건 너무 어렵고 험난할지도 모른다) 그가 **되고** 싶다. 그처럼 불행하고 이상하며 길거리에서 빈둥거리는, 비양심적이고 신의 없는 존재가 되고 싶다.

"그래, 불쌍하지."

루이스가 리처드를 위한 파티를 엉망으로 만들지는 않을까? 그녀는 왜 월터 하디를 초대했을까?

"너무 이상한 사람이야." 줄리아가 말한다.

"한번 안아볼까?"

웃음 짓는 줄리아는 어느덧 열아홉 살로 돌아와 있다. 그녀는 기가 막히게 아름답다. 그녀는 클러리서가 한번도 들어보지 못한 영화를 보러 다니고, 시무룩함과 의기양양함에 시달린다. 왼손에는 반지를 여섯 개나 끼고 있지만 열여덟 번째 생일에 클러리서가 선물로 사준 반지는 보이지 않는다. 그녀는 코에도 은고리를 하나 달고 있다.

"물론이지."

클러리서는 줄리아를 꼭 끌어안았다가 재빨리 풀어준다. "잘 지냈니?" 그녀는 다시 안부를 묻고는 금세 후회한다. 안부를 묻는 일이 자신의 병적인 집착 가운데 하나가 아닌지 걱정된다. 아주 순수한 작은 습관에 불과하지만 자식 입장에서는 살인처럼 느껴질 수도 있다. 클러리서의 어머니는 강박관념에 사로잡혀 헛기침을 하곤 했다. 또한 부적절한 말을 할 때면 먼저 "분위기를 깨고 싶지는 않다만……"이라고 운을 뗐다. 클러리서의 기억에 남아 있는 어머니의 이런 면들은 지금까지도 분노를 불러일으키지만, 어머니가 친절하고 조심스러우며 자신을 사랑해서 그런 것이기 때문에 그 분노는 사그라진다. 클러리서가 지나치게 자주 "잘 지냈니?"라며 줄리아에게 안부를 묻는 건 한편으로는 조바심 때문이기도 하지만(그런 일들이 벌어졌는데 어떻게 별다른 걱정도 없이 줄리아에게 형식적인 말만 할 수 있겠는가), 다른 한편으로는 정말로 그저 안부를 알고 싶기 때문이다.

그녀는 파티가 엉망이 될 거라고, 리처드는 따분하고 언짢아할 거라고, 분명 그럴 거라고 생각한다. 클러리서는 피상적이다. 그런 것에 지나치게 신경 쓰는 것이다. 딸은 분명 친구들 앞에서 엄마의 그런 점을 흉볼 것이다.

아무리 그래도, 메리 크룰 같은 인간을 친구로 사귀다니!

"잘 지내고 있어."

"아주 좋아 보이는구나." 클러리서는 자포자기하는 심정으로 밝게 말한다. 그녀는 적어도 딸에게는 관대했다. 자식을 칭찬하고, 자식에 대한 믿음을 보여주고, 그러면서도 자신의 고민에 대해서는 전혀 드러내지 않는 어머니였다.

"고마워. 어제 내가 여기에 가방을 두고 갔지?"

"문 옆 못에 걸려 있어."

"다행이네. 난 이제 메리와 쇼핑이나 가려고."

"어디서 만나기로 했는데?"

"사실 여기 와 있어. 밖에."

"그래?"

"담배를 피우고 있거든."

"그렇구나. 담배를 다 피우면 들어와서 인사는 하겠지?"

줄리아의 얼굴이 후회와 어떤 다른 감정 때문에 어두워진다. 해묵은 분노가 되살아나고 있는 건가, 아니면 그저 지극히 정상적인 죄의식인가? 침묵이 흐른다. 인습이 당기는 힘은 중력만큼 센 것 같다. 비록 당신이 삶의 그 모든 무게에 저항해왔더라도, 여자들만 있는 집에서(번호가 매겨진 작은 약병이 네 아버지야. 미안해, 줄리아. 그를 찾을 수 있는 방법은 없어) 딸을 그래도 남부럽지 않게 키웠더라도, 그 모든 일에도 불구하고, 당신은 어느 날 엄마이기 때문에 반대하고 괴로워하며 상처받은 채로 페르시안 러그에 서서, 자신에게서 아버지를 빼앗아갔다는 이유로 당신을 경멸하는 한 소녀와 마주하고 있을지도 모른다. **담배를 다 피우면 들어와서 인사는 하겠지?**

그렇지만 메리는 왜 인간으로서 갖춰야 할 몇 가지 기

본적인 예절에 얽매이지 않는 걸까? 당신이라면 자신이 아무리 화가 나고 똑똑해도 누군가의 집 밖에서 기다리지는 않는다. 당신이라면 안으로 들어가 인사를 할 것이다. 그런 식으로 돌파구를 찾을 것이다.

"불러올게."

"아니야. 괜찮아."

"정말 밖에서 담배 피우고 있어. 엄마도 알다시피 담배부터 피워야 다른 걸 할 수 있는 사람이잖아."

"여기로 끌고 들어오지는 마. 정말이야. 그냥 가도록 해. 잡지 않을게."

"아니야. 나는 엄마와 메리가 서로를 더 잘 알았으면 좋겠어."

"우리는 서로에 대해 잘 알고 있어."

"엄마, 두려워하지 마. 메리도 멋진 사람이야. 전혀, 전혀 나쁜 사람이 아니라고."

"두려워하는 게 아니란 걸 알잖니. 제발, 애야."

줄리아는 짜증스럽게도 알고 있다는 듯한 미소를 짓고는 머리를 흔들며 사라진다. 클러리서는 탁자로 몸을 숙여 꽃병을 왼쪽으로 3센티미터 정도 옮긴다. 그러면서 장미를 숨기고 싶은 충동이 든다. 메리 크룰만 아니라면, 누가 됐든 메리 크룰만 아니라면.

줄리아가 메리를 데리고 왔다. 여기, 메리가 다시 나타났다. 단호하고 엄격한 그 메리, 정의로운 메리 크룰. 새카만 머리뿌리가 보일 정도로 빡빡 깎은 머리, 헐렁한 쥐색 바지, 하얀 탱크톱 안에서 덜렁거리는 가슴(그녀는 마흔을 넘겼음이 분명하다). 무거운 발걸음으로 들어오는 그녀의 두 눈은 뭔가 알고 있다는 것처럼 의심으로 가득하다. 줄리아와 메리를 보면서 클러리서는 어린 소녀가 길 잃은 개 한 마리를, 갈비뼈가 드러나고 이빨이 변색된 개를 집으로 끌고 가는 장면을 떠올려본다. 애처롭게 보이지만 결국에는 위험한 생명체를, 훌륭한 가정이 필요해 보이지만 사실은 그 허기가 너무 깊어 어떠한 사랑이나 베풂에도 감동할 수 없는 존재를. 그 개는 먹고 또 먹기만 할 것이다. 결코 만족하지 못할 것이고, 그래서 결코 길들여지지 않을 것이다.

"안녕하세요." 클러리서가 메리에게 인사를 건넨다.

"오, 클러리서." 메리는 성큼성큼 방을 가로질러와 클러리서의 손을 잡고 세게 흔든다. 메리의 작은 손은 힘이 세면서도 놀랄 만큼 부드럽다.

"어떻게 지냈어요?" 메리가 묻는다.

"잘 지냈어요. 메리도 잘 지냈죠?"

그녀는 어깨를 으쓱해 보인다. 어떻게 내가 **그럴 수** 있을까? 아니, 어느 누구라도 어떻게 이런 상황에서 그럴 수 있을까? 클러리서는 떠보는 질문에 너무 쉽게 걸려든다. 그녀는 자기 장미에 대해 생각해본다. 아이들은 그걸 고를 수밖에 없을까? 가족들은 동이 트기 전 들판에 나가 장미 덤불로 허리를 숙여 꽃을 꺾으면서 시간을 보낼까? 허리도 아프고 가시에 찔려 손가락에 피도 나는데.

"쇼핑을 간다고요?" 클러리서는 이렇게 말하면서 굳이 자기 목소리에 담긴 경멸을 숨기려 애쓰지 않는다.

"새 부츠를 사야 해서. 메리의 부츠가 저절로 벗겨질 정도가 됐거든."

"난 쇼핑이 정말 싫어. 그건 시간 낭비야." 메리는 그렇게 말하고는 미안한 듯이 미소를 짓는다.

"오늘은 부츠를 살 거야. 이상, 끝." 줄리아는 그렇게 말을 끝내버린다.

클러리서의 딸, 이 멋지고 지적인 소녀는 남편에게 잔심부름을 시키며 이리저리 내모는 활발한 아내가 될 수도 있다. 손질만 조금 하면 금방 오십대처럼 보일 수도 있으리라.

"저는 다른 사람의 도움 없이는 어떤 물건도 못 살 거예요. 최루탄을 쏘는 경찰과는 맞설 수 있지만 점원이 가까이 오는 건 싫거든요." 메리가 클러리서를 보며 말한다.

클러리서는 놀랍게도 메리가 뭔가 노력한다는 걸, 자기만의 방식으로 어떻게든 매력적이게 보이려 한다는 걸 깨닫는다.

"뭐, 그렇게 힘든 일은 아닐 거예요."

"가게들은, 어딜 가나 있는 그 **빌어먹을 것들은**, 죄송합니다, 죄다 그런 것들뿐이에요. 그 **상품들**, 물건들 그리고 사방팔방에서 **사라, 사라, 사라, 사라, 사라**라고 비명을 지르는 광고들. 그러고는 부풀려 올린 머리 스타일에 화장을 떡칠한 누군가가 와서 말하죠. '도와드릴까요?' 그러면 저는 비명을 지르는 대신 이렇게 말할 수밖에 없어요. '멍청한 년, 넌 **너 자신도** 못 돕잖아.'"

"음, 진심인 것처럼 들리네요."

이때 줄리아가 나선다. "메리, 어서 가자."

"메리에게 잘해줘." 클러리서는 줄리아에게 당부한다.

메리 크룰은 **멍청이, 건방진 년, 자기가 잘난 줄 아는 년**이라고 생각한다. 그러다 금방 마음을 고쳐먹는다. 클러리서 본은 적이 아니다. 단지 착각하고 있을 뿐 그 이상도 그 이하도 아니다. 그녀는 여자들도 규범을 따르다 보면 남자들이 가지는 모든 것을 가질 수 있다고 믿는다. 그녀는 그 승차권을 샀다. 그건 그녀 잘못이 아니다. 그래도 메리는 클러리서의 옷 앞자락을 부여잡고 이렇게 외치고 싶다. **솔직히, 사람들이 이상한 사람을 가둬두겠다고 돌아다니면, 당신 집 앞은 그냥 지나칠 거라고 믿죠? 당신은 정말 멍청하군요.**

"갔다 올게, 엄마."

"가방 가져가는 거 잊지 마."

"오, 알았어." 줄리아가 웃으며 못에서 가방을 내린다. 올이 굵은 밝은 오렌지색 삼베로 만든 것으로, 그녀 세대가 가지고 있을 법한 가방은 결코 아니다.

아니, 그 반지는 대체 어떻게 되었단 말인가?

한순간 줄리아가 돌아서 있는 사이에 클러리서와 메리의 눈이 마주친다. 메리는 관대하게, 아니면 최소한 침착하게라도 보이려 애쓰면서도 그녀를 **멍청이**라고 생각한다. 아니다, 동정을 유발하는 거다. 남편과 마누라처럼 행세하면서 철저히 부르주아로 사는 케케묵은 학파의 동성애자들보다 더 저급한 인간은 이 세상에 없다. 그럴듯한 직업을 가지고 있으면서 옷을 번지르르하게 차려입은 여자 동성애자보다 솔직하고 노골적인 개새끼가, 웨인과 섹스를 하는 존이 차라리 더 낫다.[*]

클러리서는 그녀를 **사기꾼**이라고 생각한다. 넌 내 딸은

---

[*] 웨인과 존은 흔한 남자 이름으로, 여기에서는 신원을 특정하지 않은 아무 남자의 의미로 쓰였다.

속였지만 나를 속이지는 못해. 침략자는 척 보면 알아. 돈 많다고 으스대는 것도 뻔하지. 그런 걸 알아채는 건 어렵진 않아. 네가 큰 소리로 몇 시간 동안 외친다면 사람들은 궁금해서 모여들 거야. 군중심리란 게 원래 그런 거니까. 하지만 네가 그 사람들에게 그 자리에 남아 있을 만한 이유를 제대로 보여주지 않는다면 오래 있진 않겠지. 너는 더없이 공격적이고 권력을 키우려고 애쓰는 대부분의 남자들 못지않게 저질이야. 너의 시절은 왔다가 금방 사라지고 말 거라고.

"이제 갈게."

"파티 잊으면 안 돼. 5시야."

"물론이지." 줄리아는 밝은 오렌지색 가방을 어깨에 멘다. 순간 그 모습에서 클러리서와 메리는 둘 다 줄리아가 결코 자신과 분리된 존재는 아니라는 감정에 휩싸이면서 줄리아의 활발하고 상냥한 자신감과 그녀 앞에 펼쳐질 끝없는 날들을 흠모한다.

"또 만나요." 클러리서가 말한다. 그녀는 너무 시시하게 군다. 파티에 대해 생각을 너무 많이 한다. 줄리아가 언젠가 그녀를 용서해준다면 좋으련만.

"안녕히 계세요." 메리가 인사를 하고서는 줄리아를 따라 문밖으로 성큼성큼 걸어 나간다. 그런데 그 많은 사람

중에서 왜 하필 메리 크롤인가? 줄리아처럼 솔직한 소녀가 자기 자신을 시중이나 드는 사람으로 전락시킨 이유는 뭘까? 아직도 줄리아는 아버지를 갈망하고 있는 걸까?

메리는 잠시 줄리아 뒤에 서서 꾸물거리며 그녀의 넓고 우아한 등짝과 쌍둥이 달 같은 아름다운 엉덩이를 감상한다. 메리는 욕망과 그 어떤 것에, 이를테면 그 욕망에서 가지를 치고 나가는 좀더 미묘하고 고통스러운 안달 같은 것에 압도되다시피 한다. 줄리아는 메리라는 사람이 태어났다가 추방당한 어느 아련한 나라라도 된다는 듯이 메리의 마음속에 일종의 성적 애국심을 불러일으킨다.

"자, 빨리 가자." 줄리아가 쾌활하게 메리를 부른다. 어깨 너머로, 오렌지색 가방의 찬란함 너머로.

메리는 한동안 줄리아를 바라보며 서 있다. 그녀는 그렇게 아름다운 모습을 지금까지 한번도 보지 못했다. **네가 나를 사랑할 수만 있다면 나는 무엇이든 했을 거야. 알겠니? 무엇이든.**

"**빨리** 가자니까." 줄리아가 다시 한번 부르자 메리는 허겁지겁 뒤를 쫓으며, 절망적이게도, 번민에 휩싸인 채로(줄리아는 그녀를 사랑하지 않는다. 사랑하는 게 아니다. 앞으로도 영원히 그럴 것이다) 새 부츠를 사러 간다.

울프 부인

바네사와 아이들은 찰스턴으로 돌아갔다. 아래층에서 저
녁식사를 준비하는 넬리는 어찌 된 영문인지 여느 날보
다 훨씬 더 쾌활하다. 그렇다면 그녀는 시시한 심부름을
하게 된 것을 고맙게 생각한단 말인가? 그게 아니면 그
심부름의 부당함을 너무 뼈저리게 느낀 나머지 부엌에서
노래라도 부르지 않고서는 그 울분을 다스리지 못하겠다
는 말인가? 레너드는 서재에서 글을 쓰고 있고, 개똥지빠
귀는 정원에서 풀과 장미로 만든 침대에 누워 있다. 버지
니아는 응접실 창가에 서서 리치먼드 위로 어둠이 내리
는 것을 지켜본다.

평범한 하루가 끝나간다. 아직 불을 켜지 않은 방의 책
상에는 새 소설을 쓴 종이들이 있다. 그녀가 여기에 거는
기대는 엄청나다. 그런데 갑자기 이 소설에서 무미건조

함, 빈약함, 절실한 감정의 결여가 보이는데도 이러지도 저러지도 못하게 되지나 않을까 하는 두려움이 생긴다(그녀는 자신이 이를 **알고 있다**고 믿는다). 겨우 몇 시간 전 일인데도 바네사와 부엌에서 했던 것들, 그 강렬했던 만족감과 축복의 느낌은 완전히 증발해버려 있지도 않았던 일처럼 느껴진다. 남은 건 이것뿐이다. 넬리가 끓이는 쇠고기 요리 냄새(이 메스꺼운 음식을 먹으려고 안간힘을 쓰는 그녀 모습을 레너드가 지켜보리라), 30분이 되면 종을 울릴 집 안의 모든 시계들, 하늘은 아직 파란 잉크를 풀어놓은 것 같은데도 리치먼드 전역에 옅은 레몬빛 가로등이 켜지면 창유리에 더욱 선명하게 비칠 그녀의 얼굴. 이만하면 됐다고 그녀는 스스로에게 말한다. 그렇게 믿으려 애쓴다. 전쟁에서 벗어나 이런 집에 있는 것만으로도 충분하다. 그녀에게는 밤에 책을 읽고, 그러고 나서 잠자리에 들고, 아침에 일어나면 또다시 일할 시간이 있다. 가로등이 나무숲으로 노란 그림자를 드리우는 것만으로도 충분하다.

그 순간 두통이 목뒤를 타고 슬금슬금 기어오르는 게 느껴지면서 몸이 뻣뻣해진다. 아니, 이건 두통에 대한 기억일 뿐이다. 두려움일 뿐이다. 기억이든 두려움이든 너무 생생해 급작스럽게 달려드는 두통과 순간적으로 구분할 수 없을 때도 있다. 그녀는 가만히 기다리면서 꼿꼿이

서 있다. 괜찮아, 괜찮아. 방의 벽도 흔들리지 않고 벽에서 아무런 속삭임도 들리지 않는다. 집에 남편도 있고, 하인과 융단과 베개와 전등이 제자리를 지키고 있는 가운데 여기 서 있는 그녀의 정신은 멀쩡하다. 제정신이다.

그녀는 떠나기로 결정하기도 전에 이미 자신이 떠나게 되리라는 것을 잘 알고 있다. 산책, 그저 산책만 할 것이다. 반시간, 아니, 그보다 더 빨리 집으로 돌아올 것이다. 그녀는 재빨리 외투와 모자와 스카프를 걸치고 조용히 뒷문으로 걸어가 바깥으로 나서면서 조심스레 문을 닫는다. 그 누구도 자신에게 어디로 가는지, 언제 돌아올 건지 따위는 묻지 않기를 바란다.

정원으로 나서자 생울타리에 둘러싸인 관대欄臺에 놓인 개똥지빠귀의 그늘진 무덤이 보인다. 동쪽에서 한줄기 세찬 바람이 불어오자 버지니아는 몸을 떤다. 이제 집을(쇠고기를 삶고 불이 환히 켜진) 떠나서 죽은 새의 영역으로 들어선 것 같다. 버지니아는 조문객들이 기도하고 꽃다발을 놓고 마을로 돌아간 뒤 밤새도록 혼자 무덤 속에 남아 있을 갓 묻힌 사람들에 대해 생각해본다. 무덤은 자동차 바퀴가 길의 마른 흙 위를 굴러가 사라진 뒤에도, 저녁식사가 치워지고 침대보가 끌어당겨진 뒤에도, 이 모든 일이 벌어진 뒤에도 남아 있다. 바람에 살랑거리는 꽃다발과 함께. 묘지에서의 이 기분은 야릇하면서도 전혀 공감할수 없는 건 아니다. 그것은 현실이다. 부정하기 어려울 만큼 현실적이다. 지금 이 순간에는 그것이 나름대로 쇠고기나 전등보다 오히려 더 견딜 만하고 숭고하다. 그녀는 계단을 내려가 풀밭으로 들어선다.

개똥지빠귀 사체는 아직도 그곳에 있는데(이상하기도 하지, 이웃의 고양이와 개들이 전혀 관심을 보이지 않으니), 한 마리 새라 해도 그것은 너무 작고 너무 완벽하게 죽어 있다. 누군가가 잃어버린 장갑 한 짝처럼 여기, 어둠 속에서 한줌의 죽음으로 남아 있다. 버지니아는 몸을 기울여 무덤을 본다. 이젠 시시하다. 무덤은 버지니아가 차 탁자의 컵과 칠을 보고 감탄을 드러냈듯이, 온기를 드러내고 있는 오늘처럼 오후 한나절의 아름다움만 드러냈을 뿐이다. 아침이면 레너드는 새와 풀과 장미를 삽으로 퍼서 내던져버릴 것이다. 버지니아는 한 존재가 살아 있을 때 차지하는 공간이 죽었을 때의 그것보다 얼마나 더 큰지 생각해본다. 그리고 우리가 몸짓과 움직임 그리고 숨결이 차지하는 공간의 크기를 얼마나 많이 착각하고 있는지도 생각해본다. 죽어서야 진짜 우리의 부피가 드러나는데, 그 크기는 초라하기 짝이 없다. 버지니아의 어머니는 남몰래 다른 데로 옮겨졌다가 크기가 작아진 채 창백한 쇠처럼 변해가지 않았던가. 그때 버지니아는 자기 안에 있는, 강렬한 감정이 있어야 할 그 공간이 놀랄 만큼 작다는 것을 느끼지 않았던가.

여기에 세상이 있고(집, 하늘, 흐릿하게 보이는 첫 번째 별), 반대편에는 장미 화관에 놓인 작고 검은 형체가 있다. 그것은 쓰레기일 뿐이다. 아름다움과 존엄성은 일군의 아이들이나 품는 것이고, 아이들을 위해 존재할 뿐이다. 그녀는 돌아서서 걸어 나간다. 바로 이 순간 세상에는 끓인 쇠고기 요리나 장미 화관과 전혀 관계없는 어떤 장소가 존재할 수 있을 것 같다. 그녀는 정원의 문을 지나고 좁은 골목을 빠져나와 도심으로 향한다.

버지니아는 프린세스 가를 건너 워털루 광장을 따라 쭉 내려가면서(어디로 향하는 걸까?) 손가방을 든 뚱뚱하고 위풍당당한 남자와 오후 휴식을 즐긴 뒤 잡담을 나누며 돌아오는 하녀임이 분명한 두 여자를 지나친다. 그녀들의 얇은 코트자락 밑으로는 허연 다리가 번득이고 팔에는 싸구려 팔찌가 반짝인다. 버지니아는 날씨가 차갑지 않은데도 외투 깃을 세운다. 점점 어두워지고 이따금 바람이 분다. 그녀는 자신이 도심 깊숙이 걸어갈 것이라고 생각한다. 맞아, 그런데 거기서 뭘 하지? 가게들은 이미 청소를 끝내고 문 닫을 준비를 하고 있는데. 그녀는 자기보다 어린 남녀 한 쌍을 지나친다. 두 사람은 서로에게 몸을 기울인 채 이야기를 나누며(남자가 "내게 이 체제에서는······라고 했어. ······정말 말도 안 돼"라고 말하는 게 들린다) 느릿느릿 연노란 가로등 불빛 아래를 걸어가고 있다. 멋진 모자를 쓰고 있는 그들 뒤로 술 장식이 달린 겨자색 스카프 끝자락이 깃발처럼 나부낀다(누구 것일까?). 서로에게 몸을 기울인 그들은 앞으로도 약간 몸을 숙인 채 바람에 날리지 않도록 모자를 손으로 잡고 언덕길을 오르고 있다. 뭔가에 열중하고 있는 것 같지만 서두르지는 않는 것으로 보아 런던에서 하루를 보내고 집으로 돌아가고 있는 것 같다(아마 그럴 것 같다). 이제 그 남자가 "그러니까 나는 당신에게 물어봐야겠어"라고 말하면서 목소리를 낮추는 게 들리고(버지니아는 그들의 말을 전혀 들을 수 없다) 이어서 여자는 하얀 이를 반짝이면서 즐거운 듯 나직한 비명을 내뱉는다. 그러자 남자는 멋지게 광을 낸 갈색 구두코를 한쪽 또 한쪽 차례대로 내디디면서 자신감 있게 성큼성큼 앞으로 걸어간다.

버지니아는 남자와 여자가 올라가고 있는 언덕을 내려가면서 혼자라고 생각한다. 물론 혼자는 아니다. 그녀를 제외한 다른 모든 사람들이 일반적으로 느끼는 차원에서 하는 말은 아니다. 게다가 바로 이 순간, 그녀는 바람을 맞으며 쿼드런트의 불빛을 향해 걸으면서 해묵은 악마가 (달리 어떻게 부를까?) 접근하는 것이 느껴진다. 그 악마가 다시 출현하기로 작정하기만 하면 그녀는 철저히 혼자가 된다. 그 악마는 바로 두통이고, 벽에서 들려오는 소리이고, 시커먼 파도를 헤치고 나아가는 하나의 지느러미다. 그 악마는 개똥지빠귀의 생명이었던, 덧없이 지저귀기만 했던 무無다. 그 악마는 이 세상의 아름다움과 희망을 모조리 빨아들여버린다. 그래서 악마가 할 일을 다 끝내고 나면 이 세상에 즐거움은 하나도 남지 않는다. 오직 숨을 막아 질식하게 하는, 살아 있는 죽음의 영역뿐이다. 그녀는 지금 어떤 비장한 숭고함을 느끼는데, 이 악마가 거의 만능에 가깝지만 결코 시시하게 굴거나 감상적이지 않기 때문이다. 악마는 치명적이고 억누르지 못할 진실로 격분하고 있다. 지금 당장은 두통에서 자유롭고 소리에서 해방된 채 길을 걷고 있어서 그 악마와 정면으로 맞설 수 있다. 하지만 그녀는 계속 걸어야만 한다. 절대로 돌아서서는 안 된다.

쿼드런트에 닿자(푸줏간과 청과상은 이미 문을 닫은 뒤였다) 그녀는 철도역으로 방향을 튼다. 런던으로 가리라. 그냥 런던으로 가는 거다. 심부름을 다녀온 넬리처럼. 용건은 여행이지만, 기차를 반시간 타고 패딩턴에서 내려 거리를 따라 이곳저곳을 다닐 수만 있다면, 이 얼마나 좋은가! 이 얼마나 상쾌한가! 런던에 포근히 안길 수 있다면 그녀는 살아남을 수 있을 것이다. 위험이 말끔히 걷힌 하늘 아래 태연히 누워 있는 그 도시의 거대함 속으로, 커튼을 활짝 열어젖힌 모든 창문과(여기서는 어느 여자의 근엄한 옆얼굴이 보이고, 저기서는 조각을 새긴 의자의 맨 윗부분이 보인다) 거리를 오가는 차량들 그리고 이브닝드레스를 걸치고 가벼운 발걸음으로 지나가는 사람들 속으로 잠시라도 미끄러지 듯 들어가 사라질 수 있다면, 그녀는 살아남을 수 있을 뿐만 아니라 성공할 수도 있을 것 같다. 런던에서라면, 누군가가 어딘가에서(넓은 길에 있는 하얀 주랑柱廊 현관이 달린 어느 집에서) 피아노를 연주할 때, 자동차 경적이 울리고 개들이 짖어댈 때, 유랑 극단이 희미한 빛을 반짝이며 시끌벅적하게 거리를 돌고 또 돌 때, 시간마다 때맞춰 울리는 웨스트민스터 사원의 빅벤 소리가 파티에 가려고 서두르는 사람들과 버스 그리고 궁 앞에 자리 잡은 빅토리아 여왕의 석상과 검은색 철책 뒤에 장엄하게 놓여 있는 공원들 위로 나른한 파문을 일으키며 잦아들 때 왁스와 휘발유 냄새와 향수의 진한 향이 뒤섞이는 런던에서라면.

버지니아는 철도역으로 이어지는 계단을 내려간다. 리치먼드 역은 출발지이자 목적지다. 둥근 기둥이 있고 천장이 투명한 재질로 덮여 있는 그 역은 뭔가 타는 듯한 냄새가 가득하고, 앉고 싶다는 생각이 절대 들지 않는 노란색 나무 벤치가 일렬로 놓여 있어서 사람들로 붐빌 때조차(지금처럼) 조금은 황량하게 느껴진다. 그녀는 시계를 보고 기차가 방금 떠났다는 것과 앞으로 이십오 분 안에는 다음 기차가 떠나지 않을 것이란 사실을 깨닫고는 막막해진다. 당장 기차를 타거나 길어야 오 분이나 십 분 정도만 기다리면 될 거라고 생각했으니(바보 같긴!). 그녀는 초조한 마음을 감추지 못하며 시계 앞에 서 있다가 플랫폼으로 느리게 몇 걸음 옮긴다. 그녀가 이 결정을 실행한다면, 지금으로부터 이십삼 분 후면 떠날 기차를 타고 런던으로 가서 시내를 거닐다가 마지막 기차를 타고 돌아온다면(11시 10분에 리치먼드에 도착할 것이다) 레너드는 걱정하다 거의 미칠 지경이 될 것이다. 지금 남편에게 전화를 건다면(최근 설치한 공중전화가 하나 있다) 그는 화가 나서 당장 집으로 돌아오라고 윽박지를 것이고, 그녀가 파김치가 되어 다시 아프기라도 한다면 그녀가 자초한 것이라는 점을 내비칠 것이다(결코 드러내놓고 노골적으로 말하지는 않을 것이다).

물론 여기에는 딜레마가 있다. 그의 말은 전적으로 옳으면서도 끔찍하게 틀린 것이기도 하다. 그녀가 리치먼드에서 요양하며 너무 많은 말은 하지 않거나 너무 많은 글은 쓰지 않거나 너무 많은 것은 느끼지 않는다면, 힘들여 런던으로 여행을 하거나 런던의 거리를 배회하지 않는다면 그녀는 훨씬 안전할 테고 건강은 더욱 좋아질 것이다. 하지만 그렇게 사는 것은 장미꽃 침대에서 서서히 죽어가는 것이나 다름없다. 정말이지, 지금도 전쟁이 계속되고 있는 것처럼 은신처에 숨어 사느니(이상하게도 가장 먼저 기억나는 건 지하실에서의 기약 없는 기다림과 한곳에 다닥다닥 모여 있는 가족들 그리고 넬리, 로티와 몇 시간이고 나눠야 했던 대화다) 차라리 세파를 온몸으로 맞는 게 더 낫다. 그녀의 삶은(벌써 마흔이 넘었잖아!) 야금야금 떨어져나가고 있는데 바네사를, 그 광대한 삶을, 아이들과 그림과 사랑하는 사람들을, 멋들어지게 어질러진 집을, 그 모든 그녀의 현란한 파티를 태운 축제 차량은 심벌즈 소리와 아코디언 가락을 뒤로 길게 남기며 어둠 속으로 사라져간다. 아니다, 그녀는 역에서 전화를 걸지 않을 것이다. 런던에 도착해 레너드도 어떻게 할 수 없는 상황이 되면 전화를 걸 것이다. 그리고 자신의 행동에 대한 벌을 달게 받을 것이다.

그녀는 창구 쇠창살 뒤에 있는 얼굴이 붉은 남자에게서 차표를 끊는다. 그러고는 나무 벤치로 가서 꼿꼿하게 앉는다. 아직도 십팔 분이나 남았다. 벤치에 앉아서 더 참

252

지 못하게 될 때까지(아직도 십오 분이나 남았다) 앞을 똑바로 응시한다(읽을 거라도 있으면 좋으련만). 그러다 자리에서 일어나 다시 역을 빠져나간다. 큐로드를 따라 한 블록만 어슬렁거리다가 돌아오면 기차 시간에 맞을 것이다.

버지니아는 푸줏간을 지나는데, 황금색 간판에 그녀의 모습이 쪼개진 채로 비친다. 간판이 붙은 유리창 너머로는 푸줏간에 매달린 새끼양고기가 보인다(복사뼈에 부드러운 털 몇 가닥이 붙어 있다). 그리고 그녀 앞으로 레너드가 걸어온다. 버지니아는 방향을 틀어 다시 역으로 달아날까 잠시 고민한다. 일단은 일종의 이 대재앙에서 벗어나야 하지 않을까. 하지만 어떤 것도 하지 않는다. 그녀는 계속해서 앞으로, 레너드에게로 걸어간다. 집에서 신는 가죽 슬리퍼를 그대로 신고 나온 레너드는 서둘러 나왔을 것이 분명하다. 풀어헤친 셔츠에 코듀로이 재킷을 입은 그는 마르다 못해 수척해 보인다. 경찰이나 대학교의 학생 감독관처럼 누군가를 타이르려는 듯이 뒤를 쫓아온 레너드가 큐로드에서 슬리퍼를 신고 있는 모습은 버지니아에게 강한 인상을 남긴다. 한없이 평범한 중년의 그가 너무 초라해 보인 것이다. 아주 잠깐 그녀는 그를 전혀 모르는 사람처럼, 거리의 수많은 남자들 중 하나를 보듯이 본다. 그 순간 그에게서 슬픔과, 이상하게도 감동이 느껴진다.

버지니아는 애써 아이러니한 미소를 지으며 그에게 먼저 말을 건넨다.

"여보, 웬일로 이렇게 왔어요?"

"당신 지금 뭘 하고 있는 거야?"

"산책하고 있었어요. 무슨 다른 거라도 할 것처럼 보여요?"

"집에서 사라지면 어떡해? 그것도 저녁식사 직전에 한마디 말도 없이."

"당신을 방해하고 싶지 않아서 그랬어요. 당신이 일하고 있는 걸 아니까요."

"일을 하고 있었지."

"네, 그러니까요."

"갑자기 사라지거나 그러지는 마. 그러지 않았으면 좋겠어."

"레너드, 왜 그렇게 유별나게 굴어요?"

그는 못마땅한 표정을 짓는다. "내가? 정말 무슨 말을 하는지 알 수 없군. 당신을 찾으러 갔더니 그곳에 없더라고. 뭔가 일이 벌어졌다고 생각했지. 왜 그렇게 생각했는지는 나도 모르겠지만."

그녀는 자신을 찾아 집 구석구석을 뒤지고 정원을 살피는 남편을 떠올려본다. 그러고는 그가 개똥지빠귀 시체를 지나 문 밖으로 나가 언덕 아래로 내달렸을 걸 생각하니 문득 그에게 걷잡을 수 없을 정도로 미안해진다. 그의 예감이 완전히 빗나간 건 아니라는, 사실은 어떤 식으로든 탈출하려 했고, 그래서 단 몇 시간 만이라도 어디론가 사라지려 했다는 걸 고백해야 한다는 것을 그녀는 잘 알고 있다.

"아무 일도 없었어요. 길을 따라 걸으며 바람을 쐰 것뿐이에요. 그러고 싶은 밤이잖아요."

"얼마나 걱정했는데. 왜 그런지는 나도 모르겠지만."

잠시 동안 어색한 침묵이 감돈다. 그러다 그들은 이런 자신들 모습이 간판의 황금색 글자에 쪼개져 비치고 있는 푸줏간 창문을 가만히 쳐다본다. 먼저 침묵을 깬 건 레너드다.

"넬리의 관절을 생각해서라도 지금 당장 돌아가야 해. 십오 분만 더 있다간 넬리가 집 안을 발에 불이 날 정도로 돌아다니다가 집을 태워버릴지도 몰라."

버지니아는 머뭇거린다. 런던은 어떡하라고! 그녀는 아직도 기차에 오르고 싶은 마음이 절망적일 만큼 간절하다.

"당신 배고프겠네요."

"약간. 당신도 배고프지?"

갑자기 그녀는 남자란 다들 얼마나 여리고 얼마나 겁이 많은가, 하는 생각이 든다. 그녀는 두 손에서 개똥지빠귀의 죽음을 씻어내려고 집으로 들어가던 퀜틴을 떠올려본다. 그러자 갑자기 눈에 보이지 않는 어떤 선 위에, 두 다리를 벌려 한쪽 발은 이쪽을, 다른 한쪽 발은 저쪽을 딛고 서 있는 것 같다. 이쪽에는 엄격하고 근심이 가득한 레너드, 줄줄이 늘어서 있는 문 닫은 가게들, 넬리가 조마조마해하며 대놓고 불만을 터뜨릴 때를 기다리고 있는 호가스하우스로 돌아갈 컴컴한 언덕이 버티고 서 있다. 그리고 저쪽에는 기차가 있고 런던이 있다. 자유와 키스, 예술의 가능성과 광기라는 음흉한 암흑의 빛을 암시하는 런던이. 버지니아 생각에 댈러웨이 부인은 파티가 곧 열릴 언덕 위의 집이고, 죽음은 저 아래의 도시다. 댈러웨이 부인은 그 도시를 사랑하면서도 두려워한다. 그리고 그녀는 어떻게 해서든 그 도시 안으로 깊숙이 걸어 들어가 빠져나오는 길을 다시는 찾지 못하게 되기를 바란다.

"이제 런던으로 돌아갈 때도 되었잖아요, 그렇지 않아요?"

"확신이 서질 않아."

"저는 오래전부터 나아지고 있어요. 언제까지 시골에 묻혀 있을 수만은 없잖아요. 안 그래요?"

"저녁을 먹으면서 의논해보자고. 그게 낫겠지?"

"좋아요, 그렇다면."

"그렇게나 런던에서 살고 싶어?"

"네. 저도 그 반대였으면 좋겠어요. 조용한 생활에 행복해할 수 있었으면 좋겠다고요."

"나처럼."

"그래요."

그녀는 기차표를 가방 안에 넣어두었다. 레너드에게는 자신이 잠시만이라도 도망칠 계획을 세웠다는 사실을 절대로 털어놓지 않을 것이다. 버지니아는 오히려 남편이 보살핌과 위로가 필요한 사람이라는 듯이(그가 위험에 처한 사람이라는 듯이) 남편의 팔짱을 끼고 사랑스럽게 죄었다. 그렇게 그들은 보금자리로 돌아가는 여느 중년 부부처럼 팔짱을 끼고 호가스하우스로 이어지는 언덕을 오르기 시작한다.

댈러웨이 부인

"커피 더 드릴까요?" 올리버가 샐리에게 묻는다.

"네. 고마워요."

샐리가 커피 잔을 올리버의 어시스턴트에게 건넨다. 옅은 금발에 볼이 핼쑥한 것이 놀라울 정도로 어린 티가 나는 그는, 어시스턴트이긴 하지만 커피 따르는 일을 책임지고 맡은 것 같다. 올리버의 어시스턴트라면 턱이 다부지고 이두박근이 단단한, 나무랄 데 없이 젊고 정력적으로 보이는 남자일 거라고 샐리는 예상했다. 그런데 홀쭉하고 열성적인 이 소년은 오히려 백화점 향수 코너가 더 어울릴 것 같다.

"당신 생각은 어때요?" 올리버가 물어본다.

샐리는 올리버를 보지 않으려고 자신의 잔에 커피가 부어지고 있는 것을 가만히 바라본다. 커피 잔이 자기 앞에 놓이자, 이제 그녀는 아무 의견도 드러내지 않고 있는 월터 하디 쪽으로 흘끗 눈길을 준다. 월터란 인간은 양지바른 바위 위로 기어오른 도마뱀처럼 경청하는 듯 보이면서도 완전히 얼빠진 척할 수도 있는 나름대로의 놀라운 재능이 있다.

"재미있군요." 샐리가 대답한다.

"그렇죠." 올리버도 화답한다.

샐리는 사려 깊게 고개를 끄덕이며 커피를 한 모금 음미하고는 입을 연다. "제가 궁금한 것은 그게 실제로 성공할 수 있냐는 거예요."

"이제 때가 되었다고 생각해요. 제 생각엔 사람들은 기꺼이 볼 준비가 되어 있어요."

"정말 그럴까요?"

샐리는 마음속으로 월터에게 호소하고 있다. **말 좀 해봐, 이 바보야.** 월터는 위험의 가능성을 경계하면서도 올리버 세인트 아이브스에게서 발산되는 열기에 거의 최면이라도 걸린 듯 그저 눈만 깜박거리고 햇살을 즐기며 고개를 끄덕일 뿐이다. 올리버는 몸매는 늘씬하고 머리는 헝클어졌으며, 외모는 마흔다섯 살다워 보이고, 수수한 금테 안경 너머 두 눈은 날카롭게 번뜩인다. 영화에서의 그의 이미지는 살인, 사기, 누명에서 살아남거나 자신의 집안을 파괴하려는 수많은 시도에서 벗어나는 것이다. 실제로 그는 여배우들에게 구애했는데, 자기 운명을 못 믿겠다는 듯이 언제나 당혹스러울 만큼 열정적으로 구애했다.

"네." 이제 올리버의 목소리에 조바심이 묻어 있는 듯하다.

"진심으로 그거 재미있을 것 같은데요." 샐리는 이렇게 말하다가 웃음을 참지 못한다.

"월터는 할 수 있을 거예요. 잘해낼 거라고요. 그렇고말고요."

자기 이름이 오르내리자 정신이 번쩍 든 월터는 이제 안색까지 변해서는 눈을 더 빨리 깜박이면서 의자에 앉은 채로 몸을 앞으로 당기고 말한다. "한번 해보고 싶군."

올리버는 그 유명한 미소를 흘린다. 샐리는 지금도 가끔 올리버가 본래 모습을 얼마쯤 갖고 있을까, 하고 생각하다가 깜짝 놀라곤 한다. 영화배우들이란 쌀쌀맞고 좀 모자란 듯한 데다 성미까지 까다롭지 않은가. 영화배우라면 평범한 사람들에게 그렇게 대해도 괜찮지 않을까? 올리버 세인트 아이브스는 어렸을 때부터 영화배우의 자질을 보였다. 그는 열정이 넘쳤고 몸집은 괴물처럼 거대했다. 190센티미터의 키에서는 더 이상 클 수 없을 정도다.

노란 털이 완벽한 숲을 이루고 있는 두 손은 남자 머리통까지 쉽게 잡을 수 있을 것 같다. 또한 골격은 크고 얼굴은 납작하다. 실물이 화면처럼 수려하지는 못해도, 그만큼 신비롭고 누구도 부인할 수 없는 독특한 성격이, 정신뿐만 아니라 육체에서 나오는 독특한 개성이 있다. 게다가 기골이 억세고 원기가 흘러넘쳐서, 원기 왕성한 미국 남자라면 전부 좋은 쪽으로든 그저 그런 쪽으로든 그의 복제품인 것 같다.

"난……." 올리버가 월터에게 말을 건다. "자네의 능력을 굳게 믿어. 이봐, 자네는 시시한 이야기 하나로 내 인생을 완전히 망가뜨렸잖아."

월터는 싱긋 웃어 보이려 애쓰지만 그 웃음은 미움이 가득 실려 있어 흉측할 정도로 일그러지고 만다. 샐리는 갑자기, 그리고 너무도 실감나게 그가 열 살일 때의 모습을 상상해본다. 몸은 비대하고 성격은 다정다감하며 또래 아이들의 사회적 지위를 밀리미터 단위로까지 매겼을 것 같다. 그리고 온갖 종류의 배신을 했을 것이다.

"그 문제로 나를 괴롭히지 말게. 내가 자네에게 그 일에서 빠져나오라고 얼마나 많이 충고했나. 얼마나 자주 전화를 했냔 말이야." 월터가 이를 드러낸 채 씩 웃으면서 말한다.

"아, 걱정 말아, 이 친구야. 농담이야. 나는 아무것도 후회하지 않아. 어느 것 하나도. 영화 시나리오에 대해 자네는 어떻게 생각하나?"

"지금까지 스릴러는 한번도 해보지 않았어."

"쉬워. 세상에서 가장 쉬운 일이 그거야. 돈을 많이 번 작품 여섯 개 정도를 차용하라고. 그러면 알아야 할 것은 모조리 다 알게 될 거야."

"그래도 이번 작품은 약간 다를걸요." 샐리가 끼어들자 올리버가 투정 섞인 인내심으로 미소를 보이며 대답한다.

"다르지 않아요. 이번에 주인공은 남자 동성애자가 될 거예요. 그게 유일한 차이점인데 그건 그다지 큰 문제가 되지 않아요. 그는 자신의 성적 취향 때문에 고문당하지도 않을 거고 에이즈에 감염되지도 않을 거예요. 그 사람은 자기 일을 즐기는 동성애자일 뿐인 거죠. 어떤 식으로든 이 세상에 보탬이 되려고 노력하는 사람이라고요."

"할 수 있을 것 같아. 한번 해보고 싶네."

"좋아. 아주 멋져."

샐리는 그 자리를 떠났으면 하는 마음과 그대로 남고 싶다는 마음이 교차하는 것을 느끼면서, 그리고 올리버 세인트 아이브스에게 찬사를 받고 싶다는 마음이 들지 않기를 바라면서 커피를 홀짝인다. 그녀는 이 세상에 명성보다 더 막강한 것은 없다고 생각한다. 그리고 마음의 평정을 유지하기 위해 집 안을 둘러본다. 그의 아파트는 자신의 정체성을 밝히기 일 년 전에 잡지 〈아키텍추럴 다이제스트〉 표지에 실리긴 했지만, 그의 예술적 취향이 성적 취향을 암시한다고 가정한다면 앞으로는 두 번 다시 그 잡지에 실리지 못할 아파트다. 아이러니하게도 루사이트* 커피 탁자와 옻칠한 갈색 벽들, 아시아산과 아프리카산 물건들이 진열된 벽감 때문에 샐리는 그 집이 조금 험오스럽게 느껴진다고 생각한다. 그녀가 남자들의 야한 면을 떠올릴 때면 받는 느낌과 비슷하다. 조명 밑에 놓인 아시아산과 아프리카산 물건들은(올리버는 그런 것들이 '매우 눈부신' 조명을 받아야 한다고 생각하는 것이 분명하다) 말끔하고 경건한 분위기를 자아내도록 진열되어 있는데도, 그의 감식안이 아니라 약탈이 떠오른다. 샐리가 이 아파트를 방문한 것은 이번이 세 번째로, 그때마다 그 귀중품들을 몰수해 원래 주인에게 되돌려주고 싶은 충동이 들었다. 그녀는 올리버에게 집중하는 척하면서 머릿속으로는 세월에 찌든 시커먼 영양 가죽 탈이나 천 년 동안 헤엄치고 있었을 법한 잉어 두 마리가 그려진 인광이 감도는 옅

* 투명 합성수지의 상표명.

은 녹색 자기 그릇을 들고 환호성과 울부짖음이 들려오는 가운데 산간 오지로 들어가는 자기 모습을 상상한다.

"샐리, 확신이 서지 않는가보죠?" 올리버가 묻는다.

"예?"

"자신이 없냐고요."

"뭐, 그래요, 확신해요. 아니, 확신할 수 없어요. 이 일을 하기에는 제 역량이 부족해요. 제가 할리우드에 대해 알면 얼마나 알겠어요?"

"당신은 그곳에 있는 대부분의 사람들보다 훨씬 더 똑똑해요. 그 사업과 관계있는 사람 중에서 제가 존경하는 몇 안 되는 존재란 말이에요."

"저는 그 사업과는 아무 상관없어요. 당신도 제가 뭘 하는지 알잖아요."

"그러니까 당신은 확신이 서지 않는단 말이군요."

"그래요. 저는 확신하지 못하겠어요. 하지만 누가 알겠어요?"

올리버는 한숨을 내쉬고 안경을 콧등 위로 밀어 올린다. 그 모습은 샐리가 분명히 어느 영화에서, 예의 바른 어떤 사람이(회계사? 변호사? 프로듀서?) 자신의 십대 딸을 구하기 위해 할 수 없이 마약 조직의 몇 명을 잔혹하게 죽이는 걸로 기억나는 영화에서 보았던 몸짓이다.

"이 일은 아주 확실히 해야 해요. 나는 그것이 확실한 상품이 되리라는 환상은 전혀 없어요." 올리버가 천천히 말한다.

"주인공에게 연인은 있나요?"

"동료가 있어요. 말하자면 짝이죠. 배트맨과 로빈처럼."

"섹스도 하나요?"

"스릴러에서는 아무도 섹스를 하지 않아요. 섹스하다 보면 행동이 너무 처지게 되거든요. 그러면 젊은 사람들을 놓치게 되죠. 고작해야 마지막에 키스가 있을 뿐이에요."

"그렇다면 마지막에 키스하나요?"

"그건 월터가 할 일이죠."

"월터요?"

월터는 또다시 눈을 깜짝거리며 현실로 돌아와 말한다. "이봐, 할 수 있을 것 같다고 말한 게 겨우 삼 분 전이야. 내게 너무 큰 기대는 하지 말라고, 알겠어?"

"우리는 이 일을 너무 치밀하게 따져서는 안 돼. 확실한 성공작을 쓰겠다면서 끙끙거리는 사람들을 난 너무 많이 봤어. 그런데 언제나 말짱 꽝이었지. 어떤 불길한 징조가 있는 거야."

"당신은 사람들이 관심을 가질 거라고 판단하나요? 제

말은, 그러니까 아주 많은 사람들이요." 샐리가 묻자 올리버는 다시 한숨을 내쉬는데, 이번에는 그 정도가 먼젓번 것과는 완전히 다르다. 이번에는 비음 鼻音의 영역까지 닿을 듯한, 그래서 덜 극적이라는 면에서 의미심장한 체념과 비장함이 서려 있다. 다시 말해 연인이 전화선을 통해 상대방에게 처음으로 보내는 냉담한, 종말의 시작을 암시하는 듯한 한숨이다. 그런 한숨을 올리버는 영화에서 연기했던가? 아니면 다른 누군가가, 현실에 존재하는 누군가가 오래전에 샐리의 귀에 대고 그렇게 한숨을 내쉬었던가?

올리버는 두 손을 식탁보 위에 얹고 말한다. "월터, 우리 이틀 후에 다시 의논하면 어떨까? 자네가 이 문제를 좀더 곰곰이 궁리할 시간을 가진 뒤에."

"좋아. 그게 좋겠군."

샐리는 커피의 마지막 한 모금을 마신다. 당연히 이 일은 한 남자의 게임이자 과대망상의 결정체일 뿐이다. 처음부터 그들은 진심으로 그녀가 필요한 게 아니었다. 올리버는 그녀의 쇼에 출연한 후 샐리가 자신의 뮤즈이자 멘토이고, 그녀만의 섬에서 뉘우침의 지혜를 들려주는 사포* 같은

* 기원전 600년경 그리스문학 초기에 활동한 여류 시인.

존재일 뿐이라는 생각을 하게 되었다(확실하게 하자. 그는 아인슈타인처럼 똑똑하지 않다). 그런 관계라면 지금 당장 끝내는 게 낫다.

그런데도 올리버 세인트 아이브스에게 사랑받고 싶다는 끔찍한 욕망이 있다. 그에게서 버려지면 안 된다는 공포가 있는 것이다.

"와줘서 고마워요." 올리버가 고마움을 표시한다. 샐리는 자기 생각을 거둬들이고 올리버를 향해 탁자에 어지러이 널려 있는 그릇들 위로 몸을 기울이며 **그 문제를 몇 번이나 생각해봤는데, 남자 동성애자가 주인공인 스릴러는 진짜 괜찮을 것 같아요**라고 말하고 싶은 욕망을 억누른다.

그리고 인사를 나눈다. 이제 다시 거리로 나설 시간이다.

샐리는 월터와 함께 매디슨 가와 70번가가 만나는 모퉁이에 서 있다. 그들은 올리버 세인트 아이브스에 대해서는 이야기하지 않는다. 각자 마음속으로 월터는 성공했고 샐리는 실패했다고, 샐리는 성공했고 월터는 실패했다고 서로 다르게 생각한다. 그들은 다른 이야깃거리를 찾는다.

"오늘 밤 당신을 또 볼 수 있을지도 모르겠네요." 월터가 침묵을 깬다.

"음, 그렇네요." 도대체 누가 월터를 초대한 건가.

"리처드는 **어때요?**" 월터는 꼴사나울 만큼 겸손한 자세를 취하며 머리를 한껏 숙이고 있다. 모자챙 끝부분은 담배꽁초, 둥근 모양의 회색 껌딱지, 그리고 샐리도 한눈에 쿼터파운드 햄버거를 쌌다는 걸 알 수 있을 정도로 돌돌 말려 뭉쳐진 포장지 쪽을 향하고 있다. 그녀는 쿼터파운드 햄버거는 절대 먹지 않는다.

신호등이 바뀌자 그들은 길을 건넌다.

"괜찮아요. 아니, 많이 아프죠."

"요즘도요? 이런, 요즘도 그렇다니."

샐리는 다시 한번 배 아래쪽에서 스멀스멀 기어 올라와 시야를 가릴 정도로 뜨거운 분노의 파도에 전율한다. 도저히 참아줄 수 없는 것은 월터의 허영심이다. 옳고 바른 것을 말할 때면 언제나, 아니, 옳고 바른 것을 분명히 **느낄** 수 있을 때조차 자기는 유명 소설가 월터 하디라는 사실에, 영화배우와 시인들의 친구로서 마흔이 넘은 나이에도 여전히 건강하고 근육질이라는 사실에 아주 우쭐해한다. 이 세상에 대한 그의 영향력이 지금보다 적었더라면 그란 존재는 정말 우스꽝스러웠으리라.

"그럼 이제⋯⋯." 샐리가 작별인사를 하려는데 월터는 그녀가 채 말하기도 전에 성큼성큼 상점 진열장 앞으로 걸어가 얼굴을 유리창 앞에 바짝 대고 선다.

"이것들 좀 봐요. 정말 아름답네요."

진열장 안에는 실크 셔츠 세 개가 고대 그리스 작품을 복제한 석고상에 입혀져 있다. 하나는 연한 살구색이고, 다른 하나는 에메랄드색, 나머지 하나는 짙은 감청색이다. 모든 셔츠의 깃 가장자리와 앞자락에는 거미줄만큼 가는 비단실로 서로 다른 모양의 수가 놓여 있다. 세 개 모두 야윈 몸통 위를 흐르는 물처럼 다양한 빛으로 하늘거리며 걸려 있고, 그 위로 도톰한 입술에 우뚝 선 콧날, 그리고 눈은 휑한 평화로운 인상의 하얀 두상이 눈에 띈다.

"음, 네. 정말 아름답네요."

"에번에게 하나 사줄까 싶은데. 이 셔츠를 오늘 요긴하게 입을 수 있겠죠? 자, 들어가서 봅시다."

샐리는 머뭇거리다가 내키지 않으면서도 어쩔 수 없이 월터를 따라 상점으로 들어가는데 뜻밖에도 심한 양심의 가책을 느낀다. 그렇다, 월터는 터무니없는 인간이다. 하지만 샐리는 그 가엾은 인간쓰레기에게서, 지난 몇 년 동안 줄곧 예쁘장하고 어수룩하기만 한 자기 남자친구가,

자신에게는 트로피 같은 그가 죽기를 기대하고 있다가 갑자기 그의 생존 가능성에 직면한(그는 지금 착잡할까?) 인간에게서 경멸감뿐만 아니라 어쩔 수 없는 다정함 또한 느끼는 것 같다. 죽음과 부활은 언제나 마음을 움직이는 법이지, 하고 샐리는 생각한다. 그리고 그 죽음과 부활에 관계된 사람이 영웅이든 악당이든 광대든, 그건 크게 중요하지 않은 것 같다.

니스칠을 한 단풍나무와 검은색 화강암으로 꾸며진 상점 안은 웬일인지 유칼립투스 나무 냄새가 살짝 풍기고, 번질번질한 검은색 카운터에는 셔츠들이 펼쳐져 있다.

"감청색이 좋을 것 같아요. 에번에게는 감청색이 어울리거든요." 상점에 들어서면서 월터가 말한다.

샐리는 머리를 가지런히 뒤로 넘긴 잘생긴 젊은 점원과 이야기를 나누는 월터를 내버려두고, 명상에 잠긴 듯 잠시 혼자 생각하다가 진줏빛 조개 단추가 달린 크림색 셔츠에 붙어 있는 정가표를 본다. 400달러. 잠깐 회복되고 있는 연인을 위해 터무니없이 비싼 셔츠를 사는 건 감상적인 건가 영웅적인 건가, 아니면 둘 다인가? 샐리는 클러리서에게 선물을 자주 사주진 않았다. 심지어 몇 년을 함께 산 지금도 클러리서가 어떤 걸 좋아하는지 자신할 수 없다. 물론 성공한 적도 있었지만(지난 크리스마스 때

사준 초콜릿색 캐시미어 스카프, 클러리서가 편지를 보관하고 있는 고풍스러운 옻칠 궤) 그만큼 실패하기도 했다. 이를테면 보석 가게 티파니에서 산 사치스러운 시계(지나치게 형식적이었던 것 같다), 노란색 스웨터(색깔 때문이었나, 아니면 목 부분 디자인 때문이었나?), 검은 가죽 핸드백(이유는 모르겠다) 등. 클러리서는 선물이 마음에 들지 않을 때도 그것이 잘못된 선택이었다는 말은 하지 않는다. 모든 선물은 자신이 원했던 바로 그것이기 때문에 너무도 완벽하다고 말할 뿐이다. 그래서 선물을 건넨 불운한 사람들이 할 수 있는 일이라곤 시계가 '매일 차도 좋은 것'이 될지, 스웨터가 우중충한 파티에 갈 때나 한 번 입고는 두 번 다시 걸치지 않게 될지 두고 보는 것이다. 샐리는 클러리서, 월터 하디, 올리버 세인트 아이브스처럼 낙천적이기만 하고 성실하지는 않은 모든 사람을 향해 분노를 느끼기 시작한다. 그러다 자신의 연인이 입을 사치스러운 감청색 셔츠를 고르는 월터를 흘끗 쳐다보는데, 분노는 흔적도 없이 사라지고 대신 열망이 가득 차오른다. 지금 이 순간 클러리서는 집에 있을 것이다.

샐리는 갑자기 서둘러 집에 가고 싶어진다. "지금 당장 가야겠어요. 생각보다 많이 늦었어요."

"오래 걸리지 않을 거예요."

"그러면 먼저 갈게요. 나중에 봐요."

"이 셔츠 괜찮아요?"

샐리는 보들보들하고 약간 도돌도돌한 질감이 느껴지는 그 옷감을 손가락으로 만져본다. "좋아요. 아주 멋진 셔츠네요."

점원은 그 셔츠의 아름다움이 자기 솜씨라도 되는 것처럼 수줍음을 타며 고마운 마음으로 미소 짓는다. 그 점원에게는 이런 가게에서 일하는 잘생긴 청년들에게 있을 법한 쌀쌀함이나 겸손함은 느껴지지 않는다. 판매원으로 일하는 이런 미남들은 도대체 어디서 오는 걸까? 그들의 희망은 무엇일까?

"맞아요. 멋진 셔츠예요, 그렇죠?" 월터가 대답한다.

"잘 가세요."

"그러면 나중에 봐요."

샐리는 최대한 빨리 상점을 빠져나와 68번가에 있는 지하철역을 향해 걸음을 재촉한다. 그녀는 클러리서에게 줄 선물을 가지고 집에 들어가고 싶지만 무엇을 사야 할지 떠오르지 않는다. 오늘 그녀는 클러리서에게 무엇인가를, 중요한 무엇인가를 고백하고 싶은데 그것을 말로 만들어내지 못한다. "사랑해"는 그런대로 쉽다. "사랑해"는 기념일이나 생일뿐만 아니라 침대나 부엌 싱크대, 아니면 여자는 남편보다 세 걸음 뒤에서 걸어야 한다고 믿는 외국인 기사가 모는 택시 안에서도 자연스레 주고받는 일상적인 표현이 되었다. 샐리와 클러리서는 서로 애정에 인색하지 않다. 물론 그런 애정이 좋긴 하지만 지금 샐리는 집에 가서 그보다 더 중요한 무엇인가를, 달콤함과 편안함뿐 아니라 열정을 훨씬 넘어서는 무엇인가를 말하고 싶다. 그녀가 말하고 싶은 것은 죽은 모든 사람과 관계있으며, 형용하기 어려운 행운과 코앞으로 닥쳐오는 통렬한 상실에 대한 그녀의 예감과도 관계있다. 클러리서에게 무슨 일이 닥쳐도 샐리의 삶은 계속되겠지만, 엄밀한 의미에서 살아남은 것은 아니다. 그녀는 절대 정상일 수 없을 것이다. 그녀가 말하고 싶은 것은 환희뿐만 아니라 환희의 다른 반쪽인 끝없는 두려움과도 관계있다. 그녀는 자신의 죽음을 생각하는 것은 견딜 수 있어도 클러리서의 죽음을 생각하는 것은 상상조차 할 수 없다. 그들의 이런 사랑은 안락한 집, 편안한 침묵, 영속성과 함께 사람은 반드시 죽는다는 멍에를 샐리에게 직접적으로 씌웠다. 지금 이 사랑에는 상상을 초월하는 상실감이 있다. 그리고 그녀가 따를 수 있는 굴레가 있다. 어퍼이스트사이드의 지하철역을 향해 걷는 지금은 물론, 내일과 모레 그리고 그다음 날에도, 또 그다음 날에도, 그녀의 삶이 끝날 때까지,

클러리서의 삶이 끝날 때까지 그녀가 따를 수 있는 굴레.

샐리는 시내로 향하는 지하철을 타고 가다가 길모퉁이의 한국인 가게 옆에 있는 꽃집에서 내린다. 카네이션, 국화, 말라빠진 백합 한 무더기, 프리지아, 데이지 그리고 꽃잎 끄트머리가 가죽 모양으로 비틀어진 흰색, 노란색, 붉은색의 온실재배 튤립 꽃다발이 진열되어 있는 지극히 평범한 꽃집이다. 좀비 같은 꽃들이구나, 하고 그녀는 생각한다. 상품일 뿐이야. 달걀 상태에서 도살될 때까지 땅을 한번도 밟아보지 못한 닭처럼 존재할 수밖에 없는 꽃들. 샐리는 나무 진열대에 놓인 꽃들 앞에 눈살을 찌푸리고 서서 냉장 보관실 뒤편 유리 타일에 비친 자기 모습과 (날카로운 얼굴, 회색 머리카락, 누르스름한 안색. 어쩌다 이렇게 늙어버렸을까? 그녀는 햇빛을 더 받아야 한다) 꽃들을 보다가 생각에 잠긴다. 그녀가 자신을 위해서나 클러리서를 위해서 원하는 건 이 세상에 없다. 400달러짜리 셔츠도 이런 비참한 꽃도 아니다. 아무것도 없다. 빈손으로 발길을 돌리려는데 모퉁이에 놓인 갈색 고무양동이에 담긴 노란 장미 한 다발이 눈에 들어온다. 이제 막 꽃봉오리를 열기 시작한 장미의 꽃받침 쪽 꽃잎은 오렌지색에 가까운 진한 노란색이 묻어나올 듯하고, 망고빛 발그레함이 털끝처럼 가느다란 선을 타고 위로 퍼지고 있다. 장미는 정원에서

자란 진짜 꽃을 너무도 완벽하게 닮아서 실수로 냉장실에 들어오게 된 것처럼 보인다. 샐리는 재빨리, 그리고 슬며시 그것을 산다. 꽃가게를 운영하는 한국인 여자가 뭔가 잘못되었다는 사실을 깨닫고는 그녀에게 그 장미는 판매용이 아니라고 정중하게 말하지나 않을까 걱정한다는 듯이. 그녀는 장미를 손에 들고 10번가를 따라 걷는다. 아파트를 들어설 때 그녀는 약간 상기된 표정이다. 그들이 섹스를 한 것이 언제였던가?

"이봐, 집에 있어?"

"여기 있어." 대답하는 클러리서의 목소리에서 뭔가 잘못되어가고 있다는 것을 직감할 수 있다. 샐리는 지금 그들의 삶을 향해 총알을 갈길지도 모르는 적군이 매복한 장소로 막 걸어 들어가고 있는 건가? 꽃다발과 이제 막 피어나는 욕정을 안고 짜증나는 집 안으로? 그녀가 또다시 이기심을 드러내고 혹시 뭔가 마무리를 짓지 않고 외출했다거나, 뭔가를 씻지 않았다거나, 중요한 전화를 까먹었다는 이유로 그만 잿빛으로 음울하게 변해버린 세상으로 발을 들여놓고 있는 건가? 그녀는 기쁨도 욕정도 사라진 채 장미를 안고 거실로 걸어 들어간다.

"무슨 일 있어?" 병원 대기실에서처럼 멍하니 소파에 앉아 있는 클러리서에게 말을 건다. 클러리서는 슬픔에 잠겼다기보다는 얼이 빠져 보이는, 샐리가 누구인지 모르겠다는 듯한 기묘한 표정으로 그녀를 바라본다. 그러자 갑자기 샐리는 클러리서가 자신을 받아들이기를 거부하는 것 같다는 느낌을 받는다. 두 사람이 오래도록 살아남으면서 한 울타리에 산다면(이 모든 것을 함께 나눴는데 어떻게 갈라설 수 있겠는가?) 그들은 서로가 죽어가는 모습도 지켜볼 것이다.

"아무것도 아니야."

"정말 괜찮아?"

"어? 음, 아니. 모르겠어. 루이스가 이곳에 왔었어. 그가 돌아왔단 말이야."

"결국 일이 벌어지고 말겠군."

"그냥 들렀대. 벨을 울리더라고. 잠시 이야기를 나누더니 갑자기 울기 시작했어."

"정말?"

"응. 바람처럼 나타났어. 그 와중에 줄리아가 오니까 황급히 떠나던데."

"루이스…… 요즘 어떻게 지낸대?"

"새로운 남자를 만나고 있대. 학생이래."

"과연."

"그런데 줄리아가 메리를 데리고 온 거야."

"어쩜, 한판 벌어졌겠구나."

"어머, 샐리. 장미를 가져왔네?"

"뭐라고? 아, 응."

샐리는 장미꽃을 흔들어 보이다가 클러리서가 탁자에 올려놓은 장미 한 다발이 가득 꽂힌 꽃병을 본다. 그리고 둘은 함께 웃는다.

"이거야말로 오 헨리 소설에서나 맛볼 수 있는 순간이지, 그렇지 않아?"

"너는 장미가 아무리 많아도 질리지 않을걸?" 샐리의 말에 클러리서가 대답한다.

샐리가 장미꽃을 클러리서에게 건네고, 그들은 잠시나마 매우 소박한 행복을 느낀다. 지금 그들은 여기에 있다. 어쨌든 십팔 년 동안 그럭저럭 서로를 사랑했다. 후회는 없다. 지금 이 순간에도, 후회는 없다.

브라운 부인

처음 계획보다는 약간 늦었지만 문제가 될 정도로, 굳이 변명을 늘어놓아야 할 정도로 늦지는 않았다. 6시가 다 되어간다. 책은 반쯤 읽었다. 래치 부인의 집을 향해 차를 몰고 있는 와중에 머릿속은 클러리서와 제정신이 아닌 셉티머스, 꽃들과 파티 등 방금 읽었던 내용으로 가득하다. 그리고 차 안의 사람, 메시지를 단 비행기 등 이런저런 장면이 마음속에 떠다닌다. 지금 로라는 정리되지 않은, 경계가 불분명한 지역을 서성이고 있다. 1920년대의 런던과 하늘색 호텔방 그리고 익숙한 길을 달리는 자동차로 이루어진 세상이다. 그녀는 자기 자신이면서 그렇지 않기도 하다. 그녀는 런던의 한 여자이면서 창백하고도 매력적인 얼굴의, 약간은 부정不貞한 귀족이기도 하다. 또한 버지니아 울프이면서 일을 팽개치는 불완전한 존재이기도 하다. 그녀에게 요구되는 모습은 한 아이의 어머니, 운전자, 은하수처럼 순수한 삶의 소용돌이의 궤적, 키티의(그녀가 키스한, 죽어가고 있을지도 모를) 친구다. 또한 연한 청색 플리머스 자동차가 앞에서 브레이크 등을 켜고 있고, 늦은 오후의 여름해가 황금빛 깊이를 더하고, 다람쥐 한 마리가 물음표 모양의 연회색 꼬리를 곧추세우고 전선 위로 쏜살같이 달리고 있는 가운데 쉐보레 자동차의 운전대를 꽉 잡고 있는, 산호색으로 칠한 손톱에(하나는 망가졌다) 다이아몬드 결혼반지를 낀 한 쌍의 손이다.

그녀는 래치 부인의 집 앞에 차를 세운다. 래치 부인의 차고 지붕에는 석고로 만들고 색을 칠한 다람쥐 두 마리가 앉아 있다. 그녀는 차 밖으로 나와서도 자동차 열쇠를 손에 쥔 채 잠시 동안 석고 다람쥐들을 올려다본다. 옆에서 자동차가 철커덕철커덕 이상한 소리를 내고 있다(이런 소리를 낸 지 벌써 며칠 되었으니 정비소에 맡겨야겠다). 갑자기 자기 존재가 무無로 사라지는 느낌이 그녀를 휘감는다. 이 기분을 달리 표현할 길이 없다. 철커덕철커덕 숨넘어가는 소리를 내는 자동차 옆에 서서 래치 부인의 차고를(석고 다람쥐들은 긴 그림자를 드리우고 있다) 마주하고 있는 그녀는 무의 존재다. 그녀는 무다. 호텔로 들어감으로써 자기 삶에서 도망친 것 같고 이 작은 길과 차고도 완전히 낯설다. 그녀는 아득히 벗어나 있었다. 그녀는 죽음에 대해 호의적으로, 심지어 열광적으로 생각한다. 그런 생각들이 여기 래치 부인의 집 앞에 서 있는 그녀에게 다시 찾아온다. 그녀는 연인을 만나러 갈 때나 할 법한 태도로 은밀히 호텔에 갔고, 지금은 자동차 키와 지갑을 들고 래치 부인의 차고를 응시하며 서 있다. 하얀 칠을 한 문에는 초록색 덧문을 한 자그마한 창이 하나 달려 있는데, 그 때문에 차고는 커다란 저택에 딸린 작은 집처럼 보인다. 갑자기 로라는 숨쉬기가 힘들어지면서 약간의 현기증까지 느끼고 비틀거리는데, 그러다 래치 부인 집 앞 매끈한 콘크리트 바닥에 쓰러질 것 같다. 자동차로 돌아가서 차를 몰고 달릴까 생각해보지만, 그러면서도 억지로 앞으로 걸어가면서 스스로에게 말한다. 아들을 찾아서 집으로 데려가야 해. 그리고 남편의 생일상을 차려야 해. 그런 일상적인 일을 그녀는 해야 한다.

겨우 숨을 크게 들이쉬고 그녀는 래치 부인 집의 좁다란 현관까지 걸어 올라간다. 그리고 이건 비밀로 하기로 다짐한다. 그녀가 한 짓거리는 별스럽기 짝이 없다. 하지만 누구에게 해를 끼치는 일은 아니지 않은가. 그녀가 싸구려 로맨스 소설에 나오는 부인처럼 연인을 만나고 있는 것도 아니지 않은가. 단지 몇 시간 멀리 사라졌다가 책을 읽고 돌아온 것뿐이다. 이걸 비밀로 하려는 것은 그 모든 일에 대해, 키스와 케이크 그리고 차베즈 라빈 언덕 꼭대기에 올랐을 때 느꼈던 공포의 순간들에 대해 어떤 식으로 설명해야 할지 모르기 때문이다. 그녀는 돈을 내고 묵은 호텔방에서 책을 읽으며 보낸 두 시간 반에 대해 어떻게 설명해야 할지 정말 모른다.

그녀는 다시 한번 숨을 크게 들이쉰다. 그러고는 조명장식을 한, 늦은 오후의 햇살을 받아 오렌지색으로 빛나는 래치 부인 집의 직사각형 벨을 누른다.

래치 부인이 그녀를 기다리면서 계속 거기 서 있었던 것처럼 재빨리 문을 열어준다. 래치 부인은 긴 반바지 차림에 얼굴은 불그레하고 엉덩이는 엄청나게 크며 매우 친절하다. 그녀의 집은 짙은 갈색 냄새로 가득한데, 문을 열자 고기 굽는 것 같은 그 냄새가 그녀 뒤쪽에서 풍겨 나온다.

"잘 다녀왔어요?"

"네. 늦어서 미안해요."

"아니에요. 우린 즐거운 시간을 보내고 있었어요. 어서 들어와요."

거실에 있던 리치가 와락 뛰어나온다. 얼굴에 홍조를 띤 아이는 겁을 잔뜩 먹고 있어서 엄마를 보자마자 해방감과 사랑으로 거의 까무러칠 지경이다. 아이와 래치 부인이 무슨 짓인가를 하다가 로라에게 들킨 것 같은 이상한 기분이 든다. 그 둘이 별안간 하던 짓을 멈추고 서둘러 증거가 될 만한 것을 감추어버린 것 같은 기분. 아니다. 그녀는 오늘 하루 종일 죄책감에 시달렸고, 그래서 그냥 아이가 당황해서 그런 거라고 생각해버린다. 아이는 몇 시간 동안 철저히 다른 영역에서 생활한 셈이니까. 몇 시간밖에 안 됐지만 래치 부인 집에 있으면서 자기 삶의 흔적을 놓치기 시작했던 것이다. 그 애는 즐거운 마음까지는 아니더라도, 자신이 이곳에서 살게 될 거라고, 그리고 늘 이곳에서 살아왔을 거라고 믿기 시작했던 것이다. 사방에 갈포* 벽지를 바른 벽과 육중한 노란색 가구 틈바구니에서 살아왔다고.

리치가 울음을 터뜨리며 그녀에게 달려온다.

"오, 그래." 로라는 아들을 번쩍 들어 올린다. 그녀는 아들의 냄새를, 그의 본질을, 그 정의할 수 없는 심오한 순수함을 깊이 들이마신다. 아들을 끌어안고 숨을 깊이 들이마시자 그녀도 기분이 한결 나아진다.

"아이가 엄마를 만나서 기쁜가 봐요." 래치 부인의 목

---

* 칡의 껍질로 만든 고급 벽지.

소리에는 진심 어린 기쁨이 담겨 있지만 쌀쌀맞은 기미도 엿보인다. 그렇다면 그녀는 자기는 아이에게 일종의 기쁨이자 아이 마음에 드는 사람이고, 자기 집은 신비의 집이라도 된다고 생각했단 말인가? 맞아, 그렇게 생각했을지도 모른다. 그렇다면 아이가 돌연 마마보이로 변했다고 해서 이 애를 괘씸하게 생각하는 걸까? 그럴지도 모른다.

"안녕, 꼬맹이." 로라가 아들의 분홍빛 작은 귀에 대고 말한다. 그녀는 자신의 어머니다운 침착함과 아들에 대한 영향력을 자랑스럽게 생각한다. 그래서 아들의 눈물이 당혹스럽다. 사람들이 그녀가 과잉보호한다고 생각하지는 않을까? 이 아이는 왜 이렇게 자주 울까?

"볼일은 다 봤어요?" 래치 부인이 묻는다.

"대충은요. 아이를 돌봐줘서 정말 고마워요."

"우리도 즐거운 시간을 가졌는걸요. 언제든지 아이를 데려와도 좋아요." 그녀는 진정으로, 그러면서도 약간 뾰로통하게 말한다.

"너도 재미있었어?" 로라가 아이에게 물어본다.

"응." 리치의 눈물이 잦아든다. 아이 표정은 희망, 슬픔, 혼란이 뒤섞인 고통의 축소판 같다.

"잘 있었고?"

아이가 고개를 끄덕인다.

"엄마 보고 싶었어?"

"그럼!"

"엄마가 할 일이 많았어. 오늘 밤 아빠에게 생일파티를 잘해줘야 하잖니, 그렇지?"

로라의 말에 고개를 끄덕이는 아이는 눈물이 글썽거리는 눈에서 의심의 눈초리를 조금씩 거두면서도 그녀가 자기 어머니가 아닐 수도 있다는 듯이 계속 뚫어져라 쳐다본다.

로라는 래치 부인에게 돈을 지불하고 부인에게서 뜰에 핀 극락조화 한 송이를 받는다. 래치 부인은 아이를 돌봐주는 일이 공짜였다는 듯이 돈을 받으면 언제나 꽃 한 송이나 과자 같은 것을 준다. 로라는 다시 한번 늦은 걸 사과하고 남편이 돌아올 시간이 되었다는 핑계를 대며 보통 십오 분 정도 나누던 대화를 끊고 리치를 차에 태운다. 그러고는 마지막으로 상아색 팔찌 세 개가 서로 부딪쳐 딸랑거릴 정도로 약간 과장되게 손을 흔들어 보이며 차를 뺀다.

래치 부인이 멀어지자마자 로라는 리치에게 말한다.

"큰일 났네. 집으로 바로 달려가 저녁 준비를 해야 돼. 한 시간 더 빨리 집에 도착해야 했는데."

아이는 진지하게 고개를 끄덕인다. 삶의 무게와 내용들이 그들을 다시 다잡아주면서 무의 느낌은 사라진다. 지금 이 순간은, 거리 한가운데에서 자동차가 정지신호에 다가가고 있는 이 순간은 의외로 길고 조용하고 평화롭다. 로라는 시끌벅적한 길을 벗어나 교회로 들어가는 것처럼 이 순간으로 들어간다. 양옆으로는 스프링클러가 풀밭 위로 원추형의 멋진 안개를 뿜고 있고, 오후의 태양은 알루미늄으로 만든 간이차고 위에서 금빛으로 타오르고 있다. 이 모든 것이 말로 표현하기 힘들 만큼 생생하다. 양옆으로 물의 장막이 대기를 향해 치솟는 가운데, 그녀는 집으로 차를 몰며 임신한 아내와 엄마로서의 본분을 다시금 깨닫는다.

리치는 아무 말도 하지 않은 채 그저 엄마만 바라보고 있다. 로라는 정지신호를 받아 브레이크를 밟으며 말한다. "아빠가 늦게까지 일하게 되어서 다행이다. 모든 걸 늦지 않게 잘 준비할 수 있겠어, 그렇지?"

그녀는 흘끗 아들을 보다가 아이와 눈이 마주치는데, 그 눈길에는 확실하게 알 수 없는 무엇인가가 보인다. 아이의 두 눈과 얼굴은 마음속에서 불 같은 것이 붙고 있다고 말하는 듯하다. 아들은 처음으로 엄마도 알아챌 수 없는 어떤 감정 때문에 고통 받고 있는 것 같다.

"애야, 무슨 일이니?"

"엄마, 사랑해요." 아이는 필요 이상으로 크게 대답한다.

아이 목소리에 뭔가 이상한 기미가, 뭔가 등골을 오싹하게 만드는 것이 있다. 그때까지 아들에게서 한번도 들어보지 못한 목소리다. 극도로 흥분한 것 같고, 너무도 낯설게 느껴진다. 아이는 난민처럼 도움이 간절히 필요한데도 이를 전달할 적당한 말을 배우지 못한, 극히 초보적인 영어 실력만 갖춘 어떤 존재처럼 느껴진다.

"엄마도 널 사랑해." 그녀가 대답한다. 이런 말을 수천 번도 더 했지만 소심하게 웅얼거리듯 하는 게 목구멍에서 느껴진다. 자기 말이 자연스럽게 들리도록 안간힘을 쏟고 있는 것이다. 그녀는 두 손을 정확히 운전대 가운데에 두고 조심스럽게 운전하면서 교차로를 지나 속력을 낸다.

아이는 자주 그랬던 것처럼 또다시 울음을 터뜨릴 것 같다. 하지만 깜빡거리지도 않고 있는 두 눈은 초롱초롱하면서도 감정이 없어 보인다.

"무슨 일 있었니?"

그녀가 묻는다. 그래도 아이는 그녀를 빤히 보는 눈을 거두지 않는다. 눈을 깜빡이지도 않는다. 아이는 알고 있다. 알고 있는 게 분명하다. 소년은 엄마가 불미스러운 어딘가에 갔다 왔다는 사실을 눈치 챌 수 있다. 엄마가 지금 거짓말을 하고 있다는 사실을 알 수 있다. 아이는 끊임없이 엄마를 지켜보고, 깨어 있는 시간의 대부분을 엄마 앞에서 보낸다. 아이는 엄마가 키티와 함께 있는 것도 보았다. 또 케이크를 다시 만드는 것도 보았고, 첫 번째 케이크를 쓰레기통에 버리는 것도 보았다. 아이는 온종일 엄마를 관찰하고 엄마를 읽어내는 데 전념한다. 왜냐하면 아이에게 엄마 없는 세상은 결코 존재하지 않기 때문이다.

두말할 필요도 없이 아이는 엄마가 거짓말하고 있는지를 정확히 알고 있을 것이다.

"걱정할 필요 없단다. 모든 게 잘 되고 있어. 오늘 밤 우린 아빠의 생일을 축하하기 위해 멋진 파티를 할 거야. 아빠가 얼마나 행복해할까? 아빠를 위해 선물도 준비했고 멋진 케이크도 만들었잖아."

리치가 고개를 끄덕이는데 눈은 조금도 깜빡이지 않는다. 아이는 앞뒤로 천천히 몸을 흔들다가 조용하게, 들리기보다는 들리지 않기를 바라면서 "맞아, 아빠를 위해 멋진 케이크를 만들었지"라고 중얼거린다. 그러는 아이 목소리에 뜻밖의 성숙한 공허함이 깃들어 있다.

아이는 엄마를 영원히 지켜볼 것이다. 그래서 언제 무엇이 잘못되고 있는지를 알 것이다. 아이는 엄마가 언제 얼마나 실패하는지를 언제나 정확하게 파악할 것이다.

"사랑해. 넌 내 아들이야." 그 순간 아이 모습이 변한다. 순간적으로 아이에게 핏기 없는 창백함이 나타난다. 로라는 화를 내지 않는다. 그리고 잊지 않고 미소를 짓는다. 그녀는 계속해서 두 손을 운전대에 두고 있다.

댈러웨이 부인

그녀는 리처드가 파티 참석을 준비하는 걸 도와주려고 그의 아파트에 왔지만, 리처드는 그녀가 문을 두드리는데도 대답하지 않는다. 다시 문을 두드린다. 점점 더 세게, 점점 더 빨리 신경질적으로 두드린다. 그러다 결국엔 직접 문을 연다.

집에는 빛이 흘러넘친다. 클러리서는 들어서자마자 숨이 막힐 것 같다. 차양이란 차양은 모두 다 열려 있고 창문들도 활짝 열려 있다. 방 안 공기는 태양이 내리쬐는 여름 날 오후면 여느 임대 아파트로나 쏟아질 법한 햇빛으로 가득한데도 리처드의 집에서는 소리 없는 폭발처럼 보인다. 마분지 상자들과 욕조(그녀가 알고 있던 것보다 더 지저분하다), 먼지 쌓인 거울과 값비싼 커피 메이커가 있다. 이 모든 것은 저마다 간직하고 있는 비애감과 빈약함을 백일하에 드러내고 있다. 한마디로, 그건 정신이 오락가락하는 사람의 임대 아파트다.

"리처드!" 클러리서가 외친다.

"댈러웨이 부인. 오, 댈러웨이 부인. 당신이었군."

다른 방으로 달려간 그녀는 리처드의 모습을 보고 경악한다. 가운을 입은 채 열린 창문의 창턱에 올라앉아 말라빠진 한쪽 다리는 집 안쪽으로, 다른 한쪽 다리는 그녀에게는 보이지 않지만 오층 창밖으로 달랑달랑 내놓고 있는 것이다.

"리처드, 거기서 내려와." 그녀는 단호하게 말한다.

"바깥 날씨가 참 좋아. 얼마나 아름다운지 몰라."

초라한 곡예사나 공원에 세워진 자코메티*의 조각상처럼 창턱에 걸터앉은 리처드의 모습은 제정신도 아닐뿐더러 노인 같으면서 어린아이처럼 들떠 있는 것 같기도 하다. 머리카락 몇 가닥이 머리에 찰싹 달라붙어 있고, 몇 가닥은 날카롭고 예리하게 솟아 있다. 집 안쪽으로 늘어져 있는 한쪽 다리는 허벅지 중간 부분까지 푸른빛이 감도는 하얀 맨살이 드러나 있고 피골이 상접하지만 놀랍게도 단단한 종아리 근육은 여전히 뼈에 단단히 붙어

---

* 알베르토 자코메티(1901~1966). 스위스의 초현실주의 조각가이자 시인.

있다.

"나 놀라게 하지 말고 그만 내려와, 지금 당장."

클러리서가 그를 향해 움직이자마자 그는 집 안쪽 다리마저 창턱에 올린다. 이제는 한쪽 발뒤꿈치와 한쪽 손 그리고 뼈만 남은 엉덩짝 하나만이 낡은 나무 창턱에 걸쳐 있다. 헐렁한 가운에서는 붉은 날개를 단 로켓들이 솜방울 모양의 오렌지색 불기둥을 내뿜고 있다. 흰색 복장에 헬멧을 쓴 땅딸막한 우주비행사들이 검은 헬멧에 얼굴을 숨기고 흰 장갑을 낀 손으로 뻣뻣한 손짓을 보내고 있다.

"재넉스 **그리고** 리탈린을 먹었어. 약을 같이 먹으니 효과가 끝내줘. 굉장해. 차양을 모조리 열었는데도 공기와 빛이 더 많이 필요하더라고. 여기까지 올라오는데 너무 힘들었어."

"제발 발을 바닥에 내려놔. 나를 위해서 그렇게 해줘, 응?"

"나는 파티에 갈 수 없어. 미안해."

"그럴 필요 없어. 원하지 않으면 아무것도 안 해도 돼."

"너무 아름다운 날이야. 이렇게 아름다울 수가."

한 번 또 한 번, 클러리서는 숨을 크게 들이쉰다. 의외로 그녀는 냉철한 면이 있지만(자신은 곤란한 상황에 잘 대처

할 수 있다고 생각한다) 지금은 자기가 이미 벌어진 일을 목격하고 있는 것처럼 그 방에서, 자기 자신에게서 없는 것 같다. 지금 벌어지고 있는 일이 기억 속 일로 느껴지는 것이다. 그녀 내면에 있는 무엇인가가, 목소리 같지만 목소리는 아닌 무엇인가가, 심장 박동 소리와 구분이 안 되는 내면의 지식이 이렇게 말한다. **언젠가 한번 리처드가 오층 높이의 창턱에 앉아 있던 적이 있었어.**

"제발, 거기서 그만 바닥으로 내려와."

리처드의 얼굴이 클러리서가 매우 어려운 질문이라도 한 것처럼 검게 변하며 찡그려진다. 햇빛에 완전히 노출된 의자는(솔기가 터져 속이 삐져나와 있고, 시트에 놓인 얇은 노란색 타월에는 녹이 슨 것 같은 색깔의 원들이 돋을무늬로 그려져 있다) 어리석음과 허세라는 죽을병 그 자체인지도 모른다.

"거기서 그만 **바닥으로** 내려와." 클러리서는 외국인에게 말을 걸듯이 느리지만 큰 소리로 또박또박 말한다.

리처드는 고개를 끄덕이지만 움직이지는 않는다. 추해진 머리가 한낮의 햇빛을 받아 지도처럼 보인다. 피부는 쭈글쭈글하고 곰보 자국이 나 있고 여기저기 갈라져 있고 사막의 돌 같다.

"내가 이 일을 견딜 수 있을지 모르겠어. 당신도 알잖아. 파티와 시상식, 그리고 그게 끝나면 이런저런 시간, 그게 끝나면 또 이런저런 시간."

"파티에 안 가도 돼. 시상식에도. 당신은 아무것도 안 해도 된다고."

"그래도 그 시간들the hours은 남아 있어, 그렇지 않아? 하나의 시간, 그러고 나면 또 그런 시간. 그 시간들을 당신이 다 견뎌낸다고 해도 또 그런 시간이 있어. 세상에, 또 그런 시간이라니. 지긋지긋해."

"당신은 지금도 좋은 날을 보내고 있어. 당신도 알잖아."

"별로. 그래도 그렇게 말해주다니, 당신은 참 착해. 그런데 요새 가끔씩 거대한 꽃의 꽃잎들이 나를 옥죄는 것 같은 느낌이 들어. 괴상한 비유인가? 아무튼 그래. 식물의 숙명 같은 거랄까. 파리지옥을 생각해봐. 숲을 숨 막히게 만드는 칡을 생각해보라고. 축축한 녹색이 어딘가로 번성해가는 과정이지. 어딘지는 당신도 알잖아. 녹색의 침묵. 웃기지 않아? 지금 이 순간에도 '죽음'이라는 단어를 말하기가 이렇게 어렵다니."

"리처드, 지금 여기에 그들이 있어?"

"누구 말이야? 아, 소리들? 소리들은 언제나 여기 있어."

"내 말은, 지금도 그것들이 아주 명확히 들리냐는 거야."

"아니, 지금 나는 당신 말을 듣고 있어. 당신 목소리를 듣는 건 언제나 아주 즐거워, 댈러웨이 부인. 지금도 이렇게 부르는 게 언짢아?"

"전혀. 안쪽으로 들어와. 지금 당장."

"그녀를 기억해? 또 다른 당신 말이야. 그녀는 지금 무엇이 되어 있을까?"

"지금 당신 앞에 있는 사람이 그 여자야. 내가 그 여자라고. 나는 당신이 안쪽으로 들어오는 것 말고는 아무것도 필요하지 않아. 제발, 응?"

"여긴 참 아름다워. 크나큰 자유가 느껴져. 내 어머니에게 전화해주겠어? 당신도 알다시피 어머니는 늘 혼자잖아."

"리처드!"

"이야기를 하나 해줘."

"어떤 이야기?"

"가장 좋은 날에 벌어진 일, 오늘 벌어진 일 말이야. 아주 평범하겠지만, 사실 그게 더 좋을 수도 있어. 당신이 생각할 수 있는 가장 평범한 일이 말이야."

"리처드……."

"무슨 일이든. 무슨 일이든 좋아."

"글쎄, 뭐가 좋을까…… 오늘 아침 이곳에 오기 전에

파티에 쓸 꽃을 사러 갔지."

"당신이?"

"응. 아주 아름다운 아침이었어."

"그래서?"

"아름다웠어, 무척…… 산뜻했고. 꽃을 사서 집으로 가져와 물에 담갔지. 그거야, 그게 다야. 이제 그만 안쪽으로 들어와."

"어느 해변에 있는 아이들에게 불어오는 산뜻한 바람처럼."

"바로 그거야."

"우리가 젊었을 때 함께 있던 어느 아침처럼."

"그래, 그때처럼."

"당신이 낡은 집에서 걸어 나오던 그날 아침처럼, 당신은 열여덟 살이었고 나는 막 열아홉 살이 되었던 그때처럼, 맞지? 열아홉 살이었던 나는 루이스와 사랑에 빠졌고 당신과도 사랑에 빠졌지. 그때 나는 이른 아침에 잠에서 아직 덜 깬 상태로 속옷만 입고 유리문을 걸어 나오는 당신보다 더 아름다운 건 본 적 없다고 생각했어. 이상하지 않아?"

"그래, 이상해."

"나는 실패했어."

"그 따위 말은 집어치워. 당신은 실패하지 않았어."

"나는 실패했어. 동정을 구걸하고 있는 게 아니야. 정말 그런 게 아니야. 단지 슬플 뿐이라고. 내가 하고 싶었던 건 단순해 보였어. 누군가의 삶에 있는 어느 아침만큼 생생하고 충격적인 무엇인가를 창조하고 싶었지. 가장 평범한 아침을 말이야. 그렇게 하려고 애쓰는 모습을 상상해봐. 정말 바보 같지."

"조금도 바보 같지 않아."

"파티를 견디지 못할까봐 겁이 나."

"제발, 제발 파티는 걱정하지 마. 파티는 생각도 하지 마. 내 손 잡아."

"당신은 내게 너무 좋은 사람이야, 댈러웨이 부인."

"리처드!"

"당신을 사랑해. 너무 진부하게 들리나?"

"아니."

리처드가 미소를 짓는다. 그리고 머리를 절레절레 흔들고는 이렇게 말한다. "우리 두 사람만큼 행복했던 사람도 없을 거야."

그는 앞으로 살짝 움직여 창턱에서 부드럽게 미끄러진다. 그리고 떨어진다.

클러리서가 비명을 지른다. "안 돼!"

그가 너무나 확신에 차 있고 침착해 보여서 그녀는 순간 그 일이 벌어지지 않았다고 착각한다. 잽싸게 창가로 간 그녀에게 떨어지고 있는 리처드와 바람에 부풀어 올라 휘날리는 가운이 보인다. 이 순간까지도 그 일은 가벼운 사고로, 되돌릴 수 있는 그 무엇인 것처럼 느껴진다. 이제 그가 오층 아래 땅바닥에 닿는 것이, 콘크리트 바닥에 무릎을 꿇으며 머리를 박는 것이 보이고, 뒤이어 그가 떨어져서 나는 소리가 들린다. 그런데도 그녀는 창밖으로 몸을 내밀어 아래를 내려다보면서 최소한 한순간은 그가 다시 일어서리라고, 몸도 제대로 가누지 못하고 숨을 헐떡거리겠지만 그래도 원래 그의 모습 그대로, 온전한 모습으로, 계속 말할 수 있는 상태로 일어서리라고 믿는다.

그녀는 한 차례 그의 이름을 불러보지만 대답 없는 부름이다. 그 소리는 그녀가 의도했던 것보다 훨씬 부드럽다. 그는 떨어진 모습 그대로, 얼굴은 바닥에 붙어 있고 가운은 머리 위로 휘날리며 두 다리는 시커먼 콘크리트 바닥에 흰 맨살을 드러낸 채로 누워 있다.

그녀는 방에서 뛰쳐나와 문을 열고 나간다. 그러고는 문을 열어둔 채 계단을 달려 내려간다. 도움을 청할까도 생각해보지만 그러지 않는다. 공기는 완전히 반대되는 물질로 변해 얇게 부서지는 것 같다. 계단을 달려 내려가던 그녀는 자신이 한꺼번에 몇 계단씩 뛰어 내려가고 있는, 다치지도 않았고 여전히 살아 있는 한 여자라는 것을 깨닫는다(훗날 이 일을 부끄러워할 것이다).

아파트 로비에 이르자 그녀는 리처드가 누워 있는 아파트 환풍통에 어떻게 가야 할지 생각하다가 자신이 지옥으로 가고 있던 것처럼 느껴져 당혹스러워진다. 그 지옥이란 퀴퀴한 냄새가 나는 노란색 상자 같은 공간으로, 출구는 없고 인조 나무들 때문에 그늘졌으며 흠집투성이 철문들이 늘어서 있는 곳이다(철문 중 하나에는 록밴드 그레이트풀 데드의 장미 화관을 쓴 해골이 그려져 있다).

계단통 그늘에는 다른 문보다 좁은 문이 하나 있다. 문을 열고 밖으로 나가 부서진 시멘트 계단을 내려가면 그곳에 리처드가 있다. 그녀는 이 마지막 계단을 다 내려가기도 전에 그가 죽었다는 것을 안다. 그의 머리는 흐트러진 가운에 덮여 안 보이지만, 검은색에 가까운 시커먼 피웅덩이가 있어 머리가 거기 있음을 알 수 있다. 그의 육신은 미동도 하지 않는다. 한쪽 팔은 기이한 각도로 뻗어 있고 손바닥은 위로 향해 있으며 두 맨다리는 너무 새하얘 죽음 그 자체인 듯하다. 그래도 그의 발에는 여전히 그녀가 사준 회색 펠트 슬리퍼가 신겨져 있다.

그녀는 마지막 계단을 내려가 부서진 유리 파편 한가

운데에 누워 있는 리처드를 확인한다. 잠시 후 그 파편은 그 전에 이미 콘크리트에 흩어져 있던 맥주병 조각일 뿐 리처드의 추락 때문에 생긴 건 아니라는 사실을 깨닫는다. 그녀는 즉시 그를 들어내야 한다고, 유리 조각에서 끌어내야 한다고 생각한다.

그녀는 그의 옆에 무릎을 꿇고 앉아 미동도 없는 그의 어깨에 손 하나를 얹는다. 그리고 부드럽게, 그가 깨어날까 두려워하는 듯 매우 부드럽게 머리를 덮고 있는 가운을 벗긴다. 빨간색, 보라색, 흰색이 뒤섞여 번들거리는 덩어리 속에서 그녀가 알아볼 수 있는 거라고는 벌어진 입술과 떠 있는 한쪽 눈뿐이다. 그녀는 자신이 소리를, 경악과 고통에 찬 날카로운 절규를 토해냈음을 깨닫는다. 그녀는 그의 머리를 가운으로 다시 덮는다.

이제 무엇을 해야 할지 결정하지 못한 그녀는 계속 그의 옆에 무릎을 꿇고 앉아 있다가 다시 손을 그의 어깨로 가져가 쓰다듬지는 않고 어깨에 얹기만 한다. 경찰을 불러야 한다고 생각하면서도 리처드를 혼자 남겨두고 떠나고 싶지는 않다. 누군가가 내려다보고 자기를 불러주길 기다린다. 그러다 위쪽으로 줄지어 나 있는 창문들과 밖에 걸린 빨래 그리고 칼날 같은 한줄기 흰 구름이 가로지르는 정확한 정사각형의 하늘 한 조각을 올려다보고는 아직 아무도 이 일을 알지 못한다는 것을 깨닫기 시작한다. 어느 누구도 리처드가 떨어지는 것을 보거나 듣지 못했던 것이다.

그녀는 꼼짝도 하지 않는다. 그녀는 작은 도자기 공예품 세 개가 진열되어 있던(이렇게 낮은 곳에서는 그것도 보이지 않는다) 노부인의 집 창문을 발견한다. 그녀는 분명 집에 있을 것이다. 좀처럼 밖으로 나가지 않으니까. 클러리서는 그녀를 향해 외치고 싶은 충동을 느낀다. 그 노부인이 일종의 가족이라도 된다는 듯이, 그녀가 알아야 한다는 듯이. 클러리서는 해야만 하는 다음 일을 일이 분 정도 더 미룬다. 그녀는 그의 어깨를 어루만지며 리처드와 함께 있는데, 지금 벌어진 일이 조금 당혹스럽고(그렇게 느끼는 자신에게 놀란다) 왜 자신이 눈물을 흘리지 않는지 의아해진다. 그녀는 자기 숨소리를 알고 있고, 리처드의 두 발에 아직까지 신겨져 있는 슬리퍼도 알고 있다. 그리고 점점 커져가는 피 웅덩이에 비친 하늘을 보고 있다.

그래, 이렇게 끝나는구나. 이렇게 초라한 콘크리트 바닥의 유리 조각 한가운데에서, 빨랫줄 아래에서 끝나는구나. 그녀는 그의 어깨부터 시작해 연약한 등의 휘어진 부분을 손으로 부드럽게 쓸어내린다. 떳떳하지 못한 마음으로 어떤 금지된 행동을 하는 것처럼 그녀는 몸을 숙여 이마를 그의 척추에 대본다. 어떻게든 척추가 아직 그의 것으로 남아 있을 때, 어떻게든 그가 아직 리처드 워싱턴 브라운으로 남아 있을 때 그녀는 가운의 퀴퀴한 플란넬 냄새를, 목욕을 하지 않은 그의 살에서 나는 포도주 맛 같은 톡 쏘는 냄새를 맡을 수 있다. 그에게 말을 걸고 싶지만 그럴 수는 없다. 그저 머리를 살짝 그의 등에 대볼 뿐이다. 말을 걸 수만 있다면 그에게, 정확히 무슨 말을 하겠다고 딱 잘라 말할 수는 없지만 그는 열심히 글을 썼다고, 그리고 그보다 더 중요한 건, 열심히 사랑했다고, 수십 년 동안 보답 없는 사랑을 열심히 했다고 말할 것이다. 그리고 그녀 자신이, 이 클러리서가 그 사랑에 대한 보답으로 얼마나 많이 그를 사랑했는지 말할 것이다. 그런데 그녀는 삼십 년도 더 전에 길모퉁이에서 그를 떠나지 않았던가(달리 뭘 할 수 있었을까). 그래서 그녀는 비교적 평범한 삶을(대부분의 사람들이 갈망하는 딱 그만큼) 자신이 얼마나 갈망하는지 고백할 것이다. 그가 자기 파티에 와서 자기 사람들 앞에서 자신을 얼마나 많이 위하는지 보여주기를 얼마나 원했는지 고백할 것이다. 그리고 그녀는 그에게 마지막 날이 되고 만 그날에도 그의 입술에 키스하지 않고서 그의 건강을 위해서 그랬다고, 다른 이유는 없다고 스스로에게 말한 데 대해 그에게 용서를 구할 것이다.

브라운 부인

초에 불을 붙였다. 생일 축하 노래도 불렀다. 댄이 촛불을
불어서 끄다가 부드러운 프로스팅에 침을 몇 방울 튀긴
다. 로라가 박수를 치자 리치도 박수를 친다.

"생일 축하해요, 여보."

그런데 뜻밖에도 그녀에게 한줄기 분노가 치솟으며 목
구멍을 죈다. 케이크에다 침을 튀기다니, 추잡하고 뚱뚱
하고 멍청한 인간이야. 나는 한 남자의 마누라인 척하느
라 여기 이렇게 영원히 갇혀 지내는데 말이야. 그녀는 오
늘 밤을, 그리고 내일 아침을, 그리고 또다시 이 밤을 이
곳에서, 이 방들 안에서 갈 곳 없는 신세가 되어 견뎌야
한다. 그리고 그녀는 남을 즐겁게 해줘야 한다. 계속 그래
야 한다.

그것은 찬란한 눈밭으로 걸어 들어가는 것과 비슷할지

도 모른다. 두려우면서도 신나는 일일 것이다. **우리는 그녀의 슬픔이 평범한 슬픔이라고 생각했다. 아무것도 모르면서.**

분노가 지나간다. 괜찮다고 그녀는 스스로에게 말한다. 괜찮아. 냉정을 되찾자. 제발.

댄이 팔로 그녀의 엉덩이를 감싸 안는다. 그녀는 고깃덩이 같고 냄새 나는 그의 몸뚱어리가 느껴진다. 그러고는 미안해진다. 그녀는 그 어느 때보다도 강하게 남편의 다정함을 의식하고 있다.

"정말 훌륭해. 완벽하다고." 그가 말한다.

그녀는 그의 머리를 어루만진다. 탈모약 바이털리스를 바른 머리카락은 매끈하면서도 수달의 털처럼 약간 거칠다. 짧은 수염이 송송 난 얼굴은 땀으로 번들거리고, 잘 손질된 머리에 풀 한 포기처럼 나온 기름진 앞머리 한 가닥은 눈썹 바로 위에서 꼬여 있다. 그는 넥타이를 풀고 셔츠 단추를 끄른다. 그리고 이제 땀, 올드스파이스 스킨 향, 구두 가죽, 말로 표현할 수 없을 만큼 친숙한 살 냄새로 이루어진 그만의 향을 발산한다. 철과 표백제 냄새, 그리고 뭔가를 요리하는 것 같은, 그의 몸속 깊숙한 곳에서 축축하고 기름진 무엇인가를 튀기고 있는 것 같은 냄새.

로라가 리치에게 묻는다. "너도 소원을 빌었니?"

아이는 그럴 리가 없는데도 고개를 끄덕인다. 아이는 매 순간 소원을 비는 것 같은데 자기 아빠의 소원처럼 주로 지속됨과 관계있다. 아이가 가장 열렬하게 원하는 것은 이미 자기가 갖고 있는 것을 더 많이 갖겠다는 것이다(물론 그 소원이 구체적으로 뭐냐고 물어보면 실제로 있든 상상만 하는 것이든, 뭐가 됐든 갖고 싶은 장난감들을 줄줄이 읊어대겠지만). 자기 아빠처럼 아이도 이 장남감들 중 대부분은 당연히 가질 수 없는 것이라고 정확하게 느낀다.

"케이크 자르는 것 좀 도와주지 않을래?" 남편이 말한다.

"좋아요." 리치가 대답한다.

로라는 부엌에서 디저트 접시와 포크를 가져온다. 그녀는 이 조용한 식당에서 남편, 아들과 함께 편안하게 있고, 키티는 병실에 누워서 의사들이 찾아낸 게 무엇인지 들으려고 초조하게 기다리고 있다. 여기, 그녀의 가족이 있다. 바로 이곳에. 그들이 사는 거리 아래위로, 그리고 다른 거리 아래위로 창들이 빛나고 있다. 수많은 저녁상이 차려지고 있고, 그날의 승리와 좌절에 대한 수많은 이야기가 말해지고 있다.

로라가 접시와 포크를 식탁에 놓을 때, 접시와 포크가 풀을 빳빳하게 먹인 하얀 식탁보에 부드러운 소리를 내며 닿을 때 갑자기 그녀는 성공한 것처럼 보인다. 화가가 어떤 작품에 마지막 선을 그리고 색을 칠함으로써 지리 멸렬하던 작품에 강렬한 생명력을 불어넣거나, 작가가 드라마에 숨겨져 있는 패턴과 조화를 드러내주는 한 문장을 쓸 때처럼. 아무튼 그 성공이란 접시와 포크를 하얀 식탁보에 가지런히 놓는 것과 관계있다. 그 성공에는 기대가 없는 만큼 실수도 없다.

댄은 리치의 손을 잡고 케이크를 자르려고 하기 전에 먼저 아들에게 불 꺼진 초부터 뽑으라고 한다. 로라는 그 모습을 가만히 지켜본다. 지금 이 순간, 결혼할 때 받은 은제식기들이 진열되어 있는 단풍나무 찬장과 연둣빛 벽으로 단장한 식당은 상상할 수 있는 가장 완벽한 공간이 된다. 식당은 많은 것들로 더없이 충만해 보인다. 남편과 아들의 삶으로 가득하고, 미래로 가득하다. 그 공간은 매우 중요하고, 지금 빛을 발하고 있다. 이 세상의 많은 것들은, 이 세상 자체는 비록 국가들은 송두리째 파국을 맞았지만 어떤 선의의 힘의 지배를 받고 있는 게 틀림없다. 심지어 키티까지도 의학의 도움을 받아 완치될 것 같다. 그녀는 완치될 것이다. 그렇지 못한대도, 돌이킬 수 없대도 댄과 로라와 그들의 아들과 배 속의 둘째 아이 모두 여전히 여기 있을 것이다. 이 방에, 한 아이가 잔뜩 인상을 쓰며 초를 뽑는 데 집중하고 있고, 그 아버지는 초 하나를 뽑아 아이 입에 가져다주며 프로스팅을 핥아먹으라고 하는 이곳에 있을 것이다.

로라는 스쳐지나가는 한순간을 읽어낸다. 여기 한순간이 있고 저기 한순간이 간다, 하고 그녀는 생각한다. 페이지가 막 넘어가는 것이다.

그녀는 멀찍이 떨어져 있는 아들을 보며 차분하게 미소 짓는다. 아이도 미소로 화답하고 타버린 초의 끄트머리를 핥는다. 그러고는 또 다른 소원을 빈다.

울프 부인

그녀는 자기 무릎에 놓인 책에 집중하려고 애쓴다. 곧 그녀와 레너드는 호가스하우스를 떠나 런던으로 이사할 것이다. 그렇게 결정했다. 버지니아가 이긴 것이다. 그녀는 집중하려고 노력한다. 먹다 남은 쇠고기도 다 치우고 식탁도 훔치고 접시도 다 닦았다.

이제 그녀는 극장과 연주회장을 다닐 것이다. 파티에도 갈 것이다. 거리를 쏘다니며 모든 것을 눈에 넣고, 자신을 이야기로 가득 채울 것이다.

……삶, 런던……

그녀는 글을 쓰고 또 쓸 것이다. 이 책을 끝내고 나면 또 다른 책을 쓸 것이다. 제정신을 지킬 것이며, 그야말로 자신에게 운명 지어진 길 그대로, 자신과 비슷한 부류의 사람들 틈에서 자신의 재능을 자유자재로 구사하고 맘껏 발휘하는 삶을 살아갈 것이다.

갑자기 그녀는 바네사의 키스를 떠올린다.

그 키스는 순결한, 너무도 순결한 것이었지만 버지니아가 런던과 삶에 기대하는 것과 다르지 않은 무엇인가로 가득했고, 탐욕도 구식도 아닌 사랑의 덩어리로 가득했다. 그 자체가 중요한 미스터리였던 그 키스는 이런 오후의 징후였던 걸로 될 것이고, 어떤 꿈의 언저리에서 빛나는 잡을 수 없는 광휘였던 걸로 될 것이다. 그 광휘는 우리가 잠에서 깨어나면 이미 마음속에서 사라지고 있는 것이고, 아마도 오늘, 이 새로운 날에 벌어질지도 모를 어떤 일을, 무슨 일이 됐든 그것을 알게 되리라는 희망 속에 품고 있는 것이다. 버지니아는 넬리의 넓적하고 못마땅한 등 뒤에서 그다지 순수하지 않은 마음으로 언니와 키스를 했으며, 지금은 방에서 무릎에 책을 올려놓고 있다. 그녀는 곧 런던으로 이사할 것이다.

클러리서 댈러웨이는 한 여자를 사랑했을 것이다. 그렇다, 젊었을 때 그녀는 자신과 같은 여자를 사랑했다. 그녀와 그 여자는 키스를, 동화 속 황홀한 키스 같은 딱 한 번의 키스를 나누었을 것이다. 그리고 클러리서는 평생토록 그 키스의 추억을, 그 키스에 대한 터질 듯한 기대감을 영원히 간직할 것이다. 하지만 그녀는 그 단 한 번의 키스가 약속한 것 같은 사랑은 결코 찾지 못할 것이다.

마음이 들뜬 버지니아는 의자를 박차고 일어나 책을 탁자 위에 내려놓는다. 자기 의자에 앉아 있던 레너드가 묻는다. "당신, 자러 가는 거야?"

"아니요. 아직 이르지 않나요?"

그는 못마땅한 얼굴로 손목시계를 본다.

"10시 반이 다 됐소."

"마음이 들떠서 그래요. 아직 피곤하지는 않아요."

"당신, 11시에는 자러 갔으면 좋겠는데."

그녀는 고개를 끄덕인다. 런던으로 가기로 결정한 이상 근신하는 자세를 보일 것이다. 그녀는 응접실을 떠나 현관을 가로질러 어두컴컴한 식당으로 들어간다. 거리의 가로등 불빛과 달빛이 어우러져 빚어내는 기다란 직사각형 빛이 창문을 뚫고 탁자에 떨어졌다가 바람에 흔들리는 구부러진 나뭇가지들에 의해 지워졌다 다시 나타나고 또다시 지워진다. 문간에 서서 버지니아는 그 옛날 바닷가에서 파도가 부서지는 모습을 지켜보았던 것처럼 끊임없이 변하는 달빛 그림자를 지켜본다. 그렇다, 클러리서는 한 여자를 사랑했을 것이다. 클러리서는 그 여자와 키스했을 것이다. 딱 한 번만. 클러리서는 너무도 쓸쓸하게 사람들을 잃게 되겠지만, 결코 죽지는 않을 것이다. 그녀는 삶을, 런던을 너무도 사랑하게 될 것이다. 버지니아는 다른 누군가를 떠올린다. 육체는 강하되 정신은 나약한 누군가를. 천재 기질과 시심詩心을 지녔고 세상의 수레바퀴에, 전쟁과 권력에, 의사들에 짓눌린 누군가를. 좀더 어렵게 말하면 이 세상 모든 곳에서 의미를 찾고, 나무들도 감각이 있고 참새들도 그리스어로 노래를 부른다는 걸 안다는 이유로 제정신이 아니라고 여겨지는 누군가를. 그렇다, 그런 누군가를. 클러리서, 정신이 멀쩡한 클러리서는 런던을 사랑하고, 자기 삶의 평범한 즐거움을 계속 사랑할 것이다. 그리고 다른 누군가는, 어느 미치광이 시인은, 어느 몽상가는 죽음을 택할 것이다.

브라운 부인

그녀는 양치질을 끝낸다. 접시들도 다 닦았고 리치도 잠들었으며 남편은 그녀를 기다리고 있다. 그녀는 칫솔을 씻고 입을 헹군 후 세면대에 물을 뱉는다. 남편은 두 손을 머리 뒤로 깍지 낀 채 천장을 올려다보면서 침대의 자기 자리에 누워 있을 것이다. 그녀가 침실로 들어가면, 그는 수많은 사람들 중에서 자기 부인이 막 옷을 벗어 의자에 걸쳐놓고 침대 위로 올라오는 모습을 지켜보는 것이 무척이나 놀랍고도 행복하다는 듯이 바라볼 것이다. 그게 그의 방식이다. 소년 같은 놀라움, 상냥하고 약간은 무안해하는 듯한 기쁨, 그리고 가만히 들여다보면 스프링처럼 속이 둘둘 감긴 섹스에 대한 산만한 순진함 등. 가끔 그녀는 선물 가게에서 팔리는 땅콩 깡통을, 뚜껑을 열기만 하면 종이뱀이 튀어나오도록 만들어진 깡통을 생각하는데,

어떤 때는 자기도 모르게 그 깡통이 떠오르기도 한다. 오늘 밤에는 책을 읽는 일은 없을 것이다.

그녀는 도자기로 만든 칫솔꽂이에 칫솔을 다시 꽂는다.

비상구급함의 거울을 들여다보다가 얼핏 다른 누군가가 그녀 곁에 서 있는 상상을 해본다. 물론 그곳에는 아무도 없다. 그것은 단지 빛의 장난일 뿐이다. 한순간, 더도 덜도 아닌 딱 한순간이었는데 어떤 귀신이, 또 다른 모습의 그녀가 그녀 바로 뒤에 서서 지켜보고 있다는 상상에 빠진다. 그것은 무無다. 그녀는 약장 문을 열고 치약을 얹는다. 약장 속 유리 선반 위에는 갖가지 로션과 스프레이들, 붕대와 연고와 약들이 놓여 있다. 그리고 수면제가 담긴 플라스틱 병이 있다. 최근에 알약을 다시 채운 이 병은 거의 꽉 차 있다. 물론 그녀는 임신 중이라 그 약을 복용할 수 없다.

약병을 선반에서 꺼내 불빛에 비춰본다. 병에는 적어도 서른 알 이상이 남아 있을 것이다. 약병을 다시 선반에 올려놓는다.

그 일은 호텔 투숙 절차만큼 간단할 것이다. 그만큼 간단할 것이다. 이제 더 이상 문제될 것이 없다는 사실이 얼마나 멋진지 생각해보라. 이제는 걱정하거나 사투를 벌이거나 실패하지 않을 수 있다는 것. 그것이 얼마나 멋진지 한번 생각해보라.

저녁식사 때의 그 균형, 그 소박한 완벽함에 만족한다면 어떻게 될까? 당신이 이제 무엇인가를 원하지 않기로 결심한다면 어떻게 될까?

그녀는 비상구급함의 문을 닫는다. 그때 문이 약장 테두리에 부딪혀 단단한 금속성 소리가 난다. 약장에 들어 있는, 선반에 놓여 있는, 지금 어둠 속에 갇혀 있는 모든 것에 대해 생각해본다. 그녀는 남편이 기다리고 있는 침실로 들어간다. 그리고 옷을 벗는다.

"어서 와." 침대의 자기 자리에서 남편이 부드럽고 자신에 찬 목소리로 말한다.

"멋있는 생일이었어요?"

"최고였어." 남편이 그녀를 위해서 침대보를 벗겨주는데도 하늘거리는 청색 잠옷을 걸친 그녀는 침대 옆에 서서 머뭇거린다. 자기 육체가 그곳에 있다는 것은 알지만 자기 육체를 느낄 수는 없는 것 같다.

"좋네요. 당신이 즐거운 시간을 가졌다니, 고마워요."

"침대에 들어올 거지?"

"네."

대답은 하지만 몸이 움직이지 않는다. 바로 이 순간 그녀는 오로지 부유하는 지성知性에 지나지 않을지도 모른다. 두개골 속엔 뇌조차 없는, 단지 귀신처럼 지각만 하는 영靈일지도 모른다. 귀신이 된다는 것은 바로 이런 기분일지도 모르겠다고 그녀는 생각한다. 그것은 조금은 책을 읽는 것과 닮았다. 적극적인 관찰자 역할을 넘어서는 것이라면 그 어떤 역할도 맡지 않으면서도 사람과 배경과 상황들을 다 아는 것 같은 느낌이 그렇지 않은가.

"그러니까 침대에 들어올 거지?"

"네."

그녀에게 개가 짖는 소리가 들린다. 아주 멀리서.

댈러웨이 부인

클러리서는 노부인의 어깨에 손을 얹는다. 더 큰 충격에
대비라도 하라는 듯이. 복도를 앞장서서 가던 샐리가 문
을 연다.

"다 왔습니다." 클러리서가 말한다.

"그래요." 로라가 대답한다.

그들이 집 안으로 들어설 때, 클러리서는 줄리아가 전
채前菜를 치운 걸 보고 안심한다. 물론 두말할 필요도 없
이 꽃은 그대로 남아 있다(클러리서가 인위적으로 다듬는 걸
싫어해서 넉넉하게 마구잡이로 꽂아놓은 꽃은 꽃병에서 폭발하듯
눈부시고 순결하다). 클러리서는 방금 들판에서 한 아름 꺾
어온 것처럼 보이는 꽃들이 좋다.

장미가 가득한 꽃병 옆 소파에서 줄리아는 무릎에 책
을 펼쳐놓은 채 잠들어 있다. 잠을 자면서도 그녀는 놀랄

만큼 품위 있는, 심지어 위엄이 넘치기까지 하는 모습을 흐트러뜨리지 않는다. 어깨는 편안하게 풀어놓고, 두 발은 마룻바닥에, 머리는 무엇인가를 신중하게 생각하는 듯이 앞으로 약간 숙여 기도에 심취한 듯하다. 이 순간 줄리아는 언젠가는 죽을 거라는 인간의 근심걱정을 보듬어주려고 온, 근엄하고 애정 어린 확신으로 그곳 사람들에게 "괜찮아" "놀랄 것 없어" "당신들이 할 수 있는 일이라곤 죽는 것밖에 없어"라고 몽롱하게 속삭이러 온 작은 여신이라도 되는 것 같다.

"우리 왔어." 샐리가 말한다.

줄리아가 잠에서 깨어나 눈을 깜빡이며 일어난다. 이제 마술이 풀리고, 줄리아는 다시 소녀로 돌아간다. 샐리는 방 안으로 성큼성큼 걸어 들어가 어깨를 움직여 재킷을 벗는다. 클러리서와 노부인은 짧게나마 주춤하며 현관에 서서 조심스럽게 장갑을 벗는 듯한 모습을 보인다. 그곳은 현관도 아닐뿐더러 장갑을 끼고 있는 것도 아닌데.

"줄리아, 이분이 로라 브라운 씨란다." 클러리서가 소개한다.

줄리아는 몇 걸음 다가가다가 로라, 클러리서와 얼마간 거리를 두고 멈춘다. 클러리서는 줄리아가 저런 자세와 태도를 어디서 배웠을지 궁금하다. 그녀는 여전히 소녀다.

"너무 가슴 아프시겠어요." 줄리아가 말한다.

"고마워요." 로라의 목소리는 클러리서가 예상했던 것보다 훨씬 더 명료하고 단호하다.

여든을 넘긴 로라는 키가 크고 등은 약간 굽었다. 머리카락은 밝고 강철빛이 느껴지는 회색이며, 피부는 약간 반투명한 양피지색에 바늘구멍만 한 갈색 기미가 가득하다. 그녀는 검은색 꽃무늬 드레스에 부드러운 노인용 구두를 신고 있다.

곧이어 클러리서가 부인을 방으로 안내한다. 한동안 침묵이 흐르고, 그 침묵 속에서 클러리서, 샐리, 심지어 로라까지도 아무도 없다는 것을 알지만 초조하고 예민해지면서, 대충 차려입고 줄리아가 준비한 파티에 왔다는 것에 대해 어떤 감정을 느낀다.

"줄리아, 깨끗이 치워줘서 고마워." 샐리가 말한다.

"명단에 있는 거의 모든 사람에게 연락했어요. 몇 명은 왔어요. 루이스 월터스도."

"저런, 그 사람은 내 메시지를 받지 못했구나."

"그리고 여자 두 사람이 있었는데 이름은 기억이 안 나요. 그리고 다른 한 사람, 흑인 남자, 게리 뭐라고 했는데."

"게리 자만." 그러면서 클러리서는 줄리아에게 물어본

다. "싫지는 않았니?"

"게리 자만은 괜찮았어. 루이스는, 음, 울음을 터뜨리더라고. 그분은 한 시간 정도 있으면서 이야기를 오래 나눴는데 떠날 때는 좀 괜찮아 보였어. 굳이 말하자면 그렇다고."

"미안하다, 줄리아. 모든 걸 처리하게 해서 정말 미안해."

"괜찮아. 내 걱정은 하지 마."

클러리서는 고개를 끄덕이고 로라에게 말한다.

"피곤하시겠어요."

"정신을 못 차리겠어요."

"좀 앉으세요. 뭐 좀 드실 수 있겠어요?"

"아니요, 먹지 못할 것 같아요. 고마워요."

클러리서가 로라를 소파로 안내한다. 로라는 고마워하면서도 몹시 지치긴 했지만 소파가 제대로 됐는지 믿지 못하겠다는 듯이 조심스럽게 소파에 앉는다.

줄리아는 로라에게 다가가 그녀의 귀 쪽으로 바짝 몸을 기울여 말한다.

"차 한 잔 드시겠어요? 커피, 아니면 브랜디는 어떤가요?"

"차가 좋겠어요. 고마워요."

"정말 뭘 좀 **드셔야 해요.** 댁을 떠나신 이후로 아무것도 드시지 못했죠, 그렇죠?"

"음......."

"부엌에서 먹을 것을 좀 가져올게요."

"그게 좋겠네요. 친절하기도 하셔라."

줄리아는 클러리서를 흘끗 보며 말한다. "엄마, 브라운 부인과 함께 여기 있어. 샐리 아줌마하고 내가 가서 음식이 뭐 있는지 볼게."

"그래." 클러리서는 그렇게 대답하고 로라 옆에 앉는다. 딸이 시키는 대로 하니까 이렇게나 편하다는 사실에 그녀는 놀란다. 그러면서 사람은 이렇게 다 큰 딸이 관리해주는 편안한 방에서 죽어가는 게 아닐까, 하고 생각한다. 그렇게 나이를 먹어가는 것이다. 전등과 책, 이런 소소한 걸로 위안을 삼으면서. 세상은 시간이 지날수록 당신이 아닌 다른 사람들로 꾸려진다. 그들이 잘하든 못하든 상관없다. 그들은 길거리에서 당신을 지나친대도 거들떠보지도 않을 것이다.

"파티 음식을 먹으면 좀 그런가? 여기 그대로 남아 있는데." 샐리가 클러리서에게 물어본다.

"괜찮을 것 같은데. 오히려 리처드도 고마워할지도 몰라."

클러리서는 조심스럽게 로라를 본다. 미소를 머금으며 양 팔꿈치를 두 손으로 감싸 쥔 로라는 자신의 신발 코에 묻은 무엇인가를 보는 것 같다.

"그래요. 저도 그가 진심으로 고마워할 것 같네요."

"그러면 좋겠네요." 샐리는 그렇게 말하고는 줄리아와 함께 부엌으로 들어간다.

시계는 이미 밤 12시 10분을 가리키고 있다. 로라는 아래위 입술을 굳게 다물고 두 눈을 반쯤 감은 채 앉아 있는데 점잖게 있으려고 애써 졸음을 참는 것 같다. 그녀는 오직 이 시간이 끝나기만을, 침대에서 혼자만의 시간을 갖게 될 순간을 간절히 기다리고 있으리라.

"지금 주무시러 가셔도 괜찮아요. 손님방은 복도 바로 아래에 있어요."

"고마워요. 조금 있다가 갈게요."

그들은 또다시 침묵에 빠진다. 친밀감이 느껴지는 것도 아니고, 그렇다고 특별히 불편하지도 않은 침묵이다. 여기에 그녀가 있다. 리처드의 시에 등장하는 그 부인이, 방황하던 그 어머니가, 자살 유혹에 넘어가지 않고 일상을 탈출했던 그 부인이 여기 있다. 그런 사연을 지닌 인물이 사실은 무릎에 두 손을 다소곳이 올려두고 소파에 앉아 있는 지극히 평범한 노부인이었다는 것은 충격적이면서도 안도감이 들게 한다.

"리처드는 대단한 사람이었어요." 클러리서는 침묵을 깨며 말하다 바로 자기 말을 후회한다. 벌써부터 판에 박힌 듯한 찬양이 시작되고 있다. 죽은 누군가가 빌써 존경받아 마땅한 시민으로, 품행이 좋았던 사람으로, 아주 멋졌던 사나이로 재평가되기 시작한 것이다. 그녀는 왜 그런 말을 했을까? 진심으로 노부인을 위로하고 비위를 맞추기 위해서였다. 그리고 그런 말을 내뱉은 것은 리처드의 시신에 대한 우선권이 자신에게 있다는 것을 못 박아두기 위해서였다. **그를 가장 잘 아는 사람은 나예요. 그 사람 몸 치수를 가장 먼저 잴 사람은 바로 나라고요.** 이 순간 그녀는 로라 브라운에게 침대로 가서 문을 닫고 내일 아침까지 방 안에 그대로 머물라고 말하고 싶어진다.

"맞아요. 그리고 훌륭한 작가였죠."

"부인도 시들을 읽으셨어요?"

"물론이죠. 소설도요."

그렇다면 로라는 알고 있다. 그녀는 클러리서에 대한 모든 것을 알고 있고, 로라 브라운 자신이 대중에게 알려진(시 독자들이 많지 않고 몇몇에 한정되는데도 '대중'이라는 단어가 과장된 게 아니라면) 개인적인 신화에서 유령이나 여신 같은 존재라는 것도 알고 있다. 자기가 숭배와 경멸의 대상이 되었다는 것을, 중요한 예술가라고 인정받았을지도 모를 한 남자를 정신적으로 시달리게 했기 때문에 그런 존재가 되었다는 것을 알고 있다. 이런 그녀가 기미가 난 얼굴에 꽃무늬 옷을 입고 여기 앉아 있다. 그녀는 자기 아들에 대해 그가 위대한 작가였다고 담담하게 말한다.

"그렇고말고요. 그 사람은 굉장한 작가였죠." 클러리서는 그냥 그렇게 말해버리고 만다. 달리 뭐라고 말할 수 있겠는가.

"당신은 그의 담당편집자는 한번도 안 해봤죠?"

"안 했어요. 우리는 매우 가까웠어요. 담당편집자 노릇까지 했다면 너무 복잡하게 얽혔을 거예요."

"맞아요. 이해해요."

"담당편집자에게는 어느 정도의 객관성이 필요하니까요."

"물론 그렇겠죠."

클러리서는 질식할 것 같다. 아니, 일이 어쩌다 이렇게 꼬이게 되었단 말인가. 로라 브라운에게 솔직하게 말하는 것이, 중요한 질문을 던지는 것이 왜 이렇게 힘이 드는가. 중요한 질문들이란 도대체 뭐란 말인가.

"저는 할 수 있는 한 최선을 다해 그 사람을 돌봤습니다."

"내가 좀더 잘해줬어야 했는데."

"저도 그랬어야 했는데요."

로라가 손을 뻗어 클러리서의 손을 잡는다. 로라의 보드랍고 물렁물렁한 살결 아래로 뼈와 뼈마디 그리고 정맥이 만져지는 듯하다.

"우리는 최선을 다했어요. 누구라도 그 이상은 할 수 없었어요."

"네, 맞아요." 로라의 말에 클러리서가 대답한다.

그렇게 로라 브라운은, 목숨을 끊으려고 했다가 결국에는 실패했던 이 여자는, 가정을 뛰쳐나갔던 이 여자는 그녀와 마찬가지로 살아남으려고 발버둥 쳤던 사람들이 모두 다 이 세상을 떠났는데도 여전히 살아 있다. 그녀는 자기보다 먼저 남편이 간암에 걸려 저세상으로 홀쩍 떠난 후에도, 자기 딸이 음주운전자 때문에 죽은 후에도 지금 이렇게 살아 있다. 그녀는 리처드가 창밖으로 뛰어내려 산산조각 난 유리 위로 떨어진 후에도 이렇게 살아 있다.

클러리서는 노부인의 손을 꼭 잡는다. 이것 말고 그녀가 할 수 있는 일이 뭐가 있겠는가.

"줄리아가 부인이 차를 마시겠다고 한 걸 기억하고 있을까요?"

"기억하고 있을 거예요."

클러리서는 아담한 정원으로 이어지는 유리문들을 흝
어본다. 컴컴한 유리에 비친 그녀와 로라 브라운의 모습
은 일그러져 있다. 클러리서는 창턱에 걸터앉아 있던 리
처드를 떠올려본다. 모든 것을 놔버렸던 리처드. 실제로
는 뛰어내린 게 아니라 바위 위에 있다가 물속으로 미끄
러지듯 내려간 리처드. 돌이킬 수 없는 짓을 행동으로 옮
겨버린 바로 그 순간은, 어두컴컴한 아파트를 벗어나 대
기 속으로 해방되던 그 추락의 순간은 어땠을까? 파란색
과 갈색 쓰레기통이 놓여 있고, 호박색 유리 조각이 널려
있던 아래쪽 골목길이 별안간 자신을 향해 달려오는 것
을 보는 기분은 어땠을까? 그리고 콘크리트 위로 폭삭 구
겨지며 두개골이 퍽 하고 터지는 동시에 엄청난 충격과
수많은 섬광 그리고 골이 확 흩어지는 것을 느끼는 건 일
종의 쾌감이었을까(그 찰나에 느끼긴 했을까)? 그럴 수도 있
을까? 그렇게 큰 고통은 없었을지도 모른다. 땅에 처음
닿는 순간에만 고통스럽다는 생각이 들었을지도 모른다.
그 후에는 무슨 일이 벌어진들 어떠랴.

"한번 가봐야겠어요. 금방 돌아올게요." 그녀가 로라에
게 말한다.

"그래요."

클러리서는 약간 비틀거리듯 일어나 부엌으로 들어간

다. 샐리와 줄리아가 냉장고에서 음식을 꺼내 식탁에 쌓고 있다. 노릇하게 구워진 닭가슴살꼬치가 땅콩소스 그릇을 둘러싸며 나선형으로 놓여 있고, 자그마한 양파 파이, 찐 새우, 선홍색 참치회가 소량의 고추냉이와 함께 있다. 삼각형 모양의 검게 구운 가지와 갈색 빵으로 만든 둥근 샌드위치, 줄기 끝에 염소 치즈를 일일이 바른 꽃상추와 쪼갠 호두들도 있고, 납작한 볼들에는 익히지 않은 야채가 담겨 있다. 그리고 도자기 접시에는 리처드가 아주 좋아해서 클러리서가 그를 위해 직접 만든 크랩 캐서롤이 있다.

"어머, 이게 다 뭐야."

"쉰 명 정도 온다고 예상했으니까." 샐리가 놀란 클러리서에게 얘기해준다.

한동안 그들 세 사람은 음식이 산더미처럼 담겨 있는 접시들 앞에 망연자실하게 서 있다. 음식들은 아주 깨끗하면서도 건드려서는 안 될 것처럼, 유물전시라도 하는 것처럼 느껴진다. 잠시 동안 클러리서는 그 음식들이 형체가 있는 것 중에서 가장 썩기 쉬운 것인데도 그녀와 다른 사람들이 사라지고 난 뒤에도, 그들뿐만 아니라 줄리아까지 죽고 난 뒤에도 여기에 그대로 남아 있을 것 같다는 생각이 든다. 그러면서 자신과 다른 사람들이 차례로

이 방을 영원히 떠난 뒤에도 이 음식들은 여기 이렇게, 손을 대지 않은 상태로 신선하게 남아 있는 모습을 상상해 본다.

이때 샐리가 두 손으로 클러리서의 머리를 감싸고, 클러리서가 편지에 우표 붙이는 모습을 떠올릴 법한 단호하고도 당당한 키스를 그녀의 이마에 한다. 그러고는 클러리서의 귀에 입을 바짝 대고 부드럽게 말한다. "다들 먹고 자자. 하루를 마무리할 시간이야."

클러리서는 샐리의 어깨를 꽉 잡고 "사랑해"라고 말하려고 하는데, 당연하게도 샐리는 이미 이를 알고 있다. 그녀는 클러리서의 손등을 누르는 것으로 대답을 대신한다.

"그래. 시간이 됐지."

그 순간 리처드가 이제 진정으로 이 세상을 떠나기 시작한 것처럼 느껴진다. 클러리서에게 그것은 거의 물리적인 감각이다. 한줄기 풀잎이 땅에서 뽑히듯이 부드럽지만 결코 거역할 수 없는 이탈의 느낌. 곧 클러리서도 잠들 것이고, 그를 기억하는 모든 사람도 잠에 빠질 것이다. 그리고 내일 아침 잠자리에서 일어나면 그들은 리처드가 이제는 정말로 사자死者의 영역에 들어갔다는 사실을 깨닫게 될 것이다. 그녀는 내일 아침이 리처드의 이 세상에서의 삶뿐만 아니라 그의 시의 종말이 시작되는 때가 아닐까 싶은 생각이 든다. 어쨌든 세상에는 책이 너무 많다. 그중에서 겨우 몇 권만 좋고, 그 몇 권 중에서도 극소수만 이 살아남는다. 미래의 시민들, 아직 태어나지 않은 사람들은 리처드의 비가를, 아름다운 운율의 애가哀歌를, 그리고 엄밀히 말해 감상적이지는 않은 사랑과 격분의 작품을 읽고 싶어 할 수도 있다. 하지만 그의 책들 역시 다른 거의 모든 책들과 함께 사라질 가능성이 훨씬 더 크다. 소설 속에 등장하는 인물인 클러리서도, 순교자이자 광인이었던 잃어버린 어머니 로라 브라운도 역시 사라질 것이다.

그렇다, 이제 하루를 마무리할 시간이다, 하고 클러리서는 생각한다. 우리는 파티를 열고, 외국에서 홀로 조용히 살기 위해 가족을 내팽개친다. 그리고 우리의 재능과 무조건적인 노력에도 불구하고, 우리의 터무니없는 희망에도 불구하고 세상은 바꾸지 못할 책을 쓰려고 안간힘을 쓴다. 우리는 삶을 살아내고, 할 일을 하고, 그러고는 잠자리에 든다. 그토록 단순하고 일상적이다. 몇몇 사람은 창밖으로 뛰어내리거나 물에 뛰어들거나 알약을 삼킨다. 그보다 더 많은 사람들은 사고로 죽는다. 우리 중 대부분은, 절대 다수는 어떤 병에 서서히 잡아먹히고, 아주 운이 좋더라도 시간 자체에 잡아먹힌다. 위로할 거라곤 우리 삶이, 그 모든 역경과 기대를 넘어선 우리 삶이 활짝 피어나 상상했던 모든 것을 한꺼번에 안겨주는 시간이 있다는 것이다. 비록 아이들을 제외한 모든 사람은(어쩌면 아이들까지도) 그런 시간 뒤에는 필연적으로 그보다 더 암울하고 힘든 시간이 따라온다는 사실을 알고 있지만. 그래도 우리가 도시를, 아침을 마음속에 간직하면서 그 무엇보다 바라는 것은, 더 많은 시간들이다.

우리가 그것을 왜 그렇게 사랑하는지는 신만이 알 것이다.

그리고 여기, 파티는 여전히 펼쳐져 있고 꽃들은 여전히 신선하다. 모든 것은 손님 맞을 준비를 하고 있다. 네 명밖에 안 오긴 했지만. 리처드가 우리를 용서해주길. 어쨌든 이건 파티다. 아직 죽지 않은, 상대적으로 멀쩡한 사람들을 위한 파티다. 알 수 없는 이유로 운 좋게 살아 있는 사람들을 위한 파티다.

사실 이건 대단한 행운이다.

"리처드 어머니 몫의 음식을 따로 덜까?" 줄리아가 묻는다.

"아니, 내가 가서 모셔올게." 그렇게 대답하고 나서 클러리서는 거실에 있는 로라 브라운에게 돌아간다. 로라는 클러리서를 보고 아주 엷게 미소 짓는다. 그녀가 무슨 생각을 하는지 어떤 기분인지 누가 알겠는가? 여기, 그녀가 있다. 분노와 슬픔 그리고 비애에 빠진 여자가, 눈부신 매력을 지닌 여자가, 죽음을 사랑한 여자가, 리처드의 작품에 늘 귀신처럼 따라다녔던 희생자이자 고문자였던 여자가 있다. 바로 이 방 안에 있는 사람은 사랑받았던 사람이다. 그리고 배신자다. 여기, 노인용 구두를 신고 토론토에서 온 은퇴한 도서관 사서가, 노부인이 있다.

그리고 여기, 그녀가 있다. 더 이상 댈러웨이 부인이 아니라 그녀 자신으로서 클러리서가 있다. 그녀를 댈러웨이 부인이라고 부를 사람은 이제 없다. 여기, 그녀는 자기 앞에 놓인 시간과 함께 있다.

"들어오시죠, 브라운 부인." 그녀가 말한다. "준비 다 됐습니다."

존재와 생을 둘러싼 시간과 세월의 뜨거움

정명진

《디 아워스》는 그 기원을 버지니아 울프에 둔다. 또한 울프의 《댈러웨이 부인》과도 관계있고 《세월 *The Years*》과도 무관하지 않은 것 같다. 따라서 제2차 세계대전 중에 "일상의 삶과 예술의 불가능한 요구 사이에서 좌절감을 느끼고", 고독과 함께 때때로 자신에게 찾아드는 광기를 두려워하며 스스로 삶을 마감한 버지니아 울프의 세계를 아는 사람이라면 조금 더 깊은 흥미와 의미의 파장과 확산을 느낄 것이다. 그러나 그렇다고 해서 이 작품이 그런 '미리 읽기'를 반드시 필요로 하지는 않는다. 서사를 쫓아가기에 알맞은 정보는 이미 안에 다 들어 있기 때문이다.

우선 이 작품의 시작이 바로 버지니아 울프의 자살 장면을 되살리는 것이라는 점에서 그렇다. 여기서 죽음이 자연사가 아니라는 점은 이 작품을 이해하는 데 대단히 중요한 대목이다. 작가에 따르면 우리가 견고하다고 믿고 있는 생의 이면에는 늘 죽음의 그림자가 어려 있으며, 그것이 바로 우리의 생을 싣고 가는 시간이자 세월의 정체다. 그런 세월의 정체를 드러내기 위해 작가는 서로 다른 시대와 장소에서 살아가는 세 사람의 주요 인물들을 내세운다. 우선 자살 장면으로 소설의 문을 여는 울프 부인이 그 첫 번째 인물로, 그녀는 1923년의 런던 교외에서 살고 있다. 두 번째 인물은 1949년의 로스앤젤레스에서 사는 로라 브라운 부인으로, 또 다른 주인공인 리처드의 어머니이기도 하다. 세 번째 인물은 1990년대의 뉴욕에 살고 있는 댈러웨이 부인으로(실제 이름은 클러리서 본), 에이즈에 걸려 자살하는 작가 리처드의 친구다. 소설 《디 아워스》는 이들 세 명의 여자들이 서로 다른 시간과 장소에서 하루 동안 겪는 일을 다루고 있다.

이렇게 칠십여 년의 시차를 두고 런던, 로스앤젤레스, 뉴욕으로 이어지는 시간과 세월이 암울하고 비관적인 것만은 아니다. 오히려 어떤 점에서는 6월 초여름의 햇살과 함께, 운명처럼 어른거리는 죽음의 그림자에도 드러나는 포기할 수 없는 생의 가능성, 심지어는 환희가 바로 이 작품의 주제라고도 할 수 있으니까.

따라서 이 작품이 반드시 위에서 언급한 기원과 나란히 가는 것은 아니다. 버지니아 울프의 자살이 두 차례의 세계대전을 겪은 영국 부르주아 사회의 혼란과 절망 또는 무기력의 한 단면이라면, 뉴욕에서의 죽음은 바로 이 순간 미국 사회가 겪고 있는 다양한 생과 가치관의 충돌의 상징으로 볼 수 있기 때문이다. 작품 속 대부분의 인물들은 동성애와 에이즈로 대표되는 새로운 세기의 징후에 노출되어 있다. 물론 그 둘 사이를 매개하는 1949년 로스앤젤레스의 브라운 부인, 즉 로라 브라운은 그런 것에서 벗어나 있다. 하지만 그럼에도 타인에게 명확히 포착되지 않는 브라운 부인의 사소한 일탈은(이웃 여자 친구 키티와의 연민과 동성애적 감정이 뒤섞인 입맞춤 그리고 남편의 생일날 일상의 시간에 염증을 느끼고 호텔로 가서 버지니아 울프의 책을 읽고 돌아오는 행위 등등) 훗날 동성애자가 되어 에이즈와 싸우다 자살하는 아들 리처드를 예고하는 것으로 볼 수도 있다.

로라에게 일상으로부터의 일탈을 부추긴 계기 또한 바로 버지니아 울프의 자살이라는 점이 암시처럼 주어져 있기 때문이다.

어쨌거나 6월의 런던을 이야기하는 버지니아의 감탄하지 않을 수 없는 아름다운 문장과 그녀의 자살 간의 괴리, 그 사이에 놓여 있는 것이 바로 생과 시간의 가차없음이며, 그것은 문학상 수상에서 알 수 있는 리처드의 문학적 성취와 에이즈로 인한 자살 사이의 괴리에서 다시 반복된다. 뭔가 예사롭지 않은 엄마 로라의 기분을 살피며 아빠 댄의 생일맞이 케이크를 만드는 일을 곁에서 거들던 '리치', 그 순진하던 어린애가 댈러웨이 부인이라고 자신이 별명을 붙여준 클러리서와 연애를 하고, 한편 루이스와 동성애에 빠져 헤어지게 되며, 결국은 문학상을 받게 되는 날에 자살로 생을 마감하는 이 오십 년 가량의 세월 속에 현대 미국 사회의, 아니, 우리 모두의 가차없는 일상이 놓여 있는 것이다.

그런데 이 작품의 진정한 미덕은 바로 그런 극적인 상황을 전혀 과장하지 않는다는 데 있다. 사랑이라는 이름의 광포하고 부조리한 열정, 동성애와 에이즈, 리처드와 클러리서의 딸 줄리아가 보여주는 히피성 페미니즘 등등 지금 여기의 '뜨거운 감자'를 다루면서도 그러한 테마를 논리라는 목청 높은 스피커를 통해 증폭시키기보다는 독자로 하여금 작중 인물들의 내면적 심리의 섬세한 결을 어루만지는 언어의 낮은 배음背音 속에 젖어들게 하는 것이다. 그리하여 잔잔하게 흐르는 강물의 보이지 않는 거대한 에너지가 마지막에는 저 넓은 대양의 파도가 되어 드러나듯, 작가의 언어 끝에서 우리가 확인하는 것은 바로 인간이란 존재와 생을 둘러싼 시간과 세월의 뜨거움인 것이다.

따라서 이 작품은 서사의 큰 줄기보다는 많은 쉼표와 부연 설명으로 이어지는 인물들의 미묘한 심리적 움직임을 따라가면서 천천히 겹쳐 읽어야 한다. 앞서 지적했듯이 로라 브라운의 아주 사소한 사건이 훗날 아들 리치, 즉 리처드의 생과 죽음을 암시하듯, 이 작품은 단속적으로 뒤바뀌는 배경과 인물을 중심으로 하는 아주 섬세한 구조로 짜여 있다. 그 무연한 듯하면서도 얽히는 심리 속의 사건 혹은 사건 속의 심리를 읽어나가다 보면 이야기 중심인 우리 소설의 가장 커다란 결핍이 무엇인지를 알게 되는 망외(望外)의 과실도 얻을 수 있을 것이다.

결국 문제는 고결한 영혼들의 인내와 사랑이며, 문제는 그것을 어떻게 말하냐에 따라서 소음이 되기도 하고 한 편의 아름다운 음악이 되기도 한다는 점이다. 우리의 일상은 그렇게 소음과 가장 아름다운 음악 사이, 최선과 최악 사이에 위태하지만 쉽게 끊어지지 않는 다리처럼 걸쳐져 있다. 어쨌거나 우리가 숨 쉬며 함께 묻어가는 생은 오래된 진공관 전축의 바늘이 LP판의 홈을 파듯, 시간의 지층 위에 새겨진 장엄한 교향악을 감추고 있다. 이 책은 우리가 그것을 꺼내어 들을 수 있는 좋은 기회가 될 것이다.

디 아워스

1판 1쇄 발행 2012년 8월 27일
개정판 1쇄 발행 2018년 12월 27일
개정판 3쇄 발행 2022년 4월 10일
지은이 마이클 커닝햄 **옮긴이** 정명진
펴낸이 고세규
편집 신종우 **디자인** 정지현

발행처 김영사
주소 경기도 파주시 문발로 197(문발동) 우편번호 10881
등록 1979년 5월 17일(제406-2003-036호)
구입 문의 전화 031)955-3100 **팩스** 031)955-3111
편집부 전화 02)3668-3290 **팩스** 02)745-4827 **전자우편** literature@gimmyoung.com
비채 카페 cafe.naver.com/vichebooks **인스타그램** @drviche
트위터 @vichebook **페이스북** facebook.com/vichebook **카카오톡** @비채책
ISBN 978-89-349-8442-9 04840 책값은 뒤표지에 있습니다.

비채는 김영사의 문학 브랜드입니다.

이 도서의 국립중앙도서관 출판예정도서목록(CIP)은 서지정보유통지원시스템 홈페이지(http://seoji.nl.go.kr)와 국가자료공동목록시스템(http://www.nl.go.kr/kolisnet)에서 이용하실 수 있습니다. (CIP제어번호: CIP2018039286)